世界探偵小説全集㉛

ジャンピング・ジェニイ

Jumping Jenny

アントニイ・バークリー　狩野一郎＝訳

国書刊行会

Jumping Jenny
by
Anthony Berkeley
1933

W・N・ラフヘッドに
「思い出——とても愉快な」

ロジャー・シェリンガムについて

　ロジャー・シェリンガムは一八九一年、ロンドン近郊の小さな田舎町に生まれた。父親はその町の開業医で、ロジャーは薬品や医学的な話題にかこまれて育った。一人息子の彼は、イギリスの知的専門職の子弟が通常受けるやり方で教育された。彼はまず私立小学校に通い、十歳でサリー州の進学予備学校の寄宿生となった。十四歳の時には、歴史ある小さなパブリック・スクール（イートンやハロウ校を見下しているが、相手からは完全に無視されている学校の一つ）で、ささやかな奨学金を獲得した。一九一〇年、オックスフォードのマートン・コレッジに入学。奨学金はとりそこなった。オックスフォードでは古典と歴史を学び、それぞれで二級学位をとったが、彼を有名にしたのは、最終学年にゴルフの対校戦選手になったことだった。コレッジのラグビー選手でもあったが、目立った活躍はなく、夏学期の大部分はチャーウェル川の舟の上で、のらくらと過ごしていた。戦争がオックスフォードを蠟燭の火をかき消すように閉鎖する前に、彼はなんとか学位を取ることができた。

　一九一四年から一八年まで最前線の聯隊で軍務につき、二度負傷した。それほど重傷ではなく、戦功十字章に二度、殊勲章に一度推薦されたが、受勲はのがした。彼は内心、このことを大いに悔しく思った。

　戦争が終わると、何を一生の仕事にしていくべきかを見つけるのに、二、三年を費やした。学校教師をしたり、ビジネスに手を染めたり、養鶏場まで手がけたりしたあと、彼はふと思い立ってペンとインクと紙を買い求め、すさまじい勢いで一冊の小説を書き上げた。自分でもびっくりしたことに、その小説は英米両国でいきなりベストセラー・リストに躍り出た。ロジャーは天職を見つけたのである。彼はペンをタイプライターに換え、秘書を雇うと、仕事に取りかかった。彼はつねに自分の作品を純粋にビジネスとして扱うよう心がけていた。個人的には、自分の小説に対して、きわめて低い評価しか与えていなかった。そこには、新しい仕事によって彼が接するようになった人々と同じような人間に、いつか自分もなってしまうのではないかという不安もあった。その連中は自分の作品を大まじめに考え、話すのはそのことばかり、おのれの天才にくらべれば、ウェルズやキプリング、シンクレア・ルイスなどは単なるアマチュア作家にすぎないと考えるような手合いだった。こうした理由から、彼は自分の趣味を第一に考えるよう心がけていた。とりわけ熱中していた趣味は犯罪学である。それは彼の劇的なものを好む感覚だけではなく、人間の性格に対する感受性にも訴えるものであった。

　父親譲りであらゆる種類のパズルの愛好家ではあったが、自分が探偵の才能を有していると思ったことは一度もなかった。それで、一九二四年に彼が訪問したレイトン・コートと呼ばれるカントリーハウスで、ある朝主人が書斎で死んでいるのが発見され、状況は自殺を示しているかに見えたときも、自らすすんで探偵してみようとは思ってもみなかった。彼の詮索好きな性格が頭をもたげてきたのは、いくつかの奇妙な点に気づいたときである。同じことがウィッチフォードという町でも起こった。そこでは町の有力者の夫人であるフランス人女性が、夫を毒殺した容疑で逮捕され、大騒ぎになっていた。その夫妻をロジャーはまったく知らなかったが、新聞から得た証拠で彼女の無罪を確信し、なによりもまず自分自身を満足させるために、それを証明しようと乗り出した。この事件で彼はスコットランド・ヤードに認められ、一般にもいくらか名を知られるようになった。その結果、彼の趣味は発展して、やがて自分が興味をひかれた事件には積極的役割を果たしうる地位を築くことになった。

小説家ロジャーがその職業の悪い見本にはなるまいと決意していたように、探偵ロジャーも、小説によくあるような（彼が探偵を始めたころの小説によくあるような、というべきか。というのはその後、探偵の流行はかなり変わったからだ）、尊大で、人をいらだたせる探偵にはなりたくないと思っていた。彼は自分が、痩せた尖り顔で、唇をぐっと引き結び、鷹のように鋭い目をした探偵を気取ることなどできないのをよく知っていた。また、彼のおしゃべりな性格では、謎めいた存在になどなりようがなかった。結果的に彼は正反対の極に走り、快活すぎるということになった。

探偵の仕事では、ロジャー・シェリンガムは自分の限界をよく知っている。事実にもとづく論理的推理も不得手ではないが、性格から推理を展開する能力こそ自分の大いなる強みであることを、彼は承知している。また自分がけっして完全無欠ではないことも十分自覚している。実際問題として、彼が完全に間違っていたことが何度もあった。しかし、それで挫けてしまうようなことはなかった。他の点では、彼は自分に絶対の自信をもっており、そうしたほうが愚鈍な十二人の陪審員よりも正しい裁きをなしうると思ったときには、（たとえそれが法に背くことになっても）自身重大な決定を下すことを恐れはしなかった。彼は多くの人に愛され、多くの人をひどくいらだたせているが、そのどちらにも頓着していない。あるいは自分に満足しすぎているのかもしれないが、それにも頓着していないようだ。人生における三つの主要な関心事——犯罪学、人間の性格、うまいビールがあれば、それで十分彼は幸せなのだ。

——『ジャンピング・ジェニイ』米版（*Dead Mrs Stratton*, 1933）より

ジャンピング・ジェニイ　目次

主な登場人物

以下はストラットン事件の関係者である。この事件はロジャー・シェリンガムにとって、犯罪学という不吉な学問上、最も奇妙な冒険となった。

パーティの参加者		扮装
ロナルド・ストラットン	パーティの主人役	ロンドン塔の王子
デイヴィッド・ストラットン	ロナルドの弟	ロンドン塔の王子
イーナ・ストラットン	デイヴィッドの妻	ミセス・ピアシー
シーリア・ストラットン	ロナルドの妹	メアリー・ブランディ
マーゴット・ストラットン	ロナルドの前妻	扮装せず
マイク・アームストロング	マーゴットの婚約者	扮装せず
ドクター・チャーマーズ		知られざる殺人者
ミセス・ルーシー・チャーマーズ		ミセス・メイブリック
ドクター・ミッチェル		切り裂きジャック
ミセス・ジーン・ミッチェル		マドレイン・スミス
オズバート・ウィリアムスン		クリッペン
ミセス・リリアン・ウィリアムスン		ミス・ル・ニーヴ
ミセス・ラフロイ	ロナルドの婚約者	ブランヴィリエ侯爵夫人
コリン・ニコルスン	ジャーナリスト	ウィリアム・パーマー

その他の関係者

クレイン警部　ウェスターフォード警察
ジェイミスン警視　その上司
ジャネット・オルダズリー　イーナの親友
ドクター・ブライス　警察医

ジャンピング・ジェニイ

第一章　縛り首の木

1

三つの絞首台から三つの人影がぶらさがっている。女が一人と男が二人。

夜のしじまにロープのきしる音だけがかすかに聞こえた。三角形をかたちづくった横木の上に掲げられた角灯が風にそよいで、飛び跳ねる三つの影に平屋根の上でグロテスクな死のダンスを踊らせている。まるでスローモーションの影絵で演じられる、なにか気味の悪い茶番をみるかのようだ。

「こいつはいい」ロジャー・シェリンガムがいった。

「なかなかのもんだろう」と主人役。

「ジャンピング・ジャックが二人に、ジャンピング・ジェニイが一人、か」

「ジャンピング・ジェニイ？」

「スティーヴンスンが『カトリアナ』のなかで、こういった縛り首の死体をジャンピング・ジャック（手足や胴についている紐を引っぱると飛んだり跳ねたりする人形）って呼んでなかったか。ということは、女性ならジャンピング・ジェニイだろう」

「なるほどね」

「まったく病的な男だな、きみは」ロジャーはさも面白そうにいった。

ロナルド・ストラットンは笑い出した。「いや、〈殺人者と犠牲者〉パーティをやるのなら、すくなくとも絞首台がいるなと思ったのさ。この連中に藁《わら》を詰めるのにはずいぶんと時間がかかったよ。ぼくのスーツを二着と、どこからか引っぱり出してきた古いドレスを使ったんだ。ぼくは病的かもしれんが、手は抜かないほうでね」

「とってもよく出来てるよ」ロジャーは如才なくいった。

「そう、悪くないだろ。もちろんぼく自身は、吊されるのは御免だけどね。それって控えめにいってもひどく不体裁だもの。ぼくの考えでは、殺人にはそれだけの価値はないよ。さあ、下へ降りて一杯やろう」

二人は絞首台が建っている平屋根の上から、小さな切妻に開いたドアに向かった。その小さな切妻は大屋根から直角に突き出していて、その角にほど近いところに短い鉄の梯子段があり、瓦屋根の上へと続いていたが、見たところ、どこにも通じてはいないようだった。皓々たる月の光が鋼鉄の上できらりと光り、ロジャーの目をひいた。彼はそちらへあごをしゃくった。

「あの上はなんだい。もうひとつ平屋根があるのか」

「そう、小さいのがね。この二つの平行した切妻の上に平屋根をわたしたんだ。雪や嵐の日にはおそろしくあぶなかっしい代物なんだが、見晴らし台として楽しめるんじゃないかと思ったのさ。じっさい、いい眺めだよ。年に一度くらいしか、上がろうとは思わないんだけどね」

ロジャーはうなずいた。そして二人は戸口をくぐると階段を降りた。古くて感じのいい階段の最上階の踊り場を横切り、大部屋の開いたドアの前を通りすぎる。切妻の天井にオークの梁《はり》を張りわたし、薄暗い隅に満ちたその部屋では、十人あまりの男女の殺人者たちが、寄木張りの床の上で、ラジオから流れる最新の音楽にあわせて踊っていた。そして二人は、その階の端にあるもう一つの、ほとんど同じくらいの広さの部屋に入った。

明るい部屋に足を踏み入れると、ロジャーの話し相手は、黒のビロードのスーツに半ズボンという、まるで絵から抜け出たような格好であることが見てとれた。彼とその弟は、ロンドン塔に幽閉された二人の王子に扮していたのだ。ロジャー自身は、他の参加者の多くと同様に、お定まりのディナージャケットと黒いタイにしがみつき、〈浴槽の花嫁〉で知られる紳士ジョージ・ジョゼフ・スミス（結婚した女性を次々に浴槽で溺死させ、保険金を受け取っていた連続殺人者。一九一五年処刑）という触れ込みだった。このスミス氏は白いタイと燕尾服で来るべきであったのを知らなかった、というのである。

ストラットンは瓶を手に愛想よく訊ねた。「何にするね」

「何があるんだい」とゲストは慎重に聞き返した。

ロジャーはいつもどおりエールのジョッキをもらい、主人役はウィスキー・ソーダを手にした。そして二人は、広くどっしりとした暖炉の太いオーク材のクロス梁に背中をもたせかけると、昔ながらの男たちの領域でぬくぬくと暖まりながら、不測の死についてたわいのないおしゃべりをつづけた。

ロジャーはロナルド・ストラットンをそれほどよく知っていたわけではなかった。ストラットンはディレッタントとでもいうべき人物だった。まだ中年にさしかかったばかりの比較的裕福な男で、自分の楽しみのために探偵小説を書いていた。彼の探偵小説はよく出来た、想像力にあふれたもので、ぞっとするようなユーモアに満ちていた。今回のパーティのアイディアも、まさに彼の本で死を扱う軽妙な手際と同じものだった。そこに招かれた十二組ほど（それ以上ではないのは確かだ）の客は、めいめい有名な殺人者か、その犠牲者に扮することになっていた。このアイディア自体は厳密にはオリジナルなものではなかったが、平屋根の上に建てられた絞首台の装飾はまったく独創的といってよかった。

　このパーティは名目上、この週末、五、六人の客とともに同家に滞在するロジャーに敬意を表して開かれたものだった。しかしロジャー自身にも、結局それが自分のためなのか、あるいは彼はたんなる口実に過ぎないのか、はっきりしなかった。

　それでもロジャーは、そんなことに頓着するつもりはなかった。彼はストラットンを気に入っていたし、ストラットンは彼を楽しませてくれた。それにパーティは一時間もしないうちに成功が明らかとなっていた。彼は視線をさまよわせて、部屋の向こうのコーナーへと目をやった。そこにはみごとに磨きあげられたソファ・テーブルが、デカンターやグラスを満載して、バーといういささか俗な役割を果たしていた。他の客の大部分は隣りの舞踏室でラジオの音楽にあわせて踊っていたが、バーのかたわらではミセス・ピアシー（一八九〇年、愛人の妻とその幼い子供を自宅で惨殺、絞首刑となる）がドクター・クリッペン（一九一〇年、妻を殺して地下室に埋め、愛人と共にカナダへ逃亡を図るが到着した港で逮捕される）に自分の人生を語っていた。

　ロジャーがミセス・ピアシーに目をとめたのは、これが初めてではなかった。彼女は他の人間が自分に目をとめるよう仕向けているようでもあった。そうさせるのは彼女の美貌ではなく（それほどの容姿ではなかった）、男の気を惹くような淫らがましい動きでもなかった。ただたんに、彼女がそうしたいと決めたように思えるときには、どこであれ必ず人目を惹きつけるのであった。つねにいろいろな人間のタイプを探し求めているロジャーは、彼女に興味をもった。彼はまた、この女性が見栄えのするメアリー・ブランディ（裕福な弁護士である父親を毒殺し、一七五二年に処刑される）の扮装ではなく、みすぼらしいが人目を惹くこと間違いなしのミセス・ピアシーという役を選んだことにも、おそらく意味があるのだろうと感じていた。ここにはメアリー・ブランディも一人いたが、ミセス・ピアシーのほうがはるかに強い印象をふりまいていた。

彼はストラットンに話しかけた。「あそこにいるミセス・ピアシーのことだけど……ぼくはまだ彼女には紹介してもらってないと思うが……たしか、きみの義理の妹さんだったね」

「そうだ」ロナルド・ストラットンの声からはいつものユーモラスな調子が消え、平板で感情のないものになっていた。

「そうだと思った」と素知らぬ顔でいいながらロジャーは、ストラットンの声にあらわれた変化はどうしたわけだろうといぶかった。彼が義理の妹を好いているどころではないのは明らかだったが、それだけでは、今のうつろな口調の理由としては十分とは思えなかった。しかし、それ以上探りを入れるわけにもいかなかった。

ストラットンは、ゲストがいままで関わってきた事件について訊ねはじめた。ロジャーはいつもの彼に似ず、淡々とそれに答えた。彼の耳は部屋の向こう側でつづいている低い声の会話に向けられていた。それは会話というよりも独白といったほうがいいものであった。舞踏室のほうから流れてくる音楽をとおして話の内容を聞き取るのは無理だったが、声の調子はわかった。それはだらだらと続いていたが、ロジャーはそのなかに、キリスト教的忍従という深い底流をせきとめ、ときに混ざりあう気高い努力といったものを認めることができたように思った。いったい何をそんなに長々と話しているんだろう。いずれにせよ、ドクター・クリッペンがすっかり退屈しているのは明らかだ。何を話しているのか聞くことができたらな、とロジャーは臆面もなく願った。

ダンスが終わり、踊っていた人の何人かはバーのほうへと移動してきた。その上機嫌の華やいだ一団のなかから、一人の大柄な男がストラットンとロジャーのほうへぶらりとやってきた。

「やあ、ロナルド」

「やあ、フィリップ。きみのお務めはすんだのかい」

「きみの、とはごあいさつだね。ぼくはきみの大事なひとと踊ってたんだ。まったくチャーミングな女性だね」と新しくきた人物は天真爛漫にいったが、その言い方自体とてもチャーミングだった。

「ぼくもそう思うよ」ロナルドはにやりとした。「ところで、シェリンガム君はもう知ってるかな。シェリンガム君、こちらはドクター・チャーマーズだ」

「はじめまして」とドクターはいかにも嬉しそうに手を握った。「お名前はよく存じあげていますよ」

「ほんとうですか。それはよかった。そういうことが本の売行きに結びつくんです」

「いや、あなたの御本を一冊でも買ったわけじゃないんですがね。でも読んではいる」

「ますます結構」ロジャーはにこりとした。

ドクター・チャーマーズはしばらくそこにいたが、やがて、さきほどのパートナーのためにバーへ飲み物を取りにいった。

ロジャーはストラットンに向きなおった。「なかなかいい男じゃないか」

「そうとも」ストラットンは同意した。「彼の一家とぼくの一家、それから彼の奥さんの一家は、ほとんど一緒に育ったようなものなんだ。そういうわけでチャーマーズ家の連中は、ぼくの一番古くからの友人なのさ。フィリップの兄がぼくと同い歳で、実際にはフィリップはむしろ弟の友人といったほうがいいんだが、ぼくは彼のことをとても気に入っている。おそろしく正直な男で、いつでも思ったことをそのまま口にする。ぼくがこれまで会ったフィリップと名のつく男で、唯一気取り屋でない人間だ。なかなかこんなやつはいないよ」

「賛成賛成」とロジャーも応じて、「おや、また音楽が聞こえてきたね。そろそろぼくも少しはお務めを果たしてきたほうがいいかな。誰かダンスの相手を紹介してくれないか」

「ぼくの婚約者を紹介しよう」ストラットンはそういうと酒を飲みほした。

「なんとね」ロジャーはのんきに答えた。「ぼくはずっと、きみは結婚してるものと思ってたよ」

「たしかにずっと結婚してたんだけどね。でも別れたんだ。そうして、また試してみようとしているわけさ。そのうち前の妻とも引きあわせるよ。なかなかいい女だよ。彼女も婚約者と一緒に今夜ここに来てるんだ。ぼくらは一番いい友だちなんだ」

「見上げたものだな」ロジャーは感心していった。「もしぼくが結婚していて、別れなければならなくなったら、こういわなくちゃいけないな。ありがとう、きみとは一番いい友だちになりたかったんだ、ってね」

二人は舞踏室のほうへ歩いていった。

すぐ前にミセス・ピアシーが知らない男と一緒にいるのに気づいて、ロジャーは興味をひかれた。どうやら彼女はドクター・クリッペンをようやくのことで手放したようだ。

「おい、ロナルド」

低い、あたりをはばかるような声が背後から浴びせられた。二人は振り返ると、まるでやけになっているみたいに、大きなウィスキー・ソーダのグラスを抱えこんだドクター・クリッペンのほうを見た。バーには他に誰も残っていなかった。

「やあ、オズバート」ストラットンはいった。

「なあ……」ドクター・クリッペンは、いかにも秘密の話があるといった様子でにじり寄ってきたが、彼がちゃんと固い地面の上を歩いているのかどうか、はっきりしたことは誰にもいえそうになかった。「なあ、おい……」

「なんだい」

「なあ、きみ」ドクター・クリッペンはここだけの話といった調子で、やましげな笑いをうかべると、「きみの義理の妹は完全にいかれてるんじゃないのか、ロナルド。なあ、どうなんだ?」

「完全にね」ストラットンはあっさりそういった。「行こう、シェリンガム」

2

ロナルド・ストラットンの婚約者は、彼と同じ歳くらいの、素敵な金髪と感じのよい笑顔のチャーミングな女性だった。彼女には二人の子供がおり、ミセス・ラフロイと名乗った。白いサテンの紋綾織りの十七世紀風のドレスに、張り骨付きの広がったスカートが、その顔色をみごとなまでに引き立たせていた。

「では、あなたは以前、結婚されていたのですか」ダンスが始まると、ロジャーは打ちとけた様子で訊ねた。

「いまもそうよ」ミセス・ラフロイは驚いたように答えた。「すくなくとも、私はそう思っています」

ロジャーは言い訳するように咳払いすると、「あなたはロナルドと婚約されていると思っていたのですが」ともごもごといった。

「ええ、そうよ」ミセス・ラフロイは明るくいった。

ロジャーは降参した。

「離婚の仮判決を受けたんです（期限内に相手方の異議がなければ確定判決となる）」とミセス・ラフロイは説明した。「でも確定したわけではないの」

「これはおそろしく現代式のパーティのようですね」ロジャーは控えめに感想を述べながら、自分たちが何をしているのかわかってないような別のカップルを避けるために、やや乱暴に方向を変えた。やり過ごしながら目をやると、カップルの女性のほうはミセス・ピアシーで、彼女がパートナーにあんまり熱心に話しかけるので、相手のほうはリードに注意を集中することができないのだった。

「現代式？」ミセス・ラフロイが聞き返した。「そうかしら。ただ、ストラットン夫妻と私に関していえば、私の考えでは――あなたのおっしゃる『現代式』というのは、自分が結婚に失敗したことを――たいていの夫婦はそういうことになるんだけれど――受け入れる用意があるだけでなく、それを修正する用意があるということだと思うわ。たいていの夫婦はそうする勇気が持てないでいるの」

「それであなたは、もう一度そいつを試してみようとしているわけですね」

「ええ、そうよ。一つ失敗したからといって、次もそうとはかぎらないもの。それに私は、最初の結婚がそんなに大事なものだとは思ってないの。どういうふうに結婚生活をきりもりしていくかを学ぶのに汲々としていると、相手が過ちをおかしたとき、憤りみたいなものを抑えるのは難しいでしょう。いったんそうした憤りが入りこんできたら、それでおしまいなの。とにかく、ここに一人の、家庭向きによく修練をつんだ完全な商品が、新しいお客を待ってるわけよ。結局のところ、誰でもどこかで最初の経験をつむものだし、だからといって残りの人生、まがい物を後生大事にすごすことはないんじゃなくって」

そういって彼女が笑うと、ロジャーも笑った。「しかし、一度あったことはもう一度起きるともいいますからね。また別のまがい物をつかんでしまうことだってあるんじゃないかな」

「まあいやね、いま新しいのをつかんだばかりなのよ。でもまじめな話、シェリンガムさん、三十四歳の人間は二十四歳のときとは同じ人間じゃないのよ。十年前にうまくいった相手と、今もしっくりいかなくちゃいけないものかしら。たぶん、二人はまったく違う方向に成長してるはずだわ。それが完全に異なる方向だったら、私はパートナーを代えるべきだと思うの。もちろん、二人が同じ方向へ成長していくという、珍しいケースはあると思うけど」

「ご自分の離婚のことを弁明なさる必要はありませんよ」ロジャーはささやいた。

ミセス・ラフロイはもう一度笑い声をあげた。「そんなこと夢にも思ってませんわ。これはたまたま私が強い関心をいだいている問題というだけなんです。私が考えているのは、私たちの結婚に関する法律は、完全に考え方が間違っているってことなんです。結婚は簡単なものであるべきではないし、離婚は難しいものであってはいけない。ちょうど反対でなければいけないんです。結婚を望むカップルは判事の前へ出て、こういわなくてはなりません。『私たちは二年間一緒に暮らしてきました。お互いに相手にふさわしい人間であることを確信しています。私たちが熱烈に愛しあっていて、滅多にけんかもせず、同じものを好んでいることを誓ってくれる証人も、ここに何人か呼んでいます。それに二人とも健康です。私たちはお互いが何を考えているか知っています。ですから、どうか私たちを結婚させてくれませんか』そうして、二人は仮の結婚裁定を得ます。六か月以内に国王代訴人が、二人が結局のところ相手にふさわしい人間ではない、または二人がほんとうには愛しあっていない、あるいは別れたほうがいいということを証明できなければ、そこで彼らの結婚は正式なものとして確定される。どう、いいアイディアだと思いません？」

「ぼくが結婚について聞いた話では、一番いいアイディアですよ」ロジャーは確信をもって答えた。

「ぼくも少しばかり意見を出したことがあるんですがね」

「ええ、知ってますわ。あなたの意見は、結局一番いいのは結婚しないことだ、でしたわね。そうね、それにも一理あるかもしれません。すくなくとも、私の義理の弟になる人はあなたに同意するでしょうね」

「あなたのいってるのは、ロナルドの弟さんのことかな」

「そう。彼のことはご存じよね。あの背の高い、きれいな金髪の青年よ。ほら、あそこで袖のふんわり膨らんだドレスの女性――ミセス・メイブリック（リヴァプールの貿易商夫人。一八八九年、夫を砒素で毒殺した容疑で有罪となる）と踊ってる」

「いや、ぼくは彼を知らないんです。なんでまた彼がぼくに賛成すると？」

「あら」ミセス・ラフロイはちょっぴり後ろめたそうな顔をした。「こんなことというべきじゃなかったわね。なんといっても、私はロナルドが話してくれたことしか知らないわけだし」

「秘密の話なのかな」いささかはしたない好奇心にかられて、ロジャーはうながした。

「そう、ある意味ではね。まあなんにしても、私は口をつぐんでたほうが良さそうだわ。でも」と微笑みながらつけくわえて、「そんなに長いこと秘密のままではないと思うわ。あなたが彼女のことをよく見てればね」

「では、よく彼女を見ていることにしましょう」とロジャーはいった。「ところで、あなたは誰の扮装をしてるのか、教えていただけませんか」

「誰だと思う？　あなた、たしか犯罪学はご専門じゃありませんでしたっけ」ミセス・ラフロイはいささか得意でなくもないらしく、ふんわりとした純白のスカートを見下ろした。

「たしかにそうですが、扮装の専門家じゃあない」

「いいわ、教えてあげる。ブランヴィリエ侯爵夫人（十七世紀フランスの有名な殺人者。愛人と共謀して父親や兄弟らを毒殺、断頭刑に処される）よ。このネックレスの砒素緑色《アーセニックグリーン》に気づきませんでした？　私はちょっとわかりにくい手がかりだと思ったんですけどね」というと彼女は、グランド・ピアノの上からバッグと白いビロードの手袋をとりあげ、室内に目を走らせた。

「ロナルドに感化されましたね」とロジャーはぼやいた。

　彼女の視線に応じたようにロナルドがやってきて、婚約者の手を求めると、ロジャーは失礼してその場をはなれた。ミセス・ラフロイは発想の豊かな女性のようだった。発想の豊かな女性はめずらしい。いや、それをいうなら男性にしても同様だ。

3

ロジャーは男性の習性にしたがってバーの方へぶらついていった。

このパーティは面白いものになりそうだという思いは、確信に変わっていた。元ミセス・ストラットンと未来のミセス・ストラットンが同席して、二人とも友好的に微笑みをかわし、きまりわるさを感じることもないというのは、彼の気に入った。これこそ開化の時代のやり方だ。

バーではドクター・チャーマーズが、もう一人の地方医師と話していた。ラグビーのイングランド代表をつとめたこともあるという、がっしりした男で、赤と白の絞り染めの大きなハンカチーフを首のまわりに巻き、黒のマスクを額に押し上げていた。両手に赤いはねを散らしている。二人は医者独特の流儀で、彼らのあまり運が良いとはいいかねる患者の一人から、ドクター・ミッチェルがその日の午後摘出した、ある口にするのをはばかる臓器について議論していた。そのかたわらには、怒ったような顔をしたやせ型の黒い髪の女性がいた。ロジャーは、さきほどデイヴィッド・ストラットンと踊っていた、ふんわりした袖のミセス・メイブリックであると見てとった。

「やあ、シェリンガムさん」ドクター・チャーマーズが声をかけた。「失礼、仕事の話をしてたんです」

「あなたがた、ほかの話をしてたことがあって?」黒髪の女性が辛らつに口をはさんだ。

「シェリンガムさん、妻です」とドクター・チャーマーズは上機嫌で紹介した。「そしてこちらがフランク・ミッチェル。この土地の同業者です」

ロジャーは二人にお会いできて嬉しいというと、さらにつづけて、「ところで、お二人は何に扮装しているんですか。その手のことには詳しいつもりなんですが、あなたがたのは読めませんね。もしかしたらブラウンとケネディ（自動車泥棒の二人組。一九二七年に巡査を射殺、翌年逮捕され処刑される）ですか」

「いや、切り裂きジャックですよ」ドクター・ミッチェルは誇らしげにいうと、赤いはねを散らした両手をかざしてみせた。「これが血というわけです」

「気色の悪い」とミセス・メイブリックことミセス・チャーマーズ。

「同感です」ロジャーは如才なくいった。「ぼくもあなたの方法のほうが好きですね。たしか砒素を使ったんでしたね。使ってなどいないと考えた人たちもいたわけですが（メイブリックの有罪には裁判でも議論がわかれ、世論の後押しもあって死刑判決は終身刑に減刑された）」

「もし私がやってたら、それを全部使っちゃったのを残念に思うでしょうね」とミセス・チャーマーズは短く笑って、「私だったら、もっとましな目的のために少し取っておいたわ」

いささか煙にまかれたロジャーは礼儀正しく笑みをうかべたが、その笑みは、二人の医者のあいだで交わされた意味深長な視線のやりとりをみて、さっと引っこんだ。その視線の意味を完全にはつかむことはできなかったが、どうやらある種の警告を互いに交わしあっていたようだった。いずれにせよ、二人の医師はいきなり同時に話しだした。

「ぼくは思うんだが、きみは知らないんじゃ――失礼、フランク」

「砒素といえば、不思議なのは――失礼、フィル」

ぎごちない沈黙がおりた。

こいつは妙だな、とロジャーは思った。いったい何があったというんだ。

その沈黙を埋めるように彼は口を切った。「それにあなたにもまだ頭をひねってるんですよ、チャーマーズさん。何に扮装してるのかさっぱりわからない」

「フィルは扮装しようとしないの」ミセス・チャーマーズは怒ったようにいった。

ドクター・チャーマーズは、細君に何といわれようとまったく頓着しない、おそろしく度量の寛い男らしく、愛想よく答えた。

「ぼくのは知られざる殺人者なんだ。これはあなたに敬意を表したものでもあるんです。この世界は発見されていない殺人者であふれているというのは、あなたの持論でしたね」

ロジャーは笑った。「そいつはフェアとはいえませんな」

ミセス・チャーマーズが口をはさんだ。「いずれにせよ、フィリップには殺人なんかできやしないわ、たとえ自分の命を救うためでもね」彼女はまるで、それが昔からの不満の種であるかのようにいった。

「よろしい、きみが望むなら、ぼくだって知られざる殺人医師になってみせるさ」ドクター・チャーマーズのほうは、いとも落ち着き払っていた。「この辺にもお仲間がたくさんいるんじゃないかな。なあ、フランク」

「たしかにね」ドクター・ミッチェルは素直に同意して、「おや、音楽がやんだようだな。では、ぼくは失礼して……」彼は酒を飲みほすと、舞踏室のほうへ歩いていった。

「あのひと、結婚してまだ四か月なの」ミセス・チャーマーズは、仕方がないわねというようにいった。

「なるほど」とロジャーはうなずき、三人は笑みをかわした。男が結婚して四か月しかたってない、というのがおかしいのはなぜなんだろう、とロジャーは思った。なぜかをうまく説明することはできないが、それがおかしいのは紛れもない事実だった。結局、結婚に関係のあることは、ほとんどどんなことでも喜劇か悲劇であるという結論に達した。そのちがいは、結婚を外から見るか内から見るかにかかっていた。

「おやおや」とドクター・チャーマーズは声をあげて、「飲みものがありませんね、シェリンガムさん。これではロナルドに叱られてしまうな。何を作りましょうか」

「ありがとう。ではビールをお願いします」

誰かが自分のために飲み物を作ってくれているときの例で、彼はそわそわしながら待っていた。見守っているうちに、ドクター・チャーマーズのぎごちない手つきに気がつかないわけにはいかなかった。普通やるように瓶とジョッキを胸の高さに持つのではなく、もっと下のほうで構えていた。そうしてジョッキを満たすと、右手に持っていたジョッキをまず下に置き、それからその手で左腕をぐいと引き上げるようにして、瓶をテーブルの端にもどした。あきらかに障害があるようなので、ロジャーはそのことを訊いてみた。

「ありがとう」とジョッキを受け取りながら、「腕がお悪いのですね」

「ええ、戦争ですこしやられましてね」

「フィリップは左肩を撃ち抜かれたの」細君のほうはいらだたしげだった。

「ほんとうですか。それはいろいろと差し障りがあるでしょう。手術なんかは大変じゃありませんか」

「ええ、まあ」ドクター・チャーマーズはあくまで陽気だった。「それで実際、そんなに困ってはいませんがね。車の運転もできるし、ヨットも操れる。仕事を休めるときには、ちょっとばかり飛行機の操縦を楽しむこともできる。もちろん手術だって大丈夫です。やられたのは肩だけなんですよ。上腕を肩から上にあげることはできませんが、肘から先は自由に動かせます。もっとひどいことになっていたかもしれないんです」彼はまったく自然に話していた。戦傷について話すはめになった人が陥りがちな、誤った気後れのかけらもなかった。

「ついてなかったですね」ロジャーは心からいった。「まあ、よしとすべきなんでしょうね。奥さん、何かお飲みになりませんか」

「いえ、結構です。私は物笑いになりたくはありませんもの」

「そんなことになりはしないと思いますよ」ロジャーはいささか面食らっていた。いまの言葉にはあきらかに刺がふくまれていたが、その刺は彼に向けられているとしか思えなかった。しかしロジャーには、なぜまた夫人がそういう不躾《ぶしつけ》な態度に出なければならなかったのか、そのわけがわからなかった。

「ええ、私はそのつもりはありません」ミセス・チャーマーズは顔をこわばらせて、彼のほうを見すえていた。

次の瞬間、夫人が見ているのは彼ではなく、その右肩の後ろであることに、ロジャーは気づいた。彼は振り返って夫人の視線を追った。

数人の人々が舞踏室から移ってきていた。そのなかにミセス・ピアシーに扮したロナルドの義妹の姿があった。ミセス・チャーマーズがみつめていたのは彼女だったのだ。

彼女はバーのかたわらで、ロジャーがまだ引き合わされていない背の高い青年と一緒に立っていた。男は何を飲むか訊ねているようだった。

「ウィスキー・ソーダをもらうわ」彼女はややこれ見よがしに声を高めた。「たっぷりちょうだい。今夜は酔っぱらいたい気分なの。結局、それだけがするに値することだものね。そうじゃなくって？」

今回はロジャーも、チャーマーズ夫妻のあいだで交わされた意味ありげな視線のやりとりに参加することになった。

彼はビールを飲みほすと、夫妻の前を辞してロナルド・ストラットンを探しにいった。

「酔っぱらっていようといまいと、あの女に引き合わせてもらわねば」彼はひとりごちた。

4

ロナルドは舞踏室にいて、ラジオをいじっていた。人々がそれに合わせて踊っていた音楽は、ケーニヒスヴスターハウゼンの放送局からのものだったが、ロナルドはそれがちょっと重すぎる、なにかフランスのもののほうがいいと思ったのだった。

三人の人物がそれにあれこれと口を出していた。そこには、大きなラジオ・セットの持ち主がつまみをいじるのを見ていると、たいていの人が感じる不思議な偏見以上の深い理由はなかった。その一人はロジャーも知っているロナルドの妹、シーリア・ストラットンだった。背の高い娘で、派手な衣装をまとって十八世紀のメアリー・ブランディに扮している。ほかの二人はクリッペンと、少年の格好をした小柄な女性で、それがミス・ル・ニーヴ（クリッペンの愛人。男装して共に大西洋横断船に乗り込むが見破られる。事後従犯で起訴されるが無罪）

の扮装であるのを見てとるのは造作もなかった。

つんざくようなソプラノが、一瞬悲鳴のようにラジオから飛び出してきたかと思うと、すぐに消えた。しかし、とりかこむ批評家たちが見逃すほど素早くはなかった。

「そのままにしといてよ」とミス・ストラットンが頼んだ。

「前ので十分だったわよ」ミス・ル・ニーヴも加勢した。

「おかしいのはね」ドクター・クリッペンは、まるで重大な意見を持ち出すかのように、重々しい口調で言い足した。「ラジオを持ってる人間は、一秒とそれを放っておかないということだ」

「ばかばかしい」とロナルドはつまみをいじり続けた。

そのかいあって、突然ジャズが流れはじめた。

「そらみろ。こっちのほうがずっといい」彼は朗らかにいった。

「すこしも良くないわ」妹がいい返す。

「さっきより悪いわね」とミス・ル・ニーヴ。

「くだらんな」ドクター・クリッペンも彼女を支持した。「どこの放送だい」

「ケーニヒスヴスターハウゼンさ」ロナルドは愛想よくそう答えると、ロジャーにウィンクしてみせ、さっさと歩み去った。

ロジャーは彼を追いかけようとしたが、シーリア・ストラットンが声をかけてきて、その機会を奪った。ウィリアムスン夫妻はご存じかしら。ロジャーはウィリアムスン夫妻を存じあげないことを認めないわけにはいかなかった。ドクター・クリッペンとミス・ル・ニーヴは、その名前で彼に引き合わされた。ロジャーは二人の扮装を丁重にほめあげた。

「オズバートはただ金縁眼鏡をすればよかったのよ」ミセス・ウィリアムスンが口を出した。「この人ったらクリッペンにそっくりでしょう、シェリンガムさん」

「それならあなた、気をつけなきゃね、リリアン」とシーリア。

「私が一部屋のアパートを出て、もっと部屋数の多いところに越したがってるのがわかるでしょ。あそこでこの人が殺しの発作を起こしたら、逃げ場なんてないもの」

「リリアン、きみだってわかってるはずだぞ」夫は抗議した。「きみが私にクリッペンに扮装するようにいったのは、そうすれば自分がミス・ル・ニーヴになれるからじゃないか。リリアンはズボンをはくチャンスを逃したりはしないんだ」ウィリアムスン氏は一同に向かって穏やかに説明した。

「なんで私がそうしたいときにズボンをはいちゃいけないのよ」ミセス・ウィリアムスンはそう詰問すると、鼻で笑った。

「後ろを安全ピンで留めておいたほうがよかったですね」とロジャーはつい口をすべらせた。

一同に問いただすようにみつめられて、彼はいわなければよかったと思った。

「ミス・ル・ニーヴのズボンは彼女には大きすぎたんです」彼は説明しなければならなかった。

「そこで彼女は後ろをつまんで安全ピンで留めていました。定期船の船長がそれに気づいて、これは変だと思ったわけです」

「リリアンのが大きすぎるということはないのは確かだ」ウィリアムスン氏は夫ならではの不躾《ぶしつけ》さで笑った。「おそろしく変てこかもしれんがな。なあ、リリアン」

「私、ズボンはぴったりしてるのが好きなの」ミセス・ウィリアムスンは再び鼻で笑った。

ロジャーはこの手の衣服の話には他の人のようにたいして興味が持てなかったので、話題をいきなり変えてみた。

「シーリア、ぼくはまだ、きみの義理のお姉さんにお目にかかってないんだ。紹介してもらえないかな」彼は穏やかな打ちとけた口調で頼んだ。

「デイヴィッドの奥さん？　ええ、もちろん。彼女はどこにいるのかしら」

「ちょっと前にはバーのところにいたよ」

「彼女はいかれてる」ウィリアムスン氏がやや興味を引かれたようにいった。

「なんてことというの、オズバート」シーリア・ストラットンに目をやりながら、細君がいさめる。

「気にしないでいいわ」シーリアは優しくいった。

ロジャーはこの有望なとっかかりを見逃すわけにはいかなかった。「いかれてる？　彼女が？ぼくはいかれた連中が大好きなんだ。義理のお姉さんはどんなふうにいかれているのかな」

「さあ、私にはわからないわ」シーリア・ストラットンは軽く受け流した。「オズバートはそういうけど、彼女はごく一般的な意味でいかれてるだけよ」その軽い調子にもかかわらず、シーリアの声の底には警戒するような様子が隠されているのに、ロジャーは気がついた。まるで彼女は、自分の義理の姉が狂っているという考えを、何かもっと悪いことを隠すために喜んで受け入れているようでもあった。

「彼女は自分の魂のことを話したがるんだ」ウィリアムスン氏は苦い顔で説明した。

「オズバートは魂なんかに興味がないのよ」とこれはミセス・ウィリアムスン。「自分が持ってないもんだから、とても興味なんか持てないの」

「私は彼女の魂には興味がないんだ」とウィリアムスン氏はいいきって、「しかし、シーリア、私だったら、彼女から目を離さないな。さっき一緒にいたときには、ウィスキーをダブルでのべつ流しこんでは、今夜は酔っぱらいたい、それだけがするに値することだからとか何とか、ふざけたことをいってたぞ」

「まあ、なんてこと」シーリアはため息をついた。「そんなふうになってたの。どうやら私が行って気をつけていたほうがよさそうね」

「なんで彼女は酔っぱらいたがるんだ」シーリアが行こうとするとウィリアムスン氏が訊ねた。

「それが気が利いてると思ってるのよ。シェリンガムさん、彼女に会いたいんだったら一緒にいらっしゃいよ」

ロジャーはいそいそとついていった。

第二章　いけすかない女

1

シャレード（ジェスチャーで言葉などを当てるゲーム）でパーティを盛り上げるのが、ロナルド・ストラットンのいつもの習慣だった。それは彼がたまたまシャレードが好きだったからというだけのことで、自分の開いたパーティでそれをしてはいけない理由も見つからないからね、と彼はざっくばらんにいっていた。ロジャーにとっては間の悪いことに、ロナルドがシャレードをしようといいだしたのは、まさにその瞬間だった。義姉を紹介してもらう前にシーリア・ストラットンは呼び戻され、なかなかいうことをきかない参加者たちを坐らせる場所づくりを手伝わされた。その間に、そこにいた人々は二つの組に分けられた。ミセス・デイヴィッド・ストラットンとロジャーは別の組になり、彼女の知己を得る機会はまたまた引き延ばされることになった。それでもロジャーは、自分の組に彼女の夫がいるのを知って興味をかきたてられた。

ロナルド・ストラットンをいくらか知るようになって何年にもなるが、デイヴィッドと会うのは今回が初めてだった。兄弟によくあるように、二人はまったく似ていなかった。ロナルドはそれほど背の高いほうではないが、デイヴィッドは優に六フィートはあった。ロナルドはがっしりしていたが、デイヴィッドはやさ男。ロナルドは黒髪で、デイヴィッドは金髪。ロナルドは獅子鼻で、デイヴィッドは鷲鼻。ロナルドは熱中しやすく、遊んでいるときなどは子供っぽいとさえいえたが、デイヴィッドのほうは物事にうんざりしたような雰囲気をただよわせ、彼のウィット（なかなかウィットにあふれた男なのだが）はシニカルな趣があった。知らない人がみたら、実際とは逆に、ロナルドのほうが弟で、デイヴィッドが兄だと思うかもしれない。

一方の組のキャプテンに指名されたシーリアは、その務めを大真面目にこなしていた。彼女の組が最初に演じる順番だったので、シーリアは一団を舞踏室の外へと導きながら、ロジャーに二音節の適当な言葉を考えてと頼んだ。ロジャーはたちまち自分の頭が完全にからっぽであることに気づき、バーのほうをうっとりと焦がれるようにみつめるしかなかった。結局、その言葉を考え、それに合わせてちょっとした三幕の芝居を手際よく作り上げたのは、デイヴィッド・ストラットンだった。その見事な即興にロジャーは舌を巻いた。

「きみのお兄さんは、今夜はばかに冴えてるじゃないか」ヨナが鯨に飲みこまれる以前のニネヴェの住人（旧約聖書ヨナ書。悪徳がはびこるニネヴェに警告を与えるため、神はヨナを遣わすが、最初それを拒んだヨナは鯨に飲みこまれる）にふさわしい小道具を整えながら、彼はなにげなくシーリアに話しかけた。

「この手のことなら、デイヴィッドはいつだって頼りになるのよ」とシーリア。

「そうなのか。彼がなにか書いてみようとしないのが不思議だね」

「デイヴィッドが？　結婚する前は少しだけど書いてたのよ。『パンチ』とか、その手の週刊誌にね。そのころは私たち、いまに兄がすごい傑作を書くものと思ってたわ。そして兄は本に取りかかったの。面白い物になりそうだったんだけど」

「完成しなかったのはなぜ？」

シーリアはそのときひっかきまわしていた抽斗《ひきだし》の上に、さらにもうすこし深く屈みこみながら、「結婚したからよ」といった。ロジャーは再び、彼女はその無頓着な外見の下に何かを隠していると感じた。

ロジャーは詮索するように彼女をみつめたが、それ以上この話題を追いかけるのはやめにした。しかし、二つのことは確かなようだった。なんにせよデイヴィッド・ストラットンの結婚は、彼から成功のチャンスを奪った。そしてシーリア・ストラットンは、そう見せかけているほどその問題に無関心ではない。

さらなる謎だ、ロジャーは思った。

よくあるおふざけにかこつけて、彼はデイヴィッドをもっと近くから観察した。みんながマーゴットと呼んでいる可愛いふっくらした女性に、なんとか鯨の役を引き受けさせようとしているときなど、一見すると彼はとても元気よくみえた。しかし、ふとしたしぐさに、今見る陽気さの下に隠された途方もない倦怠がかいまみえるのだった。実際のところ、彼はおそろしく疲れているようだった。それもただ疲れているだけでなく、ほんとうに具合が悪いようにみえた。兄の不動産管理人というデイヴィッドの仕事が、全然骨の折れるようなものではないことを、ロジャーは知っていた。では、彼がまるで一か月もほとんど眠っていないようにみえるのは、いったいなぜなんだろう。

何でもないことを大げさに考えているだけかな、とロジャーは思った。

シャレードはお決まりのコースをたどって陽気な浮かれ騒ぎとなった。ロジャーもふと気がつくと、ばかばかしく思いながらもそれを十分に楽しんでいた。ウィリアムスン夫妻は彼の組で、ドクター・ミッチェルと若く美しい新妻も同じ組だった。彼女の旦那さまは、いかなる奥方も望めないほど、公然と、なかば無意識に熱愛ぶりを披露していた。ロジャーは、彼ら二人を見ているといやに感傷的になっている自分に気づいた。張り骨を入れたスカートと婦人帽《ポーク・ボネット》でマドレイン・スミス（グラスゴーの良家の娘。愛人を毒殺した容疑で一八五七年に裁判にかけられたが、証拠不十分で釈放される）に扮したジーン・ミッチェルはとても魅力的で、みなの注目を集めているのも無理はなかった。

たわいのないことの下からドラマのヒントが姿を現しはじめたのは、彼らの演技の番が終わって、舞踏室の一方の側に並べた椅子に坐り、今度は相手側の奮闘ぶりをはやしたててやろうと、手ぐすねひいている態勢になってからだった。

ロジャーは自分が島流しになっているのに気づいた。

彼の左にはシーリア・ストラットンが坐り、その後ろにはミッチェル夫妻がいた。右側にはマーゴットというぽっちゃりした女性。今ではロジャーにも、彼女がロナルドの前の奥さんであることがわかっていた。デイヴィッドが、彼女とその婚約者、大柄でいたって物静かな青年――マイク・アームストロングという名だ――の間に坐っていた。シーリアはすぐにドクター・ミッチェルと、低い声でなにやら熱心に話しはじめ、いっぽう、元ミセス・マーゴット・ストラットンのほうはといえば、これまたほとんど同時に、デイヴィッドに向かって同様の攻撃を仕掛けていた。ロジャーはあくびを押し殺しながら、相手側が早く始めてくれないかなと思っていた。

そのとき、二つの会話の切れ端がいやおうなしに彼の耳に入ってきはじめた。

「でも、それがイーナのせいだと、確信をもっていえる？」シーリアが気づかわしげな声で訊いていた。

「間違いない」ドクター・ミッチェルが苦々しげに答える。「ジーンから話を聞くとすぐに、フェアブラザーの奥さんをちょっと訪ねてみたんだ。そうしたら、イーナから聞いたといってたよ。もちろん、完全に内密の話だそうだ。内密だって！　ぼくはフェアブラザーの奥さんにいってやったよ。そんなことは全部嘘っぱちだってね。この方面に関しては、その話がこれ以上伝わるのを止められたとは思うんだが、それでも他にもたくさん……」ドクター・ミッチェルは声を低めた。

イーナというのはデイヴィッド・ストラットンの奥さんだな、とロジャーは考えた。

反対側で、デイヴィッドがまわりを気にすることもなく話しているのが、ロジャーの耳にも入ってきた。

「マーゴット、ぼくだってもうこれ以上我慢ができないんだ。万策尽き果てたよ」

「お気の毒ね、デイヴィッド」元義理の姉はやさしくなぐさめた。「私があの人のことどう思ってるかは知ってるでしょう。ロナルドは、私が物事を厄介にして彼を困らせてるといつもいってたけど、私にはどうすることもできなかった。イーヴズの一件のあとでは、二度と彼女には私の家の敷居をまたがせないと誓ったの。そして、そのとおりにしたわ」

「知ってるよ」デイヴィッドはふさぎこんで答えた。「それにはロナルドだけじゃなく、ぼくもちょっとばかり困らされたけどね。でもきみを責めるわけにはいかないよ。結局、彼女にもいったことだけど、きみがほんとうにやり返すつもりだったら、この家に足を踏み入れるのを断るどころじゃなかったはずだからね」

「ロナルドにもそういったの」

ロジャーは左側に注意を切り替えた。

「そこにこれっぽっちの事実もなくても、ぼくは気にしないさ」ドクター・ミッチェルはいきなり乱暴な口調になっていた。「しかし、このいまいましい嘘には……」

「わかるわ。それが彼女のやり方なのよ」

「個人的には」とジーン・ミッチェルの小さなはっきりした声が割りこんだ。「私はあまり問題だとは思ってないけど。それが嘘だってことは、みんな知ってるはずだもの。理解できないのは、なぜあのひとがそんなことをしたがるのかってことよ」

「そりゃ、きみ、一種の病気だよ。それには疑問の余地がない。しかし、シーリア、実際のところ、何か手を打つべきなんじゃないか。彼女はみんなにとって危険人物になってるぞ」

「ええ。でも何をすればいいの。それが問題よ」

「どうしたものかな」とドクター・ミッチェルは腕を組み、本来快活な男としてはおそろしく厳しい顔をみせた。「しかし、これだけは約束しておくが、もし彼女がジーンにちょっかいを出すようなことがあれば、それを後悔することになるだろうよ。ちょっとばかりやりすぎたってね」

ロジャーはポケットから手帳を取り出すと、名前を書きとめはじめた。知らない人間の名前や様々な関係が次々に飛び出してきて、整理がつかなくなっていたのだ。

相手側の組はまだ出てこなかった。ドアの外から聞こえる押し殺したくすくす笑いや、ときおりどっと笑う声だけが、彼らがまだそこにいることを示していた。

「でも、どうしてあなたは彼女と別れないの、デイヴィッド」

「もちろん、金の問題さ。もしぼくに彼女を追い払うだけの余裕があったら、とっくにそうしてるよ」

「ロナルドは助けにならないの？」

「だめだね」デイヴィッド・ストラットンはそれについてはきっぱりといった。

「しゃくにさわるわね」マーゴット・ストラットンは、何か助けになるものはないかと頭をふりしぼるように、前方をみつめた。

シーリア・ストラットンがロジャーのほうに向きなおった。

「シェリンガムさん、お聞きするのをすっかり忘れてたわ。お部屋に、必要なものは全部ありました？」

「ええ、ありがとう」ロジャーはすましていった。

2

ロジャーがつくった客と主人側のリストは、次のようなものだった。

ロナルド・ストラットン……………………ロンドン塔の王子
デイヴィッド・ストラットン………………同
イーナ・ストラットン（デイヴィッドの妻）……ミセス・ピアシー
シーリア・ストラットン………………………メアリー・ブランディ
マーゴット・ストラットン（ロナルドの前妻）

マイク・アームストロング
ドクター・チャーマーズ……………………知られざる殺人者
ミセス・ルーシー・チャーマーズ……………ミセス・メイブリック
ドクター・ミッチェル……………………切り裂きジャック
ミセス・ミッチェル……………………マドレイン・スミス
ミスター・ウィリアムスン……………………ドクター・クリッペン
ミセス・ウィリアムスン……………………ミス・ル・ニーヴ
ミセス・ラフロイ……………………ブランヴィリエ侯爵夫人
コリン・ニコルスン……………………ウィリアム・パーマー

これでロナルド・ストラットンの親しい人間は全部らしい、とロジャーは考えた。どうやら自分たちだけのグループを作っているようだ。ここには他にも一ダースばかりの人間がいたが、みな近在の人たちで、彼らは彼らで固まっており、ロナルドも二つのグループを交わらせようとはしていなかった。もちろん二人の医師は地元の人間であり、この二つの組をつなぐ鎖の環とでもいうべき存在ではあった。ストラットンから聞かされていた話では、地元のグループは早めに引き上げることになるだろうが、パーティはまだまだ続けられるとのことだった。

半ダースほどの居残り組がいた。ロンドン住まいのウィリアムスン夫妻は宿泊することになっており、ロナルドがよく寄稿している週刊紙の副編集長のコリン・ニコルスンも同様だった。彼とは、ロジャーも数年来の付きあいで、その人柄を気に入っていた。それからミセス・ラフロイも泊まり組で、シーリア・ストラットンは兄のために女主人役を務めていた。ロジャー自身も泊まっていくようにいわれていた。

シャレードがようやく終わると、ロジャーは再びイーナ・ストラットンとの接触を試みたが、今度も失敗した。ロナルドが義理の妹をフロアに連れ出すと、ダンスを再開したのだ。戸惑った様子であたりを見まわしたロジャーは、部屋の隅のソファにアガサ・ラフロイがぽつんと坐っているのを見つけて、そのそばに行った。

「お誘いしなくてもかまいませんか」と彼は話しかけた。「戦争前は、これでもちょっとしたものといわれてたんですけどね。どういうわけか、以前ほど興味がもてなくなってしまったんです」

「もちろんよ」とミセス・ラフロイは微笑んで、「ここにお坐りなさいな。どっちにしろ私は、ダンスよりお話しするほうがずっと好きなの。さあ、何の話をしましょうか」

「イーナ・ストラットン」ロジャーは即座に答えた。

ミセス・ラフロイまでがその名前にお決まりの反応を示したときも、ロジャーはそれほど驚かなかった。その笑みがくずれたり、顔が青ざめたりすることこそなかったが、まったく同じ身構えるような様子を見れば、十分だった。

「彼女に興味があるの?」

「ええ、とっても。それにぼくはまだ彼女に紹介もされてないんです。あのひとのことを教えて下さい」

「お話しできるようなことがあるかしら。とくにどんなことを?」

「なんでも。彼女の結婚生活についてお聞きするつもりはありません。さっきあなたは秘密の話だといいましたからね。どうして彼女のことを怖がってるのかだけ、教えて下さい」

「彼女を怖がってる？」ミセス・ラフロイは憤慨したように繰り返した。「私は彼女を怖がってなんかいないわ」

「いいえ、怖がっています」ロジャーは穏やかにいった。「なぜです？――それともロナルドに聞いてみましょうか」

「ロナルドに聞くのはやめて」ミセス・ラフロイは急いでそういうと、どうでもいいことのように付け加えた。「どっちにしろ、何もいわないと思うけど」

「あなたもですか」とロジャーはなかば軽い調子で、なかば真面目に問いかけた。

「あなたもほんとに好奇心の強い人ね、シェリンガムさん」

「どうしようもないんです。ぼくという人間は、謎をかぎつけると、謎のままほうっておくことができないんですよ」

「あら」ミセス・ラフロイはゆっくりといった。「イーナには謎なんかないわよ」

「それでも」とロジャーはさえぎって、「この部屋の少なからぬ人間が、彼女を心底嫌っているようですよ」

「それはそうでしょうね」とミセス・ラフロイは微笑った。「実際、彼女はとても危険な女ですもの」

「ああいう、どうということのない人間が、どうやったら危険になれるんです？」問題の若い女性が部屋のなかを歩いているのを目で追いながら、ロジャーは訊ねた。「この半時間で、彼女のことをそういったのは、あなたが二人目ですよ。彼女がドクター・ミッチェルに何をしたのか、訊くべきではないのかもしれませんが、ぜひ知りたいですね」

「あら、かまわないわよ。あのひとは彼の奥さんのことで、とんでもない嘘をいいふらしたんです」

「どうしてまた？」

ミセス・ラフロイは肩をすくめた。「あのひとはその手のことをするのが楽しいらしいの」

「その手のこと？　嘘のための嘘をつくこと？　それとも悪意のない人物にひどい仕打ちをすることですか」

「どちらでもないのよ、きっと。私の考えでは、それは彼女にとって自分を重要にみせるための絶好の機会なの。彼女の固定観念なのよ。自分は中心にいなくちゃいけない、見る者につねに驚きを与える存在であるべきだ、っていう。フィリップ・チャーマーズ――ロナルドの親友よ、ご存じね――にいわせれば、彼女はとんでもなく病的な自己中心的人物だそうよ。たしかに、あのひとにそれ以上ぴったりくる言葉はないわね」

「ウィリアムスンはもっとうまいことをいってましたよ。ごく簡単に、彼女はいかれてる、ってね」

ミセス・ラフロイは声をあげて笑った。「たしかに、当たってるかもしれないわね。で、これであなたの知りたいことは全部かしら」

「いいえ、まだあるんです。あなたが個人的にかかえている彼女とのトラブルは何なのでしょう。いやもちろん、お話しになる必要はありません」ロジャーは丁重に付け加えた。「差し支えがあるようでしたら」

「そんなことありませんわ。でも、あなたがお考えになっているようなことは何もないの。私、すこしも気にしてはいません。ただ、私は彼女をまったく信用していない、それだけです」

「信用していない？」

「ロナルドはわりと無頓着に、私たちが婚約中だと公言しているの。もちろん、家族や親しい友人の間ではかまいませんし、そうあるべきでしょう。でも、さきほどお話ししたように、私の離婚はまだ確定したわけじゃありません。それで、自分が望めば国王代訴人に話して一悶着おこすことができると、イーナがほのめかしていたと、今日の午後、デイヴィッドがロナルドに警告してくれたんです」

ロジャーは口笛をふいた。

「なぜ彼女はそんなことをしたがるんでしょう」

ミセス・ラフロイはいささかばつが悪そうだった。「まあ、いくつか理由があるわね。彼女の立場からすれば、まちがいなく」

「一悶着おこす理由がですか」

「彼女にしてみれば、ロナルドが再婚するのはとても残念なことなのでしょう」

「ああ、なるほど。わかります」

その理由が何かを推察するのに、それほどの洞察力は必要ではなかった。ロナルドとマーゴットのストラットン夫妻のあいだには子供がなかった。デイヴィッドとイーナには小さな息子がいた。ロジャーが聞いていたところでは、少年の名付け親はロナルドだった。ロナルドは、探偵小説の執筆においてと同様、ビジネスにおいても鋭い嗅覚をそなえており、相続財産以外に多くの財を築いていた。よくあるように、デイヴィッドが受け継ぐ生涯不動産権とは別個に、彼がその名付け子を自分の相続人としていたのはありそうなことだ。もしロナルドが再婚すれば、おのずと新しい相続人が誕生することになる。義兄が再婚するかしないかは、イーナの利害にとって決定的な影響をもたらすのだ。

「わかります」ロジャーは繰り返した。「まるで、ロナルド自身の書いた探偵小説のプロットみたいですね」

ミセス・ラフロイの顔にうかんだ微笑をみて、ロジャーは自分の推測が当たっていたことを知った。「ロナルドも同じことをいってました。彼はそれを冗談だとみているんです」そして彼女はこう付け加えた。「でも、これはまったく笑い事じゃないんです。破廉恥な女は、同じくらい破廉恥な男がたじろぐようなことでも、平気でするものなんです」

「ええ、たしかにそうです。では、彼女は破廉恥な女なんですか」

「完全にね」ミセス・ラフロイはお手上げというようにいった。

短い沈黙があった。

ロジャーは首をかしげた。「ぼくはこういったことには疎《うと》いのですが、あなたが自由の身になったときにロナルドと結婚するつもりであることが、国王代訴人に知れると、ほんとうになにか問題があるんですか。国王代訴人を悩ますのがおそろしく簡単なのは、ぼくも知ってますがね。でもこれはちょっと神経過敏なような気がしますが」

ミセス・ラフロイは、その洒落た上履きのつま先をみつめた。「いったん代訴人が特別審理をはじめたら、何が起こるか、誰にわかって?」彼女はなぞをかけるようにいった。

「蕾《つぼみ》にひそむ蛆《むし》のような陰謀が、彼の薔薇色の頬を蝕む（シェイクスピア『十二夜』二幕四場のヴァイオラのせりふ「蕾にひそむ蛆のような片思いが、彼女の薔薇色の頬を蝕んだ」のもじり）、わが友ピーター・ウィムジイ卿なら、さしずめこういうところだな」とロジャーは同情と理解をしめしてうなずいた。「ひとつ、ぼくがあの女性を絞め殺して差し上げましょうか」

「誰かさんが天国に召されたらいいと、私は願ってるわ」ミセス・ラフロイは突然苦々しげにいった。「私たちみんなそうよ」

ロジャーは指の爪を調べながら、「ぼくがイーナ・ストラットン令夫人だったら」とひとりごちた。「足元には注意するな」

3

ついに、紹介はいとも簡単に実現した。

「ああ、イーナ」ロナルド・ストラットンはいった。「ロジャー・シェリンガムにはまだ紹介していなかったよね。イーナ・ストラットン、シェリンガム君、ぼくの義理の妹だ」

イーナ・ストラットンは、弟子が師を仰ぎ見るように、世界苦《ヴェルトシュメルツ》（ロマン主義文学などに特徴的な悲観的世界観・人生観）と控えめな満足、その他、成功した作家を前にした気高き若い女性の目にうかぶであろうあらゆるものを、その大きく見開いた目にうかべてロジャーを見た。こうしたその場にふさわしい感情が、ほとんど自動的にあらわれているのを、ロジャーは目にとめた。

「はじめまして」世界苦《ヴェルトシュメルツ》のかけらもなく彼はいった。

イーナ・ストラットンは二十七歳くらいの若い女性だった。背は高めで、運動家タイプのいい身体つきをしていた。髪はほとんど黒といってもいい暗い色で、低い額のところでまっすぐ切りそろえている。手足は大きいほう。顔は、正確にいうと、不器量でもなければ美人でもなかった。うなされたような顔だな、とロジャーは思った。大きな灰色の目がもたらす効果も、その大きな、薄い唇にうかんだ酷薄さによって帳消しにされている。微笑むと、口の端が妙なぐあいに、上がるのではなく引き下げられる。目じりには数え切れないしわがあり、小鼻から二本の深く刻まれた線が走っていた。顔色は悪かった。

外見から判断して好ましい人物ではなさそうだ。デイヴィッド・ストラットンはどうしてこんな女性と結婚したのだろう、とロジャーはいぶかった。たぶん、そのときはいまよりずっと好ましく見えたのだろう。こうした神経症タイプは、早くにその特徴が顔にあらわれるものだ。

「踊りましょうか」ロジャーはいった。

「それより一杯飲みたいわね。この半時間というもの、まったく口にしてないのよ」彼女はゆっくりと話した。その声はけっして不快なものではなく、むしろ深みのある声で、きわめてはっきりとした話し方だった。自分のような洗練された女性にとって、半時間ものあいだ一杯も口にしていないことが、いかにばかげたことであるかを、なんとかして伝えようとしているかのようだった。

ロジャーは彼女をバーまで案内すると、何を飲むか訊ねた。

「ウィスキーを。薄めすぎないでね」

ロジャーが強めのウィスキー・ソーダを渡すと、ミセス・ストラットンはそれに口をつけた。

「もう少しウィスキーが多いほうがいいわね。私、ほとんどストレートのが好きなんです」

『この女ときたら』とロジャーは思った。『ウィスキーをストレートで、おまけに無闇にたくさん飲むのが気が利いてるとでも思ってるのか』

ロジャーは作りなおして手渡した。

「ありがとう。うん、こっちのほうがいいわね。私、今夜は酔っぱらいたい気分なの」

「あなたが？」ロジャーはぎごちなくいった。

「そう、そんなに度々あることじゃないけど、今夜はそうしたいの。ときどき、酔っぱらうことだけが人生で唯一価値のあることに思えてくるのよ。そういう気分になったことはなくって？」

「ひとりでいるときに限ってのことですがね」ロジャーはとりすまして答えた。さきほど耳にした言葉を彼女がほとんどそっくりそのまま繰り返しているのに、ロジャーは気づいた。あきらかにミセス・ストラットンは、自分の大酒礼賛をおおいに得意に思っているのだ。

「まあ」彼女はさとすようにいった。「ひとりで酔っぱらっても、何の面白みもないわ」

『いいかえると』ロジャーは思った。『彼女は、自分が目立ちたがり屋であることを白状しているんだ』そうだ、それがこの女にいちばんぴったりの言葉だ。目立ちたがり屋。しかも露骨なやつだ。

ロジャーは口をひらいた。

「ところで、あなたの衣装にはぜひとも賛辞を贈らねばなりませんね、ストラットンさん。お見事ですよ。マダム・タッソー蠟人形館のミセス・ピアシーにそっくりです。すぐに彼女だとわかりましたよ。それにしても、ああいう競争相手に対して、雑役婦の扮装で——帽子やら何やら——対抗しようという、あなたの度胸には脱帽です」

「競争相手？　あら、シーリアとミセス・ラフロイのことね。でも、ご存じのように私は性格俳優なの。時代衣装の役にはまったく興味がないのよ。そんな役は誰だってできる、そうじゃなくって？」

「彼らでも？」

「ええ、そう。私はそう思うわ。もちろん、私が演じたいちばんいい役は時代物でしたけどね。あなた、『オールド・ドルリーのスウィート・ネル』をご覧になって？　素晴らしい役だったわ。もちろん素晴らしいのは役のほうで、着ていたドレスじゃないわよ。私がそれを演じたの」

「あなたが舞台に立っていたことがあるとは知りませんでした」

「ええ、そうね」ミセス・ストラットンは大げさにため息をついてみせた。「舞台にいたのはほんの少しだったの」

「もちろん、結婚なさる前ですね」

「いえ、後よ。でも、その前に勉強はしてたの。私にはどうしても」とミセス・ストラットンは意気込んでいった。「結婚が与えてくれるはずのものが見つからなかったの」

「そして舞台がそれをくれた？」

「少しのあいだはね。でも、結局それも私を満たしてはくれなかった。それでも最後までそれを見つけようとはしたのよ。その結果もたらされたものは何か、想像できて？　あなたならそれがおわかりのはずよ、シェリンガムさん」

「想像もつきませんね」

「あら、あなたはわかってると思ってたわ。あなたの本に出てくる女性はいつも真に迫っているもの。なぜ、赤ちゃんをつくるのか。それだけがほんとうに自分を満たしてくれる唯一可能な道だからよ、シェリンガムさん」ミセス・ストラットンは激しい口調でいった。

「そうなると、ぼくが満たされるということはなさそうですね」とロジャーはは したない口をきいた。

ミセス・ストラットンは寛容に微笑んだ。「女性にとっては、という意味よ、もちろん。男の人は、ほかにも自分を満足させる方法がたくさんあるでしょう。そうじゃなくって?」

「ええ、たしかに」ロジャーは同意した。ミセス・ストラットンのような人間が、そうした決まり文句で何をいおうとしているのか、ロジャーには見当がつかなかった。結局、何も意味していないのでなければ、だが。いずれにせよ、彼は今のところ自分を満たそうなどと真剣に考えたことはなかった。

「たとえば、あなたの本のように」ミセス・ストラットンは助け舟を出すように付け加えた。

「ああ、そう、もちろんです。この仕事はぼくを完全に満足させてくれます。グラスをお下げしましょうか」

「それじゃあ折角の機会が無駄になるでしょう?」ミセス・ストラットンは扱いにくい子猫のようにいった。

飲み物を作りながら、ロジャーは、ミセス・ストラットンが会話の中にもちこんだ話題の意味についてじっくり考えてみた。三分ほどのあいだに、彼女の人生に起こった二つの重大事件が明らかにされた。まず舞台に立っていたこと、それから子供をつくったこと。彼女の考えでは、この二つの出来事がイーナ・ストラットンに大いなる栄誉をもたらしたのは明らかだ。

ロジャー自身の考える彼女の栄誉とは、今夜流しこんだ大量のウィスキーにもかかわらず、見たところ一向にこたえた様子のないところだった。人生で唯一ほんとうに価値のあること、に近づく気配はまったく見られなかった。

「ありがとう」新しく満たしたグラスを渡すと、彼女はいった。「屋上に上がってみない？　ここは息が詰まるわ。星を見たいの。あなた、おいやじゃなくって？」

「ぼくも星を見るのは好きですよ」ロジャーはいった。

グラスを手に取ると二人は小さな階段をのぼり、大きな平屋根に出た。その真ん中には、依然として三体の藁人形が大きな絞首台にぶらさがっていた。ミセス・ストラットンはそれを見て、仕方がないわねというように微笑った。

「ロナルドはときおり、どうしようもなく子供みたいになるわね、シェリンガムさん」

「ときおり子供みたいになれるのは、素晴らしいことですよ」ロジャーは擁護した。

「あら、たしかにそうね。私だってもちろん、かっとしたときには、ばかばかしいほど子供っぽくなれるもの」

屋根の端には太い手すりがめぐらされていた。二人はそこに肘をもたれて、下方の厨房を覆いかくす闇をのぞきこんだ。ミセス・ストラットンはどうやら星を見たがっていたことなど忘れてしまったらしい。

四月の夜は穏やかで心地よかった。

「もういや」とミセス・ストラットンはため息をもらした。「私ったら、とんでもない莫迦だわ」

ロジャーはしばし思い迷った。ここは上品に「そんなまさか」というべきか、それとも無遠慮に「どうして？」といくか、それとも如才ないとはいえないが元気づけるような「それで？」がいいのだろうか。

「私、今夜はこわいくらい内省的になってるの」と話し相手は、彼がどう答えるか意を決する前につづけた。

「あなたが?」彼は力なくいった。

「そうよ。あなたは内省的になることは度々あって? シェリンガムさん」

「度々はありませんね。すくなくとも、そうならないように努めてはいます」

「こわいくらいなの」ミセス・ストラットンはふさぎこんだようにいった。

「そうでしょうね」

ミセス・ストラットンの内省の恐ろしさに思いを馳せるために、すこし間があった。

「人は自分に問いかけるのを抑えることができないのよ。人生に何の意味があるのか、ってね」

「恐ろしい質問ですね」ロジャーは懸命に自分の務めを果たしつづけた。

「私は子供をつくった。成功の階段を一段のぼったといってもいい。私は夫を持ち、家庭をつくった——でも、そんなことにいったい何の価値があるというの」

ロジャーはさも遺憾であるといった声をもらした。

ミセス・ストラットンはすこしロジャーのほうに近寄った。肘が触れあった。「ときどき考えるの」彼女は暗い声でいった。「一番いいのは、すべてを終わらせることじゃないか、って」

ロジャーは、おそらく多くの人々が彼女の意見に心から賛同するであろう、ということは口にしなかった。ただその場にふさわしい静かな声で「さあ」とだけいった。

「ほんとうなのよ。もし簡単な方法をみつけることさえできたなら……」

ロジャーは再び遺憾の意をもらした。

「あなたはそれが卑怯なことだとは思わないでしょう？」

「さあ、ストラットンさん。そんなことをいってはいけません。もちろん本気じゃないんでしょう？」

「でもそうなの！　ほんとうなのよ、シェリンガムさん。ときどき何時間も眠れずに横になったまま、結局ガス・オーヴンがいちばん簡単な解決なんじゃないか、なんて考えてるのよ」

「何の解決なんです？」

「人生のよ！」ミセス・ストラットンは芝居のように叫んだ。

「まあ、たしかにそれは一つの解決ではありますね。それは否定できません」

「こんなことを話して気をわるくされてない？」

「いえちっとも。その反対です、お話しいただいて光栄に感じてますよ」

ミセス・ストラットンはさらにもう少しにじり寄ってきた。「私、一晩中ずっと、あなたとお知り合いになれるのを楽しみにしていたのよ。あのばかばかしいシャレードときたら、永遠に終わらないんじゃないかと思ったくらい。あなたに話すことができるのはわかってた。それに今夜はずっと内省的な気分だったの。それを口に出してしまえば息抜きにはなるでしょ」

「たしかに」ロジャーは心からいった。

「あなたは魂を信じる？」ミセス・ストラットンは訊ねた。

『この女はまったく訳がわからん』とロジャーは思った。そして、「魂」と沈思するように繰り返した。まるでその信仰の対象としての価値をはかるかのように。

「私は信じてる。ある人々についてはね。でも、私たち全員が魂を持ってるとは思ってないの」その声は興奮に震えていた。

話がここまで進んでくると、この女性は口では魂のことを話しているかもしれないが、心の中を占めているのはまちがいなく肉体のほうだ、とロジャーは気がついた。身体をぴったり彼に押しつけ、手は彼の腕に置かれている。その仕草はまるでワルツに誘っているかのようだった。

こいつは妙なことになったな、とロジャーはそっと身体をはなした。

ミセス・ストラットンはすかさず追ってきた。

たいていの場合、ロジャーを追いかける必要などなかった。御婦人が彼を魅了したときには、彼のほうでそれを厭うようなことはなかった。有益な時間を無駄にしなくてはならない理由はないと思っていたのだ。しかし、ミセス・ストラットンは彼を魅了してはいなかった。というより、ロジャーははっきりと嫌悪感を抱いていた。その瞬間、これほど彼がいちゃつきたくない女性はこの世にいない、といってもいいくらいだった。

そこで彼はインタビューを切り上げることにした。存在しようがしまいが、これ以上ミセス・ストラットンの魂のことなど聞きたくはなかったし、その特異な自己分析能力にも、自己犠牲をめぐる考察にも興味はなかった。それに、この最後の項目についていえば、差し迫った自己犠牲を歓迎するであろう人々に話してきかせることができる良いニュースもなかった。自殺について話す者が実行に踏み切ったりしないのはわかりきっている。自殺する者は、あらかじめそれについておしゃべりしたりはしないものだ。ミセス・ストラットンがガス・オーヴンについての良いニュースで義理の親戚たちを喜ばせることは、まずありそうになかった。

あとの時間、ミセス・ストラットンはひたすら彼をうんざりさせつづけた。彼女はロジャーが考えていたようには面白い女性ではなかった。たんにばかばかしいほど盲目的な虚栄心の塊で——まちがいなく、ドクター・チャーマーズがいったように自己中心的な人物だった。これ以上彼女といても時間の無駄だ。一つのタイプとしてもあまりに誇張されすぎていて、現実味を重視しなくてはならない作家にとっては、使い道がほとんどなかった。

　ロジャーは言葉のとぎれるのを待って、唐突に、音楽が聞こえませんかと訊いた。

　ミセス・ストラットンはおざなりに、そのようねと答えた。

「もう下に降りましょう」ロジャーはそういって、先に立った。

　舞踏室の入口のところでミセス・ストラットンから逃れると、彼はバーへと退散した。一杯やらずにはいられない気分だった。

　彼はそこで、雑談しているウィリアムスンとコリン・ニコルスンに出会った。ニコルスンは紙のひだ飾りをチョッキにつけ、ウィリアム・パーマー医師（金目当てに家族や友人を次々に殺害した有名な毒殺魔。一八五六年処刑）に扮していた。ロジャーは彼をなかなか話のわかる男だと思っていた。屈強な若いスコットランド人で、副編集長というよりは優れたラグビーのフォワード選手であり、そのどちらよりも、優れた釣り人といったほうがよかった。

「やあ、シェリンガムじゃないか。空気を吸いにいってたのか」

「やあ、コリン。ビールを飲んでるのか。ぼくにも一杯くれないか」

「いいとも。けっこういける味だよ、ここにあるのではこれが一番だな。ウィリアムスンは知ってるね。きみはこんなに見事な仮装を見たことがあるかい。クリッペンに生き写しだ。誓ってもいい」

ウィリアムスンはロジャーに向かって、すこし気が咎めるように笑ってみせた。「ずいぶん長く屋上にいたね、シェリンガム君」

「長かったようですね」ロジャーはざっくばらんにいった。

「彼女、今夜はこわいくらい内省的になっているって、いってなかったかな」

「いってました」

「結婚は自分を満たしてはくれなかった、とかいうことは？」

「いってました」

「ときどきすべてを終わりにすることが一番いいように思えてくる、いちばん簡単な方法を見つけることができさえすれば、とは？」

「いってました」

「自分のいまいましい魂のことを猛烈に話してなかったかな」

「猛烈に、ね」

「彼女はいかれてる」ウィリアムスン氏は一言でいった。

「たしかに」とロジャー。

「いったい何のことだ」当惑したニコルスンは訊ねた。「誰が自分のいまいましい魂のことを話してたっていうんだ？」

「その名はいうまい」ウィリアムスン氏は勿体ぶって答えた。「しかし、お次はきみの番だよ」

「だけど何のことをいってるんだ？　やあ、ロナルド、いったいこの二人は何を話してるのか、きみにはわかるか」

そこへやってきたロナルド・ストラットンの顔には、大きなにやにや笑いがうかんでいた。

「やあ、シェリンガム」彼はにこやかにいった。「可哀想なぼくの義理の妹にいったい何をしたんだい。まったく、きみには驚かされたよ」

「それはどういう意味かな」

「たったいま聞いたんだが、きみは彼女を屋上に誘い出すと、熱烈に迫ろうとしたそうじゃないか。どうやら彼女は、きみを近づけないでいるので精一杯だったらしいね。きみのようにむかむかする男には会ったことがないと打ち明けてくれたよ」

「まったく悪魔のような女だ」ロジャーは本気で怒りをおぼえた。

第三章　殺されてしかるべき人物

1

「ロナルド、アパッシュダンスを踊って。ねえ、ロナルド、私とアパッシュダンスを踊ってちょうだい。デイヴィッド、ロナルドったら私とアパッシュダンスを踊ってくれないのよ」

「そうかい。まあ、でも気にするなよ」

「でも私は気にする。私はアパッシュダンスがしたいの。ロナルド、あんたは豚よ」

みんなが舞踏室の中央に突っ立ったイーナ・ストラットンを見ないふりをしていた。

もう一時に近かった。地元の客たちは、二組の医師夫妻を残して一時間ほど前に引き上げていた。

パーティは再び盛り上がっていた。

「いいわ、ロナルド。どうしても私とアパッシュダンスを踊らないっていうのなら、私、梁《はり》に登っちゃうわよ。デイヴィッド、開始の合図をちょうだい」

舞踏室の床から七フィートほどの高さに、太いオークの梁が渡してあった。重い屋根を支える木造の骨組の一部である。興がのってくるとロナルドは、この梁に飛びついて振り子の要領でよじのぼり、男性客たちをはやしたてて、ここへ登ってこないかと挑戦したものだった。いまは彼の義理の妹がその機先を制しようとしていた。

「あなたは運動家タイプの内省家に喝采はしないんですか」ロジャーはさりげなくマーゴット・ストラットンに訊ねた。

「いえ、そのつもりはありません。イーナはいつものように、自分を目立たせようとしているだけです。彼女のことは気にしないで、シェリンガムさん」

マイク・アームストロングは何もいわなかった。

「どうやら彼女のことを気にしないという、秘密の取り決めがあるみたいですね」

「ロナルドがあのひとを招待する気が知れないわ。私には全然。私の記憶では、あのひとはどんなパーティでも、自分を目立たせようとしてたもの。まあ、デイヴィッドを招こうとすると、彼女も一緒に呼ばないわけにはいかないんでしょうね、可哀想なデイヴィッド」

「彼はずいぶんと我慢しているようですね」

「我慢しすぎなのよ。それが問題なの。フィリップ・チャーマーズがいってたわ、イーナに必要なのは、いつでも彼女を存分に打ち懲らしてくれる強面《こわもて》の男らしい男だって。あのひとをちゃんとさせておくには、それしかないわ。デイヴィッドは、あのひとには文明的すぎるのよ」

マイク・アームストロングは何もいわなかった。

「あなたには、彼女を好きかどうか訊ねなくてもよさそうですね」ロジャーはにっこり笑っていった。目のはしで彼は、梁によじのぼろうとなりふりかまわず奮闘中の問題の御婦人をとらえていた。部屋のあちこちで人々は小さな集団をつくって談笑しながら、つとめてそちらを見ないようにしていた。ひとり、辛抱強い旦那さまだけが、もし彼女が落ちたら抱きとめようと、かたわらに立っていた。

マーゴット・ストラットンは笑い声をあげた。「あのひとを見るのも我慢できないわ。幸いなことに、私たち、言葉をかわすような仲じゃないの。それでずいぶんとトラブルから救われてるわ」

マイク・アームストロングは何もいわなかった。

「義理の妹さんをこの家から閉め出しておくのは、おそろしく厄介だったんじゃありませんか」

「彼女は私の義理の妹じゃない、ロナルドのよ。いいえ、ちっとも厄介じゃなかったわ。それにいずれにせよ、それは彼女が自分で招いたことよ。あのひとは私にとんでもなくひどい仕打ちをしたの。そのときはまだ私も彼女と親しくしていたのだけれど。それはとても忘れられるようなことじゃなかったの」

マイク・アームストロングが沈黙を破った。「何をされたんだ」彼は声をあらげて訊ねた。

「あら、あなたにはとても話せないようなひどいことよ、マイク」とマーゴットはいった。冗談めかした口ぶりだったが、ロジャーは彼女がほんとうのことをいっている気がした。

マイク・アームストロングは、恋人にひどい仕打ちをしたという梁によじのぼる生き物のほうに、険しい目つきを投げかけた。

最後のひとあがきで、その生き物は梁の上にのぼることに成功した。「ねえ、みんな!」彼女は叫んだ。

部屋の反対側でロナルドがひとり振り向いた。「お見事、イーナ」彼はおざなりにいった。「今度は降りられるかやってごらん」

誰かがレコードを蓄音機にかけ、人々はふたたびダンスを始めた。マーゴット・ストラットンとマイク・アームストロングが離れていくと、ロジャーは部屋をぶらぶらと横切ってコリン・ニコルスンのところへ行った。ニコルスンも彼同様、ダンスにはいっこう興がのらない口だった。

「やあ、コリン、あの御婦人の挑戦を受けてたって、梁にのぼってみる気はないか」

ニコルスンはいかにもスコットランド人らしくうなり声で嫌悪感を表明した。「女性があんなふうに自分を笑い物にしているのを見るのは悲しいことだな。ところで、シェリンガム、犯罪学の話でもどうだい？」

「ああ」とロジャーは応じて、二人は最近の殺人事件をめぐる議論に没頭しはじめた。ニコルスンの得意の話題のなかには、犯罪学に対する深い関心も含まれていて、彼はこの百年間の重要な殺人事件のひとつひとつについて該博な知識を有していた。ロジャーは何度となく、ほとんど忘れさられた犯罪事件の詳細を彼からひきだしては、自分の作品におおいに役立てていた。

しかし彼らの注意が、しつこく要求を繰り返すミセス・ストラットンによってそらされるまでには、そう時間はかからなかった。

「ロナルド、私はあなたとアパッシュダンスを踊りたいの。どうしてもしたいのよ。私とアパッシュダンスを踊りなさい、ロナルド」

「イーナ、ぼくはきみの旦那さまじゃない。デイヴィッドに頼めよ」

「あら、デイヴィッドにはアパッシュダンスは踊れっこないわ。さあ、ロナルド。踊らないっていうのなら、私、どうなっちゃうかわからないわよ。そうなってほしくはないでしょう？」

ロジャーとニコルスンは顔を見合わせた。

「まったく目障りな女だね」ニコルスンは控えめにいった。「いったいどうしたのかな」

「あれも自己顕示の一つなのさ」ロジャーは説明した。「普通のダンスじゃ少しも目立たないだろ。彼女はいつも自分がその場の中心にいないと気がすまないんだ。亭主とは踊ろうとしないのはきみも見ただろう」

「なぜだい」

「おとなしすぎるのさ。デイヴィッドが存分に振り回してはくれないのを、彼女は知ってる。ロナルドならできるだろう。ところが、ロナルドはそんなことはしたくない。それだけでもう彼女には十分なのさ」

「ぼくならとてもあんなことには我慢できないな。おや、ロナルドは彼女と踊るつもりらしいぞ」

ロジャーの予言は実現した。ロナルドは自分が何を求められているか十分承知していて、それを思う存分与えてやるつもりのようだ。

「わかった、イーナ。アパッシュダンスを踊ろう」

彼は義理の妹の手を取ると、彼女を思いきり振りまわし、手をはなした。彼女は広い床の上を飛んでいき、しまいには四つん這いになった。そして矢のように戻ってくる。三分間というもの、二人にフロアを明け渡すことを拒んだ他の踊り手たちの間で、ロナルドは彼女を振りまわし、放り投げつづけた。見ていたロジャーとニコルスンは、イーナ・ストラットンは相当に苦しいはずだと思ったが、ロナルドがこれ以上この虐待行為を続けることを断ったとき、彼女があげた凄まじい叫びから判断すると、この風変わりな気晴らしをこの女がとんでもなく楽しんでいたのは明らかだった。

「これで小さな坊やの母親とはね」ニコルスンはうんざりしたようにいった。

ロジャーはこの部屋の中でただひとり、いささかなりとも真剣な興味をもってこのばかげた芸当を見ていた人間だが、穏やかにうなずいた。「まさに典型的だね。それに暗示的でもある」

「何を暗示しているんだ？」

「これまであの若い女性の身に起きたすべてのことをさ——それにこれから起きるかもしれない何かもね」

2

「さあ」とドクター・チャーマーズがいった。「そろそろ家へ帰る時間だ」

「あなたは私が楽しくやりはじめると、きまって家へ帰ろうといいだすのね」と細君は決めつけた。

「明日は仕事があるんだ。それにもう一時半だよ」

「まだいいでしょう」とミセス・チャーマーズはいいはった。「フランクとジーンだってまだいるわよ。ねえ、フランク」

「もうすこし残りたいかい」ドクター・ミッチェルは奥様にお伺いを立てた。

「そうね。私、楽しんでるわよ」

「疲れてはいないだろうね」ドクター・ミッチェルは気づかうように訊ねた。

「ちっとも」

「わかった。ぼくたちはもう少し残るよ、ルーシー」

「ほらご覧なさい、フィリップ。フランクとジーンだって残るのよ。この人だって明日は仕事があるのに。もう少しいましょうよ。ロナルドのパーティは四時まで続くんだから」

「わるいけどね」ドクター・チャーマーズは精一杯の気持ちをみせていった。「フランクは遅くまでいても平気かもしれないが、ぼくはだめた。いい子だから、急いでコートを取ってきたまえ」

ロジャーは内心驚きながらその場を離れた。結婚生活については多くを知らなかったが、このような決意の堅さを夫のほうがみせるのは、きわめて稀であることは知っていた。イーナ・ストラットンはドクター・チャーマーズと結婚すべきだった。この男なら彼女をきちんとさせておけたかもしれない。

ロナルドが階段を急いで上ってきた。「フィル、きみに電話だ」

「やったわ！」とミセス・チャーマーズがしぶしぶ階段を降りかけていた足をとめ、容赦なく叫んだ。「これが急患の呼び出しならいいのに。そしてこの人を数時間足止めしておいてくれればいうことないわ」

「いまいましい女だ」ドクター・チャーマーズは動ずることなく笑い声をあげると、下へ降りていった。

やはり、それは呼び出しだった。

「一時間ばかり出てくるよ」とドクター・チャーマーズはいった。

「素敵」とミセス・チャーマーズ。

パーティは再びもとの調子をとりもどした。

舞踏室の隅では、小さなグループが友好的な会話をかわしていた。ミセス・ラフロイ、ロナルドとデイヴィッド・ストラットンの兄弟、ロジャー、ニコルスンの面々である。そこへイーナ・ストラットンがやってきた。

「デイヴィッド、私、退屈だわ。家に帰りましょうよ」デイヴィッド夫妻は、ロナルドの家の門から五百ヤードも離れていない小さな家に住んでいた。

「ばかをいうなよ、イーナ。きみが帰りたいなんてはずないだろう」とロナルドがいった。「パーティをだいなしにする気かい」

「しようがないのよ。私、退屈なの」

「まあ、坐れよ。親切な義兄《にい》さんに恥をかかすんじゃない」とデイヴィッド。

「私、坐らないわ。それにこの人は親切なんかじゃない。私がむりやりせがむまで、アパッシュダンスを踊ってくれなかったもの。さあ、デイヴィッド、行きましょう」

「でも、ぼくはまだ帰りたくないんだ」

「でも、私は帰りたいの。いいわ、あなたが帰りたくないのなら、鍵をちょうだい。もう一度いうわ、私、退屈なの」

　このやりとりに居心地のわるい思いをしていたロジャーは、はたして他のみんなも同じように感じているのだろうかと思った。彼はミセス・ラフロイの視線をとらえると、こっそりと、同情するように微笑みをかわした。

　デイヴィッド・ストラットンは、自分が絶好の機会を得たのに気がつかないふうだった。これさいわいと鍵を手渡すかわりに、細君を説得にかかった。

「むきになるなよ、デイヴィッド」ロナルドがいった。「ほんとに帰りたいというのなら、鍵を渡してやれよ」

「私は帰りたいの」とイーナ。

「わかった。どうしても帰りたいのなら。さあ、これだ」

イーナは鍵を受け取ると、それを掌のうえで重さを量るように持った。

「やっぱり帰りたくないわ。なにか面白いことをしましょうよ」

「イーナ！」ロナルドが声をあげた。

「なあに？」

「おやすみ」

「でも、私、帰らないわよ」

「いや、帰るんだ。きみはそうしたがってた。だから、そうすべきだよ。それにきみは退屈してるんだから」

「私はただ、踊るのには飽きただけよ。なにか面白いことがありさえすれば、そんなことはないわ」

「なるほど。しかしぼくらはなにか面白いことをするつもりはないんだ。だから帰りたまえ。退屈したゲストがその場にいるのを目にするのは、ぼくには耐えがたいんだ。おやすみ」

イーナは勝ち誇ったように笑い声をあげると、空いていた椅子にどしんと腰をおろした。

「みんなの注目の的になったものだから、ご機嫌なんだな」とロジャーはミセス・ラフロイにささやいた。

イーナを追い払う見通しができて、ロナルドもご機嫌だった。

「おやすみ、イーナ」彼は繰り返した。

「だめよ、私、行かないわよ。気が変わったの。気を変えるのは女の特権よ、知ってるでしょ」

「そんなことは知らないね。きみは帰るといった。だからそうするんだ」ロナルドはこれみよがしに両手に唾をはきかけると、「来いよ、デイヴィッド。おまえは頭を持て、ぼくはかかとをつかまえる」

「ロナルドはおそろしく男性的な手段に出ましたね」ロジャーはミセス・ラフロイに話しかけた。

「気をつけないと」

「彼らはふざけてるだけよ」

「それはどうでしょう。ふざけているふりをしていますが、ロナルドはもうすでに十分いらだたしい思いをさせられています。まあ、それも無理はありませんがね。彼女を放りだすほうに、どのくらいの見込みがありますか」

「百対一といったところね」とミセス・ラフロイはいったが、それほど期待はしていないようだった。

陽気な笑い声をあげて、三人は取っ組みあいをはじめた。ロナルドが義理の妹のかかとをつかむと、デイヴィッドは肩を持った。表面的にはたわいのない悪ふざけにすぎなかった。いずれにせよ、イーナ自身はそういうものとして受けとめ、取っ組みあい、抗うふりをしながら、それを楽しんでいるようにみえた。

二人の男は、笑いながら足を蹴り上げたり叫んだりしている彼女を運んで、部屋を横切った。

そして突然、ドアのところでイーナの様子ががらりと変わった。今度はほんとうに悪意をこめてロナルドを蹴りあげ、拳をかためて夫の顔に殴りかかったかと思うと、金切り声をあげはじめた。

「はなしてよ、この豚ども。悪党、はなしてったら！」

二人ははなしてやった。寄せ木作りの床にどしんという音が響いた。

イーナは足をもつれさせながら部屋の外へと走り出た。ドアがばたんと閉められ、その音が家中をゆるがせた。

「いやはや」とロジャーはミセス・ラフロイにいった。

3

デイヴィッド・ストラットンは突っ立ったまま、閉じられたドアのほうをおぼつかなげに見ていた。

「行っちまったな」ロナルドがいった。

デイヴィッドは肩をすくめた。それから、もといたグループに戻ってきた。

「みなさん、失礼しました」と短くいったが、普段は蒼白いといってもいい顔に赤みがさしていた。

みんなが彼に対してこぞって気をつかいはじめ、その結果おそろしく不自然な雰囲気が生じて、なんともばつの悪い事態に陥ってしまった。ロジャーは、おそらくこういう場合にいちばんありふれた行動をとった。一杯やりたいといって立ち上がり、デイヴィッドを誘ってバーへ行くと、きつめのウィスキー・ソーダをつくってやり、この冬のＭＣＣ（英国クリケット連盟本部）クリケット・チームがオーストラリア遠征でなしとげた偉業について、断固たる口調でまくしたてたのである。この話題にデイヴィッドがひどく熱心に興味を示したのには、彼も驚かされた。

そうこうするうちに、イーナ・ストラットンの破壊的な影から免れたパーティは、ふたたび活気を取り戻していた。ダンスが再開され、議論を望む者は小さなグループをつくって、午前二時という時刻にふさわしい学問的獰猛さをもって、彼らの関心事について論戦を繰り広げていた。舞踏室のなかはみごとに調和が保たれていた。

二時十五分過ぎにデイヴィッド・ストラットンは、たまたまバーに一緒にいた兄とロジャーのところへ来て、もう帰らなければといった。

「まだいいだろう、デイヴィッド。おまえが逃げ出すのをみたら、みんなが帰らなくてはといいだすよ」

「そうしたほうがいいと思うんだ」

「イーナのことを考えてるんだったら、もう少しほうっておいたほうがいい。彼女がすっかり眠ってしまう前に帰ろうものなら、いつものようにおまえに当たり散らすに決まってるからな」

「でもね」とデイヴィッドは悲しげに微笑んでいった。「もしかまわなければ、帰ったほうがいいと思うんだ」

「わかった。そうまでいうなら止めないよ。とにかく、幸運を祈るよ」

「ありがとう。たぶん、ぼくにはそれが必要だな。では、おやすみなさい、シェリンガムさん」

彼が行ってしまうと、ロナルドはため息をついた。

「あいつは十五分はたっぷり、いやな思いをすることになるんじゃないかな」

「でも、彼は何もしなかった」

「いや、それは問題じゃないんだ。十分な賞賛を得ていないと思った女の怒りが爆発するとき、弟はいつも生贄の山羊の役をつとめてる。デイヴィッドはそういう気のいい奴なんだ。あの女は弟に犬の生活を送らせてるのさ。まったく、自分が独身でよかったよ」

「でも、それもほんの一時のことだろ」

「ああ、ほんのね」といってロナルドは笑った。

「男は一度結婚したらやめられないというからな」ロジャーはあわれむようにいった。「きみも、きみの弟さんも、二人とも結婚するタイプの人間なんだろうね」

「ああ、たしかにね」ロナルドは同意すると、ウィスキー・ソーダを一口すすった。「それにしてもデイヴィッドのやつは可哀想だ。最初の結婚に縛られるべきじゃないんだがな」

同じような意見をその夜のうちに耳にしていたロジャーは、その続きを知っていた。「人は成長する」彼は如才なくいった。

「ああ、もちろんそうだ。しかし、結婚したことがなければ、人はもう一つの性について知ることがない。経験をつんだ男なら、婚約期間中にイーナの正体を見抜いて、自分の魂を救うことができただろう。デイヴィッドはあまりに経験が足らなかった。そしていま、弟は……」

「彼女の正体を見抜いた?」

「いやちがう、自分にぴったりの女性に出会ったんだ。そう、これは幸運なことだ」

「円満に別れる望みはないんじゃないか」

「そう。たしかにイーナはけっして同意しないだろう。あの女はいったん鳥を籠の中に閉じこめたら、その扉を開けたりはしない。だからデイヴィッドも、その話題を彼女にもちだしたことはない。弟がほかの女を愛していることをもしあの女が知ったら、ますます手がつけられなくなるだろう。

おや、シェリンガム、なぜこんなことまできみに話しているのかな」

「きみはウィスキーのかわりにビールをやるべきだよ」とロジャーはすすめた。「そうかもな。とにかく、こんな内輪の話をむりやり聞かせて悪かったな。こんな話、きみには興味がないだろう」

「その反対さ。人と人との関係はどんなことでも、ぼくの興味をひくんだ。もつれたやつならなおさらだよ。しかし、きみの弟さんには同情を禁じ得ないね。なにかできることはないのかな」

「なにも。殺人をのぞいてはね」ロナルドは憂鬱そうにいった。

「そしてそいつは」とロジャーは受けて、「ぼくにはいつだって少々荒療治に過ぎるように思えるがね。いや、それはともかく、きみの幸運を祝して、ロナルド」

「ありがとう」ロナルドは明るくいった。「なあ、シェリンガム君。ぼくは幸運だったよ。アガサときたらほんとうに……」その声は感傷にかたむく気配を示していた。やはりビールにとどまっているべきだったのだ。

「ああ、そうとも」ロジャーはあわてていった。「おや、そろそろぼくたちも舞踏室へ戻ったほうがいいんじゃないか」

第四章　ぶらさがった女

1

　ドクター・チャーマーズは車をガレージに乗り入れた。以前は厩舎だったところである。帰り道でラジエーターは沸騰寸前となっていた。彼としては今のうちに水を注ぎ足しておきたかった。ルーシーを連れて帰るだんになって、彼女を待たせるようなことはしたくない。ここにたどりつくには、屋敷の正面の半円形に砂利が敷かれた場所を横切りこそしなかったが、通り過ぎなくてはならなかった。そこにはまだ三台の車が止まっていた。あきらかにパーティはまだお開きとなってはいないのだ。ドクター・チャーマーズは迷うことなく、その車が、一つはミッチェル夫妻のもの、一つはデイヴィッド・ストラットンのもの、もう一つはマーゴット・ストラットンとマイク・アームストロングがロンドンから乗ってきて、その夜それに乗って帰るはずのものであることを見てとった。ということは、彼が四十五分前に出ていったときと、まったく同じ顔ぶれが残っているのだ。

　ドクター・チャーマーズはすこし気落ちした。自分がこの集いを解散させる役まわりをつとめることになる。ルーシーも機嫌を損じるだろう。というのは、患者宅の訪問は彼が思っていたほど長くはなかったのだ。彼女に約束した一時間ではなく、たったの四十五分しかかからなかった。しかし、それはどうしようもないことだ。ドクター・チャーマーズは疲れていた。パーティがどうなろうと、そしてルーシーが何といおうが、一刻も早くベッドにもぐりこみたかった。もう夜遅くまで起きていられる歳ではない。三つ年上にもかかわらず、夜も更けてなお盛んにみえるロナルドが、いささかうらやましかった。

ラジエーターを一杯にしているあいだに、彼は一台の車が発進する音を耳にし、やがてテールライトが車まわしを遠ざかっていくのが見えた。それはちょっとした救いだった。これで彼とルーシーが最初の離脱者ではなくなったことになる。一分ほどのち、残った二台の車の前を通りすぎて玄関へ向かったとき、ドクター・チャーマーズは出ていったのはどの車かと目をこらした。それはデイヴィッドの車だった。可哀想なデイヴィッド。ドクターはため息をついた。今夜もまた、あのいまいましいイーナがパーティをだいなしにしてしまった。これで千度目にもなることだが、ドクター・チャーマーズは、なんとかして証明書をごまかして、あの女を精神病院にほうりこんでやれないものかと思った。しかし、もちろんそんなことは不可能だ。

玄関の掛けがねはまだかかっていなかった。ドクター・チャーマーズは中に入った。

階段を上っていくと、舞踏室のラジオの音が聞こえてきた。では、まだダンスが続いているのだ。最後の踊り場をまわったとき、ドクター・チャーマーズは舞踏室のドアに消えていく背中を目にとめた。ロナルドのようだった。声をかけたが、その人物の耳にはあきらかに入らなかったらしく、次の瞬間、彼の背後でドアが閉まった。舞踏室のある階まで上がってくると、ドクター・チャーマーズはバー・ルームをのぞき込んだ。だが、そこは空っぽだった。寒い夜道を走ってきたあとでは、ちょっと一杯引っかけたかった。彼は一、二歩足を踏み入れたが、そこでパイプをなくしたままだったのを思い出した。帰り道、それがなくてずいぶんとさびしい思いをしていたのだ。死ぬほど煙草が恋しかった。一杯やるのはあとでもいい。サンルームでマーゴットと一緒に坐っていたとき、そこにパイプを置いてきてしまったのを、彼は思い出した。

ドクター・チャーマーズは屋上に向かった。絨毯の上で彼の足がたてたかもしれない音は、ラジオの大音量にかき消されていたが、そんなことは気にもとめなかった。

サンルームはどうやら人気がなく、明かりは消えていた。ドクター・チャーマーズはスイッチをひねると、パイプを探してあたりを見まわした。彼が目にしたのはパイプではなく、イーナ・ストラットンだった。柳枝で編んだ椅子に坐り、しかめ面を彼に向けている。

「やあ、イーナ」ドクター・チャーマーズは陽気に声をかけた。誰にでも、彼または彼女が自分の好きな人であろうと嫌いな人間だろうと分け隔てなく、ほがらかにあいさつするのが、彼の習いだった。実際、すこし嫌だなと感じる人間は一、二いたが、ドクター・チャーマーズが心底嫌っている人間はただ二人、イーナ・ストラットンと細君の伯母さんだけだった。彼は心の寛い男だった。

「あら、フィル」イーナはそっけなかった。

ドクター・チャーマーズは悪いほうの腕をぴくりとさせて、ディナージャケットのポケットにその手を入れると、にこやかに微笑んだ。その人間が嫌いであればあるほど、余計に気をつかってにこやかに微笑むのが、彼の流儀だった。

「きみとデイヴィッドはもう帰ったかと思ってたよ。さっき出っていったのはデイヴィッドの車じゃなかったかい?」

「ええ、たぶんそうでしょうよ」

「なにかあったのかな」ますます友好的な笑みをうかべて、ドクター・チャーマーズは訊ねた。

「あなたが出ていってすぐ、デイヴィッドとロナルドが二人がかりで、私を舞踏室から放り出したのよ。あなたならなんていうかは知りませんけどね」その声はまるで殉教者気取りだった。

「きみを放り出した？　まさかイーナ、そんなことはないだろう」

イーナの貧弱な胸が波打った。「ええそうね。いいわ、フィル、なんとでも呼びなさいよ、嘘つきとでもなんとでも」

「ねえきみ、ぼくはきみを嘘つき呼ばわりするつもりはないよ。しかしね、ロナルドとデイヴィッドがきみを舞踏室から放り出したというのは、いささか大げさな言い方としか思えないな」

「じゃあ、誰にでも訊いてみるといいわ、あそこにいた人にね。彼らがどうしたと思う。二人で私の頭とかかとをつかんで運んだのよ。まったく、もうたくさんよ。こんなことにはこれ以上耐えられないわ、フィル」

「しかし、二人がそうやってきみを運んだとしても、ただのおふざけだったんじゃないかな」

「そんなわけないわ。そういうふうに見せかけてたかもしれないけど、そんなことないわ。私を追い払いたかったのよ。特にロナルドはね。あの人は一晩じゅう、私をおおっぴらに侮辱していたの。あなただって気がついていたに違いないわ。いいこと、フィル、私、こんな扱いに我慢する気はないのよ。ロナルドったら、あんなことをしておいて、うまく逃げおおせられるなんて思わないことね。あんな、にやついた猿どもの前で……」

ドクター・チャーマーズは如才のない男だったかもしれないが、その機転がつねにきわめて気の利いたものとは限らなかった。「今夜は、ぼくたちみんな、すこしばかり飲み過ぎたんじゃないかな」と彼はほがらかに微笑みながらいった。「朝になれば、きみだって違うふうに感じるよ」

「私が酔っぱらってるっていいたいのなら」イーナは憤然とした。「私は酔ってなんかいないわよ。そうしようと思っただけ。見てたでしょう、今夜は一所懸命に酔っぱらおうとしたの。でも頭が鋳鉄みたいになっただけ。私は酔っぱらうことさえできないのよ。まあ、こんなことを話してもしようがないわね」

「でも、いったいどうしてまた、酔っぱらいたいなんて思うんだい」

「なぜなら酔っぱらうことだけが」とミセス・ストラットンは勿体をつけて説明した。「唯一する価値があることだからよ。私が強いられているような生活では、酔っぱらうことだけが唯一リアルなことなのよ」

「ばかばかしい」とドクター・チャーマーズはいったが、断固たる否定とはほど遠かった。

ミセス・ストラットンはじろりと目をやった。「もちろん、あなたはそういうでしょうね。あなたはただ私を知らないだけ、それだけのことよ――ほんとうの私をね」

ドクター・チャーマーズは椅子に腰をおろした。取り戻したパイプの灰を叩いて落とすと、煙草を詰め直した。

「まあ待てよ、イーナ。きみはちょっとばかり熱くなってるんじゃないか。ロナルドがきみのことを追い払いたがっていた、なんてことはないさ、それは確かだ。もちろんデイヴィッドもね。もし二人がほんとうにきみをつかまえて持ち上げたっていうなら、それはただの悪ふざけにちがいない。そんなのを真面目にとっちゃだめだよ、わかるだろう」ドクター・チャーマーズはシロップのように甘く、なだめるような声をだした。

「私を真面目に扱うべきだったと思い知ることになるのは、ロナルドのほうよ」とイーナは罠のような口をあけていい放った。

「どういう意味だね」

「私、ロナルドを厄介な目にあわせてやることができるの。とっても厄介な目にね。私がしようと思ってるのはそれよ」

「しかしどうやって？」

「彼が結婚するつもりでいるあの女、ミセス・ラフロイが、私嫌いなの」

「どうしてまた？　とてもチャーミングな女性じゃないか」

「まあ、そうでしょうね。彼女のようなタイプを見抜くのは、女じゃなきゃだめなのよ。私なら悪女って呼ぶわね」

「ねえ、イーナ。そんなことをいうもんじゃないよ」

　イーナの息づかいはさらに荒くなってきた。「いいたいことをいわせてもらうわ。私は思ったことをいうの。ミセス・ラフロイは私が義理の姉にもちたいような女じゃない」

「しかしなぜ？」

「あの女は今夜ずっと私をひどくぞんざいにあしらってたもの」

「ねえ、イーナ、彼女にそんなつもりがなかったのは、ぼくが請け合うよ」

「ええ、そうでしょうとも。私が何も知らないとでも思うの？」

「しかし、彼女が何をしたというんだ」

「何もよ！　それが問題なのよ。私たちがここに着いたときも、あの女はただ私に無造作にうなずいただけだった。そしてそのあとは一晩じゅう、一言も話しかけてはこなかった。もしあの女が私をそんなふうにあしらえると思ってるのなら、完全な思い違いというものよ」

「イーナ、またきみは大げさにとってるよ」

「そんなことないわ、フィル。私にはわかってるの。マーゴットもひどかったけど、この女は最低よ。でも、私には仕返しすることができる。彼らもすぐに思い知ることになるわ」

「いったい何をしようと考えてるんだ、イーナ」ドクター・チャーマーズはパイプにふたたび火をつけながら訊ねた。

「考えてるんじゃないの、必ずしてやるの。国王代訴人に手紙を書いてあの二人のことを教えてやるわ」

「なあ、ばかはよせよ、イーナ。そんなこと、きみにできるはずがない」

「はずがない？　私にできるはずがないかどうか、すぐにわかるわ。もう何をいっても無駄よ、フィル。ここに上がってきてずっとそのことを考えてたの。そして決心したのよ。あの二人がすすめようとしているのは、とってもひどいやり方だわ。とにかく誰かがそれを止めてあげなくてはね」

「しかし、ねえきみ、きみにはなんの根拠もないじゃないか。ただの当て推量でしかない。なにも証拠はないんだ」

イーナは短く、いななくような笑い声をあげた。「いいえ、あるのよ。彼らは驚くでしょうね、でも私は持ってるの。どうやっても言い抜けできないような証拠をね」

「しかし、どうやってそんなものを手に入れたんだね」

「そんなことはどうでもいいでしょ、フィル。私はそれを手に入れた。そしてそれを使うつもりよ。なんならロナルドにそういってやるといいわ。私は気にしない。もし彼が人前で私をあんなふうに扱ってもいいと思ってるのなら、それはとんでもない間違いだということを教えてやるつもりよ」

ドクター・チャーマーズはため息をついた。緩和剤も効き目がないらしい。「朝になればまったく違うふうに感じるよ、イーナ。ぼくを信じたまえ」

「あなたのいうことは信じないわ」ミセス・ストラットンはにべもなかった。

ドクター・チャーマーズはふたたびため息をついた。彼にしてもそれを信じてはいなかった。

ミセス・ストラットンの胸がまた波打ち始めた。「それからデイヴィッドのことは……」

「なんだね」わきあがる懸念をなんとか押し殺して、ドクター・チャーマーズは訊ねた。

ミセス・ストラットンはしばし黙って坐っていたが、その胸はさらに激しく波打っていた。それからほとんど椅子から身を投げ出さんばかりにして喚きたてた。

「あんたはデイヴィッドとあのグリフィスのことで何を知ってるの？」

「エルシー・グリフィスのことかい？　いや、何も。何があるというんだね」

「でも、どのグリフィスのことか、あんたはよく知ってるじゃないの」イーナは勝ち誇ったように叫んだ。

「ねえイーナ。ぼくはただ、きみが何をいってるのかよくわからないといってるだけだよ」

「いいえ、あなたにはわかってるはずよ、フィル。だから、もうそんなお上品な口をきく必要はないわ。みんな知ってたのよ、私を除いてね。いつだってそう、ちがう？　妻の耳に入るのはいちばん最後」イーナはけたたましく笑いはじめた。

「イーナ」とドクター・チャーマーズは力説した。「もしきみが、デイヴィッドとエルシー・グリフィスの間に何かあるんじゃないかとほのめかしているのなら、それはばかばかしい誤解だよ、ぼくが請け合う」

「あなたが？　あなたが請け合うの？　どうして何もないってあなたにわかるの、フィル」

「何もないのは確かだよ」

「じゃあ、あなたは間違ってる。だってあったんだから。まったく、私がデイヴィッドのためにいままでしてきたことを考えたら……。でも、もしあの小娘があの人を手に入れるつもりでいるのなら……。そうねフィル、よく考えてみると、こんなの、おそろしく滑稽だわ、おかしくって死にそう」

「イーナ、きみはヒステリーを起こしてる」ドクター・チャーマーズは専門家としてきっぱりといった。

「どうでもいいわ。どうしてそうしちゃいけないの？　今夜はひどい夜だった。それでもう十分よ。ロナルドがどんなにひどい仕打ちを私にしつづけたか、あなただって見てたでしょう。それから、ぞっとする男たちが私に迫ってきてたのを」イーナは期待するような目でドクター・チャーマーズを見た。

「なんだって？」当の紳士は用心していった。

「そうよ、フィル。どうして男どもは女をひとりで放っておくことができないのかしら。まったく、ちゃんとしてるのはあなたくらいのものよ。いいかげんうんざりするわ」

「誰がきみに迫ったというんだい、イーナ」

「そりゃ、みんなよ。いつもそう。きっと私には何かがあって……まったく、私、そんなこと望んでなんかいないのに。あのぞっとするミスター・ウィリアムスンときたら……」

「なるほど」ドクター・チャーマーズは優しく訊ねた。「彼が何をしたんだい」

「あの男ときたら、私を膝の上にのせようとしたのよ。この場所でね。始末がわるいったらないわ。ミスター・シェリンガムはもっとひどかった。ほんとよフィル。ロナルドがどうして彼なんか招待したのか、私には理解できない。あんなにむかつく男には会ったことがないわ。あの人を追い払うために、私、戦わなくちゃならなかったのよ」

「男連中とは、きみはたいへんな時間を過ごしたようだね」ドクター・チャーマーズはいった。

「あなたを除いて全員とね」ミセス・ストラットンは大真面目でいった。「あなたは一度も私に迫ろうとはしなかった。どうしてそうしなかったのかはわからないけど」

今度はドクター・チャーマーズもすこしばかり如才ないところをみせた。「たまたまデイヴィッドは、ぼくの友だちだったからね」

「そうね」ミセス・ストラットンは悲しげにうなずいた。「あなたはデイヴィッドのことをひどく好いているものね」

「彼は昔からの親友だ」感情のすこしもこもらない声でドクター・チャーマーズはいった。

「ほんとうの友だちがいるっていうのは、男の人にとって素晴らしいことにちがいないわ」ミセス・ストラットンは残念そうにいった。

「ああ、そうとも」

会話はそこで途切れた。どうやらミセス・ストラットンは、自分の女性ならではのハンディキャップについて黙想にふけっているらしい。

やがて彼女は相手のほうにすこし身を乗り出した。「ねえフィル、私、デイヴィッドはぜんぜん気にしないと思うわ。いまなら」

「気にしないって何を？」

「あなたが私に迫っても、よ」とイーナは小さな、しかし期待にみちた声でいった。

ドクター・チャーマーズは自分がすでに、この女性への望みなき情熱に身をこがす人間の仲間入りをさせられていることを悟った。男の友情だけがそれを口に出すのを抑えているというわけだ。彼は難しい立場に立たされていた。たしかにイーナは、いつも彼のいうことには耳を傾けた。自分以外で彼女が敬意をはらう人間がいるとすれば、それは彼だった。彼はまだ、イーナを説得して、彼女が感情的になっている二つの問題で足を踏みださないようにする望みを捨ててはいなかった。しかし、そうするには、イーナの気持ちを和らげなければならない。ロナルドは彼女を追い払いたいと考え、それを彼女にもはっきりとわかるようにした。それがいい手だと思ったのだ。ロナルドは如才ないとはいえなかった。イーナの自尊心、あのかよわい草花はひどく傷つけられた。彼はいま、それを癒やすささやかな滋養物を施す機会を、露骨な昔ながらの方法で差し出されているのだった。

ドクター・チャーマーズは、しかし慎重な男だった。衝動に身をまかせるようなことはなかった。行動にうつるまえに、その長所と短所とを何度となく秤にかけるのである。もうすこし考える余裕があたえられていたならば、彼は目を閉じ、深呼吸し、求められたことに対して、もっと実際的な名誉挽回の手段をとったことだろう。実際、よく考えてみれば、イーナ・ストラットンの呼びかけに応じれば、おそらく不愉快な事態にまきこまれることになるのは目にみえていた。そこで彼は、いいほうの手をのばして彼女の肩を父親のようにぽんぽんと叩くと、飾ることなく陽気に話しかけることで、(彼女ではなく)自分を救った。

「ばかなことをいうな、イーナ。もちろんデイヴィッドは気にするさ。それに、ぼくがそんなことをするのをきみだって望んでいないだろう？　そんなことをしたら、なにもかも――その――だいなしだ」

イーナは一瞬動きをとめた。それからしかつめらしくうなずいた。

「そうね、フィル。あなたのいうとおりよ。私だって、そんなこと望んじゃいないわ。ほんとに、男たちがみんなあなたみたいだったらいいのに」

「そんなことをいうもんじゃない」ドクター・チャーマーズは勢いこんでいった。「彼らだってそんなにひどい男ってわけじゃないと思うよ。それはとにかく、イーナ、ひとつきみに頼みたいことがあるんだけど、いいかな」

「なあに、フィル？」

ドクター・チャーマーズはパイプを脇のテーブルに置くと、慎重に切り出した。

「頼みというのは、ロナルドのことで国王代訴人に手紙を書くという考えをあきらめてほしいんだ。それから、デイヴィッドとエルシー・グリフィスについてのことも頭から追い出してほしい。そのことをデイヴィッドに話したりなんかせずにね。そんなことをしても彼をひどく動転させるだけだ。わかるだろう、なんの根拠もないんだからね」

イーナは首を振った。「だめよ。わるいけど、フィル、それはできないわ。国王代訴人に手紙を書くのは、私の義務だと思ってるの。結局、私たちがあの二人に守らせることができないというのなら、法律なんてなんのためにあるの」

「わかった、それについては明日また話そう。急ぐことはない。きみだってよく考えたうえでなければ、なにかするわけにはいかないだろう。それからデイヴィッドのことだが……」

イーナの薄い唇がみにくく歪んだ。「デイヴィッドのことは」彼女は突き放すようにいった。「ほうっておいてちょうだい。わるいけど、フィル、あの人をかばおうとするのはご立派ですけどね、私、この件では彼ときっぱり片をつけなくちゃならないの」

「とにかく今夜じゃなくてもいいだろう」とドクター・チャーマーズは嘆願した。

「いいえ、今夜よ。ぐずぐず延ばしてもいいことはないわ。今夜、その話を聞いたばかりなの」

ドクター・チャーマーズは、どこのお節介やきがデイヴィッドにこのトラブルを招き寄せるようなまねをしたのだろうと、腹立たしく思った。

「しかし、聞いてくれ、イーナ。きみは――」

「ここは息が詰まるわね」イーナはいきなりいいだした。「ちょっと風にあたりたいわ」彼女は飛び起きると、平屋根の上へとほとんど走るように出ていった。

ドクター・チャーマーズは憂鬱な気持ちで後をついていった。追い込まれたイーナがふたたび話をはぐらかしたものと、彼は考えていた。彼女にあらためて訴えるのが得策でないのはわかっていた。このさき何か月も、いやおそらくは何年も、彼女はエルシー・グリフィスのことでデイヴィッドを責め立てつづけるだろう。ついにデイヴィッドが彼女自身とおなじくらい正気を逸した状態におちいるまで。

「まったく、なんて女だ」めったに人を毒づいたりしないドクター・チャーマーズがつぶやいた。ドクターはイーナの後を追って、彼女が手すりにもたれているところまできた。

「風邪をひくよ」彼はおざなりにいった。

「そんなのかまわないわ。肺炎になって死んでしまえればいいのに。ねえ、フィル、ここにずっといたら肺炎になれるかしら。デイヴィッドは喜ぶでしょうね。エルシーと無事一緒になれるんだから」

「ばかなことをいうもんじゃない、イーナ」

「ばかなことじゃないわ。あなただってわかってるでしょ。デイヴィッドは喜ぶでしょうよ。ねえ、フィル、男ってけだものね。私、デイヴィッドにすべてを捧げてきたのよ。女にできることはすべてね。そしていま、すべてを得てしまったら、あの人はもう私なんか必要ないっていうのよ。ねえ、フィル、生きていても何かいいことがあるかしら」

「なあ、イーナ。思ってもいないことをいうもんじゃない」

「そんなことないわ。私、すべてを終わりにしたらどんなに素晴らしいかって、よく考えるの。もし楽な方法をみつけることさえできたらってね。誰も私のことを好きじゃない――ええ、フィル、あなただけは別、ほんとうよ。もう生きていくのにはうんざりなの。いまここで、この手すりを飛び越えてしまいたいくらい。ねえ、いいでしょう？」彼女はドクター・チャーマーズのほうに、きっと目をやった。

「そいつはけっして楽な方法とはいえないね」ドクター・チャーマーズは率直な良識にもとづいていった。

「すこしくらいの苦痛はかまわないわ。じゅうぶん引き合うもの。ねえ、これってぴったりだと思わない？」とミセス・ストラットンはうつろな笑い声をあげた。「絞首台の下に立って、生と死について話してるなんてね」

「絞首台といえば、罪人の一人が下に落ちているようだね。そこからきみが教訓を引き出すことができればいいんだが」ドクター・チャーマーズはそういうと、その罪人の抜け落ちた頭にきつい一蹴りをくれてやった。それは宙に跳ね上がると、視界から消えた。なぜかほっとして、ドクターは胴体のほうにも同じ仕打ちをしてやった。

「ええ、たしかにここには教訓があるわね」ミセス・ストラットンはものうげにいった。「これって招待状だとは思わない、フィル？　もう用意ができてるっていう〈運命〉からの招待状よ」

「そんなふうに考えちゃいけないよ」ドクター・チャーマーズは繰り返した。「さあ、もう下に行かないか、イーナ。ここはすこし寒すぎる。それにデイヴィッドが、きみに何かあったんじゃないかと思ってるよ」

「思わせておけばいいのよ。彼は気にしないわ。ねえ、フィル、これってほんとうに〈運命〉からの招待状だと思わない？　私、とてもいいアイディアだと思うのよ。見て――ほら、簡単でしょう」

ミセス・ストラットンは揺れているロープの下に椅子を引き寄せると、その上に上がった。そして堅い縄の輪を首のまわりに巻いた。

「ねえ、どこに結び目をもってくればいいの？　とにかく細かいところもちゃんとしなくてはね。たしか、どこか決まった場所があるんでしょう？」

「左耳の下だったと思うよ」この大仰な芝居にうんざりしたドクター・チャーマーズはそういうと、絞首台の柱のひとつをむっつりと蹴とばした。

ミセス・ストラットンは左耳の下に結び目をもってくると、喉のまわりで輪をすこしだけきつく締めた。

「ねえ見て、フィル。とっても簡単よ、そうでしょう？ あとはこの椅子から飛び降りるだけ。どう？ 誰も気にしないわ。デイヴィッドもロナルドも。あなただって、そんなに気にかけるとは、私、信じてないのよ。ちがう？」

ドクター・チャーマーズはいいほうの手を椅子の背にかけた。「降りたまえ、イーナ。ここは寒いよ」

「いやよ。ねえフィル、私、ここから飛び降りてもいい？ どう、教えてよ。あなたのいうとおりにするわ、ねえ、そうしてもいい？」

「いいとも！」ドクター・チャーマーズは突然そういうと、その場から歩み去った。椅子を持ったまま。彼の人生のなかで一度だけ、ドクター・チャーマーズは衝動に身をまかせた。

2

背後からのかすかな衝撃音もうめき声も、ドクター・チャーマーズの耳には入ってこなかった。彼は後ろを振り返りもしなかった。そうすることで、どういうわけか、何も起こらなかったように自分を偽ることができた。立ち止まることなく、ドアの近くで屋根の上に椅子を放り出すと、そのまま倒れるにまかせた。ポケットに両手を突っ込み、すこし調子はずれな口笛をそっと吹きながら、彼は歩きつづけた。

法的な意味で自分が殺人を犯したとは、ほとんど信じることができなかった。しかし、おそらく犯したのだ。

ドアから家の中に入ると、彼は用心しなければいけないことを思い出した。屋上から中に入ってくるところを誰かに目撃されないかぎり、彼の安全はもちろん保証されていた。きっと自殺とみなされるだろう。それを覆すものは何もない。イーナのお気に入りの話題のひとつが自殺であることは、誰もが知っていた。

なおもそっと口笛を吹きつづけながら、ドクター・チャーマーズは静かにドアを閉め、じっと立ちつくして耳をそばだてた。話し声はまったく聞こえなかった。天井の陰になった隅から、そっとバーのある部屋を覗いてみる。空っぽだった。舞踏室からは依然として音楽が聞こえる。

ドクター・チャーマーズは足音をしのばせて、階段を二階分、下に降りた。そこで向きをかえると、今度ははっきりと口笛を吹きながら、ゆっくり、足音をたてて階段をふたたび上った。手首の時計を見る。驚いたことに彼が家に入ってからまだ十五分しかたってない。すべてが十五分の間に起こったのだ。そして、これでルーシーにいった時間にぴったりになった。

ドクター・チャーマーズの幸運は続いていた。彼が最上階に着いたとたんに、舞踏室のドアが開いてマーゴット・ストラットンが出てくると、上に向かう途中で彼とすれ違った。「あら、フィル」彼女は呼びかけた。「マイクを探しているんだけど、どこかで見なかった?」

「いや」ドクター・チャーマーズはいった。「ぼくはいま戻ってきたばかりなんだ」

第五章　捜索隊

1

ドクター・チャーマーズが舞踏室にふたたび姿を現したのは、二時半の一分ほど前だった。

「あらまあ」自分で思っているよりもずっと機転のきかないミセス・チャーマーズはこうもらすと、「とにかくこのダンスを終わらせるわ」と部屋の向こうから呼びかけた。

ドクター・チャーマーズは舞踏室のドアを閉めながら機嫌よくうなずいた。

そのときひとりでいたロジャーは、部屋の中を彼のほうへぶらぶらとやってきた。

「飲み物はどうです、チャーマーズさん。一杯ぐらいはやれるでしょう」

「たしかに」ドクター・チャーマーズは同意して微笑った。「まったく凍えるようなドライヴでしたからね。でも、家内が帰り仕度をしにいくまで待つことにしますよ。でないと、いつまでたっても帰れそうもありませんからね。女というものがどういうものか、あなたもご存じでしょう」

二人はダンスが終わるのを待った。

「さあ、ルーシー」ドクター・チャーマーズは愛想よく、しかしきっぱりといった。

「ねえお願いよ、フィル」ミセス・チャーマーズは懇願した。

「さあ行こう」とドクター・チャーマーズ。

「でもマーゴットがいないわ。彼女におやすみをいわなくっちゃ」

「ほら、行くんだ。きみが仕度をしているあいだに、マーゴットも戻ってくるよ」

もうすっかり望みがないことを悟ったミセス・チャーマーズは、うなずいて立ち去った。「さて、シェリンガムさん、一杯やりましょうか」ドクター・チャーマーズはいった。

二人はもう一つの部屋のバーへと向かった。

ドクター・ミッチェルと細君も引き上げる潮時だと感じて、チャーマーズ夫妻と同じようにそれぞれの方向に別れた。

ほかの踊り手たちもパーティもそろそろお開きだと悟り、自然とバーのほうに移ってきた。

「あら、ここにいたのね、マイク」とマーゴット・ストラットンがいった。「あなたを捜してたのよ。私たちももう行ったほうがいいと思うわ」

「マーゴット、パーティは楽しんでくれたかい」彼女の元夫が訊ねた。

「素晴らしいパーティだったわ。ロナルド、ありがとう」

「たいしたパーティだったね」コリン・ニコルスンがあいづちを打った。「マーゴット、出かける前にもう一杯どうだい」

「そうね、外は寒そうだものね」マーゴットはうなずいた。

マイク・アームストロングは何もいわなかった。

「たいしたもんだな、われらがマーゴットは」ドクター・チャーマーズがロジャーに話しかけた。

「朝の三時になっても髪の毛一本乱れてない。マーゴットなら難破船に乗っていたって、まるで劇場からまっすぐ出てきたみたいにぱりっとした身なりで、きちんとお化粧して救命具の上に坐って手を振ってるのが見つかるだろうね」

「ありがとう、フィル」マーゴットはにこやかに応じた。

「はは」マイク・アームストロングが突然声を発すると、顔を赤らめた。

「コリン、いま何といったね」ウィリアムスン氏が考えこむようにいった。「もう一杯どうかだって？　たしかそういったね。うん、そいつは悪くないアイディアだ。そうだ、こいつは悪くないアイディアだな、ちがうか？」

「素晴らしいアイディアだろ、オズバート」

「そいつは」とウィリアムスン氏は何かに打たれたように断言した。「そいつは豪勢なアイディアだ、コリン。私はウィスキーだ」

「まあ、オズバート」ミセス・ウィリアムスンがためらいがちに口をはさんだ。「あなた、ほんとうに大丈夫なの？」

「私はウィスキーだといったんだ」ウィリアムスン氏はきっぱりと繰り返した。「そうとも、ダブルで頼む。ありがとう、コリン。さあ乾杯だ、マーゴット」

「乾杯、オズバート」

「オズバート、あなたって最低よ」ウィリアムスン氏の奥方はそういうと、怒ったようにその場を離れた。

女たちが身支度を終えるのには、いつものように時間がかかった。今回の場合は、帰る準備ができたそのときになって、マーゴット・ストラットンが寝室に姿を現したことによって、さらに引き延ばされた。しかしついに一同は勢揃いし、外套をはおり毛皮をまとって、さよならのあいさつをかわしはじめた。

「おやすみ、ロナルド……素敵なパーティだったよ……おやすみなさい、シェリンガムさん……おやすみ、明日電話するよ……今度ロナルドと一緒にディナーでもどうですか、ラフロイさん……ウィリアムスンさん、奥さまにもおやすみをいってね……お約束になった本のことを忘れないでね、ニコルスンさん……ああ、おやすみ、シェリンガム……おやすみ……最高のパーティだったわ、ロナルド……ああ、おやすみ」

そして最後の最後に泊まり組の面々が残った。

「われら七人」といってロナルドは一同の顔をみまわした。「まあ、そういったところかな。もう寝ることにするか、どうだい。ぼくは否だ。じゃあ、各自、自分で飲み物をとってくれたまえ、陽気にやろう。七人というのは、ぼくにとっては断然パーティに理想的な人数に思えるんだ」

一同はそれに従った。

「もうダンスは御免だな」ウィリアムスン氏が突然、重々しく宣言した。

「そうね」とミセス・ラフロイも同意した。「明かりを消して火のそばに集まりましょう、シェリンガムさんがご自分が関わった殺人事件の話をしてくれるわ」

「お願い、ロジャー！」シーリアが意気込んでいった。

「そいつはいいアイディアだ」とロナルドもけしかける。「もちろんここだけの話にするよ、ロジャー」

「そうもいかないよ」とロジャーは楽しげにいった。

「ねえお願い、シェリンガムさん！」ミセス・ラフロイがせがんだ。

「さあ早くロジャー、男らしくやれよ」とコリン・ニコルスンも加わった。「そんなにじらさずにさ」

ウィリアムスン氏は踊り場に出ていって、雄牛のように叫んだ。

「**リリアン！**」

「なあに？」遠くからかすかな声がした。

「早く来いよ！」

「どうしたの？」

「**殺人だ！**」ウィリアムスン氏は一声吠えると、あとは放っておいた。たしかに彼のリリアンは大急ぎでやってきたが、旦那さまは彼女にいちいち説明してやらねばならなかった。

そうこうするうちに、ジェイムズ一世時代風の暖炉に燃えさかる火を囲んで、椅子が半円を描くように並べられ、一同は腰を落ち着かせてくつろいだ。

「シェリンガム君！」ウィリアムスン氏が親密な口調で話しかけた。

「なんです？」

「始める前に、ひとつだけ約束してくれないか」

「なにを？」

「もし私がリリアンを殺しても見逃してくれよ。いいだろう？」

「それは、あなたがどれだけ鬱憤をかかえこんでいたかにもよりますね」

「それならたくさんあるさ」ウィリアムスン氏はさらに親密の度を増していった。「家内が私のズボンをはくのには我慢ができないんだ」彼はこう不満を述べると、椅子の背にもたれて、あっというまに眠りにおちた。

「始めろよ、シェリンガム」ロナルドが楽しそうにうながした。

ロジャーが咳払いをして、どの事件から始めたものかと考えていると、戸口から声がかかった。

デイヴィッド・ストラットンだった。彼は背広に着替えていた。

「邪魔してすまないが」と彼はいった。「ロナルド、ちょっと話せないか」

2

ロナルドはほんの二、三分部屋の外に出ていたかと思うと、すぐに弟と一緒に戻ってきた。

「デイヴィッドの話では、イーナは家に戻っていないらしい。まだここにいるというんだ。ぼくらはすこし探してみるつもりだ」

「なんとね!」といってコリン・ニコルスンは飛び起きた。「ぼくたちも手伝うよ」

「いや、かまわないで」デイヴィッドは異議をとなえた。「気にしないでくれ。ロナルドとぼくで十分だよ」

「たいしたことじゃないさ。もちろんぼくらも手を貸すよ。さあ行こう、オズバート、この怠け者め」

「あ? なんだ? どうしたんだ?」

「隠れんぼさ」とコリン。「きみが鬼だ。さあ起きて探すんだ」

彼の活潑な号令のもと、一同は行動を開始した。

最初ははっきりしなかったが、やがてみんながこの捜索を途方もない冗談として受け止めているらしいことに、ロジャーは気づいた。デイヴィッドのすまなそうな様子さえ、いやます浮かれ騒ぎを押しとどめるものではなかった。疑いなく、それはこの状況に対する一番いい対処法であり、結局のところ、デイヴィッドのためにもそれが一番だった。とち狂った妻に取り憑かれた不運なデイヴィッドへの同情を胸に、浮かない顔で歩きまわっても何の役にも立たない。イーナは結局ひとつの冗談なのだ。ただし、おそろしく性質《たち》の悪い冗談ではあるが。それをはっきりさせて、デイヴィッドと一緒に笑ってしまえばいい。ともに嘆くよりずっとましだ。

二人や三人の組にわかれて、一同はあちこちの部屋を見てまわった。

ロナルド・ストラットンの家は、ジェイムズ一世時代風の広々としたものだった。三百年ほど前に、約六マイルはなれた荘館に附属する家屋として建てられてから、ずっとストラットン家が所有してきている。ロナルドがそれを相続したが、かつてこの家に付随していた土地や農場も、家をきちんと維持していくための金も、そこには含まれていなかった。ロナルドがその金をつくり、土地や農場を買い戻したのだった。

この家を手に入れてから、ロナルドは多くのものをそこに注ぎ込んだ。家はひどく荒れ果てており、実際のところ倒壊寸前だった。ロナルドは屋根を葺《ふ》きなおし、設計をしなおして、ほとんど新たに建てなおした。パーティが開かれた三階建ての最上階は、全面的に彼が改築したものだった。もともとは一ダースほどの小さな寝室があったところを、ロナルドはその半分以上を惜しげもなくつぶして、家の正面から裏手までぶち抜きの大部屋と、もう一つほぼ同じ大きさの部屋をつくった。最初の部屋は寄せ木の床を張り、舞踏室にした。もう一つ、一方の壁をすっかり取り払って、洒落た吹き抜けの階段に通じるようにした部屋は、アトリエから音楽室までさまざまな用途にもちいられた。今夜はバーの特別室の役割をつとめている。もう一つの別の階段から上がるようになっている最上階の残りの部分は、使用人の部屋が占めていた。

ロナルドは屋根についても最上階と同じく容赦がなかった。正面の大きな切妻だけを残して、あとはコンクリート造りの平屋根とし、表面にアスファルトを敷いた。ちょうどバドミントンのコートがひとつ取れるくらいの広さがあった。この高さではゲームをするには少し風が強すぎたが、ロナルドはプレイを楽しんだ。この夜はネットとポストは片付けられ、ぞっとする三つ組の絞首台がそこに建っていた。大屋根より少し低く、そこから短い階段《ステップ》で降りることができる脇屋根には、手頃な大きさの温室が建ち、ストラットンはそこで趣味の異国の植物を育てていた。というより正確を期すならば育てようと努力していた。サンルームと呼ばれるその場所には、柳の枝で編んだ椅子とテーブルが置かれていて、ダンスの催しのさいなどによく使われていた。

家の残りの部分についていえば、二階にはメインの寝室とバスルームが並び、一階の大きなホールに接して図書室と小さな家族用の居間があり、その反対側には客間があった。厨房はどこか裏手のほうにあってホールと通じ、また給仕用のドアで食堂に連絡していた。

家中を捜索するのは簡単な仕事ではなかった。最初、一同は屋上と最上階に限って探していた。どちらも問題の女性が隠れている見込みはあまりなかったのだが。ロジャーは自分があまりこの捜索に気が乗らないのを感じていた。ミセス・ストラットンがほんとうにまだこの屋敷にいるとは思えなかった。たぶん彼女は、誰か不運な友だちを叩き起こして、すすり泣きとヒロイン気取りの身振りで、夫が彼女を家から閉め出したという嘘で固めた説明をするために出ていったのだ。

物語を始めようとしたところをいきなりさえぎられて、少々いらだってはいたが、彼の美的感覚はそれでも、この舞台がこうした捜索にふさわしいものであることを正しく評価していた。暖炉の開口部をふちどるがっしりしたオーク材と、間柱で支えられ粗く漆喰を塗って仕上げた壁は、何世代にもわたって磨き上げられ、真っ赤な薪の火を反射して輝きを放っている。電灯は注意深く配置され、天井の隅に風変わりな趣のある暗がりを残している。その天井はもともとは七フィートの高さだったのを、ロナルドが十二フィート以上に引き上げて、ほの暗く謎めいた屋根材をむきだしにさせたものだった。外壁にあいた縦長の開き窓には、傷だらけの緑色のガラスに重々しい鉛の枠をつけた、創建時の小さな菱形窓がはめこまれていて、屋敷と百ヤードほど離れた本道とのあいだに広がる闇を覗きこんでいた。ロジャーはその一つを開け、身を乗り出した。動くものとてなく、何もかもが遠く、ぼんやりしていた。この場所がロンドンから十八マイルも離れていないことを思うと、奇妙な感じがした。

「なあロジャー。まさか外にはいないだろ。でもまあ、こいつはきみに打ってつけの仕事ではあるな」

ロジャーは悪いところを見つかったとばかりに身体をひくと振り返った。

「だがね、コリン。ぼくは彼女はここにはいないと思うな」

「かまわないだろ」とコリンはきっぱりと言い切った。「どこに隠れていようと、隠れんぼは隠れんぼさ。さあ、行って男らしく探すんだ」

「誰かもうサンルームは見にいったかな」ロジャーは投げやりに訊ねた。

「たぶんね。でも誰もがきみのような目を持ってるわけじゃない。彼女は今ごろ花壇を掘り返して、スウィートピーに変装してるかもしれない」

「サボテンのほうがありそうだな」ロジャーは苦々しげにそういうと、屋上を見にいった。

サンルームには電灯が引かれていたが、ロジャーが上がっていったときには闇に閉ざされていた。スイッチをひねろうとしたとたん、部屋の向こう側でかすかな動きがあって、彼は飛び上がった。その場所に絶対誰もいないと思っていたときに、暗闇の中で人の動きがすることほど、ぎくりとすることはない。次の瞬間、彼は笑みをもらした。

「見つけたぞ！」彼はひとりごちた。

今では、その動きで彼を飛び上がらせた人影を見てとることができた。二分ほど前に階下で彼がそうしていたのと同じように、開いた窓から身を乗り出している。どうやら彼が入ってきた音は耳には入らなかったようだ。小さな、頼りなげな人影はあきらかに女性のものだ。

「身体をおこしたら、ひとつ、お仕置きをしてやらないとな」とロジャーは意地悪く思った。「驚かしてやって当然だ」

驚かされたのはしかし、ロジャーのほうだった。人影がわずかにその位置をかえ、ロジャーはそれが女性ではないことを見てとったのだ。かすかな月の光が窓の下の石灰《のろ》を塗った壁を照らし出していた。今ではその人物の脚のあいだに白い壁を見ることができた。その脚がズボンをはいているのは間違いない。

ロジャーはどきりとしてそれを凝視した。パーティの参加者に、こんなに小柄でかよわそうな男性はいない。いったい誰なんだ。

彼は明かりのスイッチをいれてその問題を解決した――するとミセス・ウィリアムスンのどこか魔女めいた顔が肩越しにぱっと振り返って、小さな叫び声をあげた。

「もう、おどかさないで！」

「あなたのほうが先にぼくを震え上がらせたんですよ。なにしろ、妖精か小鬼か、とにかくそんな類のものが窓から出ていこうとしているにちがいないと、すっかり思いこんでしまったんですから」

ミセス・ウィリアムスンは笑い声をあげた。「素敵な夜でしょう。私はただ、みんなから離れて、ちょっと見入ってただけなの」

『不思議だな』とロジャーは思った。『彼女ならこの手のことをいっても受け入れられる。気取りがないからな。イーナ・ストラットンが同じことをいったら、ただ吐き気を催すだけなのに』

「お邪魔をしてしまったようですね」と彼はいった。「コリンにいわれて、この場所を探しに来たんですよ」

「ここにはいないわ。明かりを消す前にひととおり見てまわったもの。見つかったのは誰かさんのパイプだけ」と柳の枝製のテーブルのほうにうなずいてみせた。そこにはブライアーのパイプがあった。

ロジャーはそれをとりあげた。「誰かの忘れ物でしょう。ロナルドのところに持っていきますよ」

「それで、彼女はまだ見つからないの？」

「ええ。ぼくは降りていって探すのを手伝わなくてはなりません。もう一度明かりを消しておひとりにしてもかまいませんか」

「いいえ、もう気分はよくなったわ。後味の悪い思いを追い払うために、ただもうみんなのいるところから逃げ出したい――あなたはそんな気持ちにさせられたことはあって？」

「確信をもっていえるのは、イーナ・ストラットンが誰にとっても後味の悪いしろものだということです」ロジャーはそういうと脇に寄り、ミセス・ウィリアムスンを先に通すと階段《ステップ》へと向かった。

3

家の中の捜索はいまや下の階にまで広がっていた。

寝室の一つでコリン・ニコルスンが女主人役に懸念を表明しているのが、ロジャーの耳にも入ってきた。

「まいったね、シーリア。このぶんじゃぼくは今夜一睡もできそうもないよ。ほんとさ。目を閉じるたびに、あの疫病神の女がいまにも隅っこのほうから飛び出してくるような気がしてね」と整理たんすの抽斗《ひきだし》を引き開けては、期待をこめて中を覗きこむ。

「そこにはいないと思うわよ」シーリアはそれを真に受けたようにいった。

「あの女が身体を押しこんでないってどうしてわかる」と今度は鏡台の上の化粧箱の蓋をあけてみる。それはミセス・ラフロイのものだった。つづいて壁に設えられたごく小さな戸棚の扉をあけたが、そこはシルクハットを押しこむのがやっとの大きさだった。「やあ、見つけたぞ！　さあ出てこいよ、出てこいったら！　まったく、いったいあの女はどこにいるんだ」

「いまいましい女ね」シーリアも感に堪えたようにいった。「私、もう眠りたいのよ。すっかりくたびれたわ」

「まったくやりきれんな。そのとおりだ。そういえばロジャーは、彼女はここにはいないっていってたな。ここらであきらめて、みんなで寝に行くわけにはいかんのかな」

「デイヴィッドがひどく心配してるのよ」シーリアはあいまいにいった。

「どうして心配なんかする必要がある。すこしでもあの女を追い払うことができたんだから、感謝すべきだよ」

「ほら、あのひとが何をするかわからないでしょ」

「そいつが彼女の手なんじゃないのか。あの女は結局、こうやって隠れてぼくらに探させることで、厄介事をおしつけてるんだと思わないか。もちろん、自分を大物に見せるためだけにさ。彼女はただ、自分のことでみんなを悩ませたいだけなんだ。そしてぼくらは、こうして見事に彼女の術中にはまってるってわけさ。まったくうんざりするよ」

「コリンよコリン、これはいったい、どういうていたらくだ」ロジャーはそういいながら、部屋に入ってきた。「ぼくたちみんなをけしかけて、道ばたで倒れさせようとしているのはきみなんだぞ」

「ああ、ほんの冗談だったんだよ。しかし、もう十分だ。シーリアは疲れて倒れそうだし、ぼくたちみんなもう眠りたいんだ。これで十分じゃないか。あの女はいつものお得意の手を使ってるだけだよ」

「ああ、もちろんそれが彼女の手さ。きみのいうことはまったく正しい。彼女は自分が舞台の中心にいなければおさまらないんだ。たとえ自分がそこにいなくてもね。ぼくも、もう寝に行くことに賛成だな」

「ああ、ところでロナルド坊やはどこにいる？」

「ロナルド坊やは階下《した》よ。デイヴィッド坊やと一緒に探し回ってるんじゃない」とシーリアがいった。

「よし、それじゃあ下へ行って、ぼくらはもう降参だと彼にいってこよう。ロジャー、きみも一緒に来て応援してくれよ」

「でもデイヴィッドには当たらないでね」シーリアは部屋を出ていく二人に向かって声をかけた。

「兄さんのせいじゃないもの。彼としては辛い立場なのよ」

「たしかにデイヴィッドとしては辛い立場だな」とロジャーは外に出るとコリンにうなずいてみせた。「たくさんの外部の人間に向かって、自分が妻に対してどうしようもないうつけ者であるのを、暗黙の内に認めなくてはならないというのは。まったく辛いな」

「まったくだ。どうして彼はあの女をちゃんとひっぱたいてやらないんだろう。あの女に必要なのはそれなのに。うんとひっぱたいてやるといいんだ」

「ぼくもそう忠告してやりたいところだ」ロジャーはうっとりとそういったが、彼もまた眠気に襲われていた。

　ロナルドとデイヴィッドはホールの居間を出たところにいて、二人をいぶかしそうに見た。

「おてあげだ」とロジャーはいった。「ロナルド、正直にいって彼女がここにいるとは思えないんだ。もう捜索を打ち切ったほうがいいと思わないか」

「ああ、ぼくもそう思う。もう探せるところは全部探したな、デイヴィッド」

「わかった」デイヴィッドがうなずく。「行く前に電話を借りてもいいかな」

「こんな夜中にどこにかけるというんだ」

「警察さ」

「ねえ、待ちたまえ、デイヴィッド」ロジャーはかすかに笑みをうかべていった。「どうしてもそれが必要なのかい」

「シェリンガムさん、あなたはぼくの妻を知らないんです」デイヴィッド・ストラットンは打ちひしがれたようにいった。「こういう状態のときの彼女には、分別なんてものはありません。何をするかわからないんです」

「つまり、ウェスターフォードの池に歩いていって、溺れ死んだりするかもしれないってことか」

ロナルドがいった。

「おそらく、彼女ならほんとうに溺死しかねない」

「だったら、お願いだから」ロナルドは熱心に説いた。「そうさせてやれよ。そういうありがたい行為を止めるために、指一本動かしちゃいけない」

「止めるつもりはないよ」デイヴィッド・ストラットンは率直にいった。「でも自分を守る手段は講じておかなくっちゃ」

「どうやって？」

「警察に自分の行動に責任が持てない状態の女性がうろついていることを知らせておくのさ。そうしておくべきだと思いませんか、シェリンガムさん？」

「そうだね」ロジャーは同意した。「彼女がそんなことをするとはとても思えないが、警察に知らせておいても別に悪いことはないのは確かだ。それに、あとで奥さんに、きみがそうしなくてはならないと感じたこと、それとその理由を話したら、彼女をぎょっとさせることになるかもしれない。そしてそれは、こういわせてもらってよければ、あのひとにとても必要なことだと思うよ」

「ああ、ぼくもそう考えたんだ」デイヴィッドはあっさりいった。

「わかった」ロナルドもうなずいた。「電話のある場所は知ってるだろ、デイヴィッド」

デイヴィッドは居間へと立ち去った。残された者はホールで所在なく彼を待った。

「さて、可哀想な若者が運命の顎《あぎと》に向かって出発する前に、きゅっときつい一杯を振るまってやることにしよう」とロナルドがいった。

「ああ、今度家に帰ったら、そこに彼女がいるのはまず間違いないな。ぼくとしては、きちんとお仕置きしてやってほしいんだけどね。ああそうだ、ミセス・ウィリアムスンがこのパイプをサンルームのテーブルの上で見つけたんだ。誰かの忘れ物らしい。ロナルド、きみが預かっていてくれないか」

ロナルドはそれにちらりと目をやると、ポケットに落としこんだ。

「ああ、これなら誰のか知ってるよ。フィル・チャーマーズのだ」

4

「最後にもう一杯だけやろう」といいながらロナルドはバーに向かった。「反対はないね」

反対する者は誰もいなかった。

「オズバート、あなたほんとうに大丈夫？」ミセス・ウィリアムスンが疑わしそうにいった。

ウィリアムスン氏はしかつめらしく非難するような目で夫人をみつめた。「きみは私を酒に追いやりたいのか。知らないのか、男に飲みたくもない酒を飲ませる絶対確実な方法は、そうやってほのめかすことなんだぞ……そうだろう、シェリンガム君？」

「絶対ですね」とロジャーが応じる。

「じゃあダブルで頼む」とウィリアムスン氏はいった。

5

ウィリアムスン氏は存在しない最後の一段を踏みそこなってすこしよろめきながら、屋上に姿を現した。他の人たちはまだ最後の一杯をやっていたが、ウィリアムスン氏は突然、新鮮な空気が吸いたくなったのだった。新鮮な空気、しかもたくさんの、それから男がぶらつくための空間、それがウィリアムスン氏の求めていたものだった。

屋上に出るドアのすぐ外に立ち、側柱に背をもたれると、中央に建つ絞首台をやや非難するように眺める。上に掲げられた角灯の明かりはとうに消えていたが、絞首台そのものと、そのぞっとする三体の占有者は、月明かりの空を背景にくっきりと浮かび上がっていた。

「ばかげたアイディアだ」ウィリアムスン氏は大真面目で論評した。「まったくばかげてる。こんなのはまったく好かない人間もいるだろうし、大嫌いだという者もいるだろう。病的だ。そう、病的だ。それにまったくばかげてる」

彼は屋根の向こう側の手すりのほうに目を向けた。夜のもっと早い時間に、ロジャーとイーナ・ストラットンがもたれていたところである。もたれかかって下さいと誘っているような手すりだった。そこにもたれるのが素晴らしく上等なアイディアのように、いまのウィリアムスン氏には思えた。立っているよりもたれていたほうがずっと楽だ。

手すりのところまで行くのに、必ずしも絞首台のそばを通らなくてはならないわけではなかった。それを迂回していくことも簡単にできた。しかしそのとき思いつきでいっぱいだったウィリアムスン氏には、三組の絞首台の真下を突っ切っていくのが、断然素晴らしいアイディアに思えたのだった。その行為によって、彼はいろいろなことを表現することができるだろう。あんなものはまったく問題にもならないことを、ウィリアムスン氏は表明することができるのだ。

自己表現への道の途中に転がっていた椅子を慎重に迂回して、彼は歩みをすすめた。

同じように、絞首台の下で立ち止まって、げっぷのひとつもくれてやり、それに軽蔑を示すことが、同様に気のきいたアイディアのようにウィリアムスン氏には思えた。そこで彼は立ち止まったが、すこしばかりよろめいた。身体を立てなおすときにウィリアムスン氏は、ぶらさがった人形の一つにごく軽くぶつかった。人形は揺れ戻ってくると、彼の脇腹にいきなり痛烈な一撃を加えた。

「おい！」ウィリアムスン氏はかっとしていった。

ウィリアムスン氏は酔ってはいなかった。もし酔っぱらっていたとしても、すみやかにほとんど素面の状態に戻っていた。それが藁人形が加えたものにしては、あまりに痛烈な一撃であることに気づくまでに、三十秒とはかからなかった。

彼は問題の人形を見上げた。

そのときでさえ、ウィリアムスン氏は落ち着きを失ってはいなかった。彼はきびすを返すと、いくらか苦労しながらも大いなる威厳をたもって、バーのある部屋へと降りていった。そこで彼はロジャー・シェリンガムの肘をつかむと、ぐいと脇へひっぱった。

「なあ、シェリンガム君、ちょっと来てくれないか。ちょっとだけ一緒に来てくれ」

「どこへです?」ロジャーは機嫌よく訊ねた。

「来てくれればいい、すぐそこだ、なあ、一緒に来てくれよ」

よく考えた上でウィリアムスン氏は、彼を舞踏室のほぼ中央まで連れだした。

「なあ、シェリンガム君」

「なんです?」

「彼女を見つけたよ」とウィリアムスン氏はいった。

第六章　鼠のにおい

1

イーナ・ストラットンは完全に事切れていた。それは疑問の余地がなかった。

しばらくみんなには黙っているように、ウィリアムスンにとりあえず指示を出すと、ロジャーはできるだけ何事もないふうを装ってロナルド・ストラットンを呼び出し、屋上に急いで連れていき、そこでニュースを伝えた。ロナルドはぶらさがった死体を持ち上げて、首のまわりのロープにかかる重さを軽くした。ロジャーはその両手にさっと触れてみた。氷のように冷たかった。

「死んでいると思う」と彼はいった。「でも確かなことはいえない。急いでよく切れるナイフを取ってきてくれ。彼女を下に降ろそう。それからコリンを連れてきてくれないか。やつならなにか救急処置を知ってるはずだ。彼女はぼくが支えてるよ」

ロナルドはその場をはなれると、すぐにナイフとコリン・ニコルスンを携えて戻ってきた。念のためウィリアムスンも連れてきていた。皆でロープを切り、彼女を絞首台からすこし離れたところに平らに横たえた。ロープはあまりに太くて堅かったので、首にくいこんではいなかった。コリンはすぐに人工呼吸にとりかかった。

　ウィリアムスン氏は歪んだ顔をぞっとしたように一目みると、気分が悪そうに手すりのほうに退いた。むかつく胃にとって、ミセス・ストラットンは心なごむ光景とはいえなかった。

　五分ほど懸命に手当てを続けたあと、コリンは当惑したように坐りこんだ。

「無駄だと思う。彼女はもう死んでる」

　ロジャーはうなずいた。「ぼくもそう思った。でもやらなきゃならなかった。ロナルド、誰も警察に電話していないんだろう？　早く知らせたほうがいい」

「わかった」ロナルドは落ち着いて答えた。

「それから、きみの弟はまだ出ていっていないんだろう。彼に教えてやってくれ」

「それはそうと、彼女を家の中に入れたほうがよくはないかな」ロナルドはおぼつかなげに訊ねた。

「現場を乱しちゃいけないのはわかってるが、しかし、彼女を下に降ろさなくてはならなかったわけだから、かまわないんじゃないか。このまま外に放り出しておかなきゃならないってこともないだろう。この場合にはどうかな……」

「そうだな……」とロジャー。

「いまみたいに自殺であることがはっきりしている場合には、動かしてもかまわないと思う」コリンが口をはさんだ。「ロナルドのいうとおりだ」

「ああ」とロジャーも認めた。「かまわないだろう。コリン、先に行って女たちを舞踏室に集めてくれないか。彼女たちには見せないほうがいい。それからロナルドの電話がすんだらすぐに彼女を下に降ろそう」

「電話の前にまず彼女を下に降ろそう。いまデイヴィッドを呼んでくるよ」とロナルドはいってドアに向かった。

ロジャーはコリンに向かってかすかに眉をあげてみせた。「当然、警察には真っ先に知らせるべきだよな」

「なに、別に問題ないさ。ロナルドのいうとおりだ。まずこの哀れな死体を楽にしてやろう。とにかくここは寒すぎる」

「たしかに、この場合、なにも問題はないとは思うよ。ロナルドは女性陣にこの知らせを伝えなくてはならないしな」

「ぼくも下に行って、彼女たちが近づかないようにしてこよう」とコリンはいった。

ひとり残されたロジャーは、ウィリアムスン氏の様子を見にいった。

「完全に死んでるのか」いまはやや回復して、すっかり素面に戻った紳士は訊ねた。

「そのようですね。しかし、ぼくらは暖かいところに降ろしてやるつもりです。あるいは少しは望みがあるかもしれません」

「ああ！」ウィリアムスン氏は大声を出した。

ロジャーは彼を見直した。「どうしました？」

「ちょっと考えてたんだよ、もし彼女を生き返らせたりしたら、どんなに多くの人間がきみに感謝することかってね。それだけさ」

「最初のショックがすぎれば」とロジャーはいった。「たぶん、そう多くはないでしょうね」

「ああ、私が考えたのはそこさ。なあ、うわべを取りつくろうなんて無駄というものじゃないか。

ちがうか、なあ、そうだろう？」

「ぼくの考えでは、その同じ人々が、警察に対してはきちんとしたうわべを装わなくてはならないでしょう。内心ではいかに感謝していようとね」ロジャーは穏やかにいった。

「なんだって？　ああ、もちろんそのとおりさ。みんなそうするだろう、ちがうか？　いや、私は何もほのめかしたりはしないぞ」とウィリアムスン氏はいってのけた。

「ほのめかすって何をです？」ロジャーはすこし声を鋭くして訊ねた。

「そりゃもちろん、みんな、そう見せかけているほどには気の毒がってはいないのさ。こういってよければ、あの女が首をくくってくれて、ものすごく感謝してるんだ。一時的錯乱による自殺、ってやつか。そういえば、数時間前に、あの女はいかれてるんじゃないかって、ロナルドに訊ねたのを思い出したよ。そのとき私はそう思った。きみだってそうだろう、彼女はいかれてた、ちがうか」

「完全にいかれてました」ロジャーは同意した。「もちろん、警察にはその話をしなければなりません。参考になるでしょう」

「参考に？　ああ、きみのいいたいことはわかるよ。そうだな、たしかに参考になるだろうな」

ロナルド・ストラットンと弟の到着が、このいささか骨の折れる会話を終わらせた。

月明かりのなか、デイヴィッドの顔色はすこしも変わらないように見えた。そして、しばし立ちつくして妻の死体を見下ろしているあいだ、そこにはほとんど何の表情もあらわれてはいなかった。彼がいまどんな感情をいだいているのか、あるいは何らかの感情をいだいているのかさえ、いうことは難しかった。

ついにロナルドが優しく弟の腕に手をおいた。「もういいだろう、デイヴィッド。もう見るんじゃない。ロジャーと二人で彼女を階下に降ろすから」

自動人形になったかのように、デイヴィッドはおとなしく脇にどいた。兄とロジャーが両側から死体を持ち上げて運び、舞踏室の閉まったドアの前を通って下の階へ降りていくあいだも、彼はまったく手を貸そうとはしなかった。ひとりウィリアムスン氏が屋上の番に残された。

「ぼくの部屋に入れるしかないな」とロナルドはつぶやいた。「空いてる部屋がないんだ」

二人はベッドに彼女の死体を横たえた。ロナルドは抑えきれぬように身震いをひとつすると、小さなタオルを顔の上にかけてやった。戸口からデイヴィッドが生気のない顔でそれを見守っていた。

ロナルドはロジャーに向きなおった。

「なあ、いったん警察に電話したら、事はぼくらの手を離れてしまう。彼らは十五分以内にここに着くだろう。その前にしておくべきことは、もうないかな」

ロジャーは軽い驚きを押し殺した。「どんな種類のことだい」

「その……」ロナルドはためらった。「つまり、パーティのことだ。どうにも変に見えはしないかな、有名殺人者と犠牲者のパーティで、参加者の一人が首を吊ったというのは。暗示の問題が持ち出されるのは必至だな。検視官はさぞ不快に思うだろうね」

「それを隠しとおせるとは思えないな。女たちはみんな仮装の衣装を着てるし。きみにしたってそうだ」

「着替えればいい」

「危険が大きすぎる」ロジャーはきっぱりといった。「なにか隠そうとしているように思われるだけだよ」

ロナルドは自分のビロードのスーツを見下ろした。「いや、どう思われようと、とにかくぼくは着替えるよ。こんな格好で警察に会いたくはない。デイヴィッドだって着替えてるじゃないか。それにきみとウィリアムスンは自分のディナージャケットを着てるわけだし、コリンは紙のひだ飾りを取ればいいだけだ。女性陣については、仮装していてそのままの格好でいただけ、といえばいいさ」

「それがほんとうに大事だと思うなら、できないことはないな」

「そりゃ思うさ。そうしなくて新聞にでもつかまったら、どんなことになると思う」

「ああ、たしかにそうだ。じゃあミセス・ストラットンはどうする？」

「イーナ？　そうだな、彼女も仮装をしていた、というのはどうだ。そう、掃除婦だ」

「うん、それにこれは大事な点だぞ。彼女がもっと早く発見されなかったのは、この何ともいえない不格好な黒い服を着ていたからなんだ。普通のイヴニング・ドレスを着ていたら、ミセス・ウィリアムスンかぼくか、あるいは屋上に上がった他の誰かが、彼女を見逃すことはなかったはずだ。彼女が仮装していたという状況が重要なんだ」

「ああ、わかった。さてと、ぼくは上に行って女性陣に、パーティでは殺人者と犠牲者の話なんかなかったというよう釘を刺してくる。必要なら、自分の衣装にぴったりあてはまる歴史上の人物は簡単にみつかるだろう」

「それからドクターたちのことも忘れるなよ。先に帰った人たちのことはたいして問題にされないと思うが、チャーマーズとミッチェルの二人は、ミセス・ストラットンが舞踏室を出ていった後も屋敷にいた。警察も彼らを尋問しないわけにはいかない。実際、いちばんいいのは、二人に、あるいはどちらか片方でもいいけど、すぐに電話してここに来てもらうことだ。警察を呼ぶ前にね。できるだけ早く医者に彼女を診てもらうべきだ。ロナルド、とにかく急いだほうがいい」

「わかった、そうするよ。しかし、きみに屋上に呼び出されてから、まだ八分しかたってないのを知ってるかい」とロナルドは腕時計に目をやった。「だから、そう時間を無駄にしたとはいえないだろう。それはそうと、デイヴィッドを上に連れていって、気付けに一杯飲ませてやってくれないか」彼は小声で付け加えた。

ロジャーはうなずいた。

デイヴィッド・ストラットンのなかに妻に対する愛情はほとんど残っていなかったし、その死のショックが突然襲ったときも、少しも悲しい気持ちにはなれなかったはずだ。しかしその瞬間、彼は完全に茫然自失しているようだった。

「上に行かないか、デイヴィッド」とロジャーは声をかけた。

デイヴィッドは答えなかった。

ロナルドは戸口を出ていきながら、弟の腕をいかにも兄らしくぎゅっと握った。「元気を出したまえ、デイヴィッド。上に行って一杯やろう」ロジャーは繰り返した。

デイヴィッドは彼を見た。「ああ、一杯やりたいな」それは完全に普通の声だった。

彼は子供のようにロジャーの後について階段を上った。

2

「結局」とロジャーは考えこむようにいった。「彼女はほんとうにやってのけたわけだ」

「どうして『結局』なの？」ミセス・ラフロイが訊ねた。

彼らはバーのある部屋の暖炉の前に二人きりで立っていた。女たちにニュースを伝えると、ロナルドは二人の医師と警察に電話をしにいき、いまは階下で着替えをしていた。シーリア・ストラットンは次兄の相手をしていたが、ロジャーが飲ませた気付けも、茫然自失状態からデイヴィッドを完全に抜け出させることはできなかったようだった。それが驚きからきたものか、あるいは信じられないという思い、あるいはひそかな安心、あるいは感覚を一時的ににぶらせてしまう何かによるものかはわからなかったが。コリン・ニコルスンとウィリアムスン夫妻は舞踏室にいて、リリアン・ウィリアムスンが夫から借りたズボンを脱いだものかどうか、それが地元警察の疑惑を招きはしないかどうか、議論していた。

「どうして『結局』か」ロジャーは繰り返した。「彼女は夜の早い時間に自分でいってたんです。どんなに何度も自殺してしまおうと考えたことか、もし『簡単な方法』が見つかりさえすれば、とね」

「たしかそれと同じことを、オズバートにも話してたと思う」ミセス・ラフロイはうなずいた。

「そうです。彼もそういってました」

短い沈黙があった。

「それは」とミセス・ラフロイは口をひらいたが、慎重に言葉を選んでいるようだった。「警察にとっては、とても役に立つ情報なんじゃない？」

「そうですね」ロジャーはあの歪んだ顔をまざまざと思い出して、しばし黙想にふけった。「それにしても、首吊りというのはとっても簡単な解決法だなんて、いうべきじゃなかったかな」

「さあ、それはどうでしょうね」ミセス・ラフロイはあいまいに答えた。白いサテンに包まれた腰のあたりをなでつけていた両手が、ときどき神経質にひくついている。ロジャーは彼女がとてもきれいな、白くて華奢な手をしていることに気づいた。

「実際問題として」と彼は続けた。「彼女が自分がいったことを実行するつもりだとは、一瞬たりとも考えませんでした。当然、ぼくはただ、彼女がそれまでと同じようにつまらない効果を狙っていってるだけだと思ってました。ああそうだ、今度の件は、あの昔からおなじみの決まり文句に引導をわたすことになるかもしれませんね」

「昔からおなじみの決まり文句って？」

「ほら、自殺したいという人間で実際にしたやつはいない、というでしょう。それでも」とロジャーは考えをめぐらすようにいった。「彼女の場合、他のどんな例よりもずっと強くこの言葉があてはまるような気がするな。考えれば考えるほど、あの女がただでまかせをいっていたのが確かなように思えてくるんです。事故ということはありえないかな」

「名探偵の偉大な頭脳が私たちのために稼働中ってわけ？」といってミセス・ラフロイは笑い声をあげたが、すこし不自然な響きがした。

「まさか」とロジャーは微笑って、「しかし、あなたが偉大な小説家の意見を聞きたいのなら、こんな状況はとうてい小説には使えませんね。こういう露骨なものではなく、もっと現実の生活に即したものでなくてはならないんです」

「どういう意味？」

「偶然の一致が多すぎるんです。ここにその存在が何人かの人間にとって迷惑の種、いやおそらくは迷惑どころではない厄介事の原因になっている女性がいる。その理由もさまざまだ。そして、その人々の怒りが絶頂に達した、まさにそのときに、彼女はご親切にも、そしてまったく思いがけないことに自殺してしまう。こんなとんでもない偶然は、小説の中ではとても受け入れられないのは、あなただって認めるでしょう」

「そう？」ミセス・ラフロイは気乗りしないように訊ねた。「私なら受け入れられないことはないと思うけど」

「ほんとうに？」

「ええ――だって、ただの偶然の一致よ、もちろん。それだけのことよ」

「ああ、もちろんそうです」ロジャーはいった。

二人はしばらく火の中をのぞきこんだ。

ミセス・ラフロイはむきだしの腕をマントルピースの上にもたせかけ、白いサテンの上履きの先で、暖炉の端の火の消えた灰をつつきまわした。

「早く警察が来ればいいのに」突然、彼女は叫んだ。

「いましがた、あなたは警察が怖いようなことをいってたように思うけど」

「私が？　ばかね、私って。もちろん、そんなことないわ」というとミセス・ラフロイは、そっとぎごちない笑いをもらした。

ロジャーは何もいわなかった。

あきらかにミセス・ラフロイはその沈黙を穏やかな忠告ととったらしく、こう付け加えた。

「ええ、あなたのいうとおりよ。私、警察を怖がってる。そうじゃないふりをするのはばかげてるわね」

「どうして怖がってるんです?」

ミセス・ラフロイは彼を正面から見返した。「なぜなら、この一家に関係する人で、イーナの死を聞いて大喜びしない人なんて、ただの一人もいないからよ。遠回しにいったってしようがないわ。一人もいないの。警察がそれを嗅ぎつけるんじゃないかと思うと、私、怖いのよ」

「警察がそれを嗅ぎつけないはずはないでしょう。つまり、あなたのいうとおり、ミセス・ストラットンは愉快な人物とはとてもいえなかった。それに、ぼくも遠回しにいうのはよしますが、彼女は生きているよりも、死んだほうが人々の役に立ってるんじゃないかな。しかし、警察がそれを知ったからといって、何か問題があるかな」

「ええ、それってあんまり——好ましいことじゃないんじゃない?」ミセス・ラフロイは言葉をにごした。

「突然死というのは、けっして好ましいことじゃない」ロジャーは大真面目でいった。

ミセス・ラフロイはいらいらしたように身体をゆすった。「お決まりのせりふなんていわないで」

「お決まりのせりふをいってるのは、むしろあなたのほうじゃないですか、ラフロイさん」

「ええ、私の考えはすっかりお見通しのようね。あなたの考えてることも同じでしょ。どうしてもはっきりいわせたいのなら、警察がそれを嗅ぎつけたら、なにか途方もなくばかげたことを疑いだすんじゃないかと思うと、私、怖くてたまらないのよ」

「ああ」ロジャーは同意すると、小さなため息をついた。「あなたのいうとおりだ。ぼくもそれを考えてました」

3

ドクター・チャーマーズは警察より前に到着した。彼は階段をひとりで上がってきた。ロジャーが暖炉の前から振り返ると、彼が吹き抜けの階段の最後の一段を上ってくるのが目にはいった。

「やあ、チャーマーズさん。ずいぶん早かったですね」

「まだ寝てなかったんです。ひどいことになりましたね、シェリンガムさん」

「ええ。ロナルドにはもう会いましたか」

「いや、まっすぐ上がってきたんです。玄関はまだ開いてました。彼はどこにいます?」

「バスルームです。着替え中だと思います」

「それから——ミセス・ストラットンは?」

「ロナルドのベッドです。あなたが来たことを彼に伝えてきましょうか」

「いや、ありがとう。自分で探しにいきます」

ドクター・チャーマーズはきびすを返すと、ふたたび階段を降りていった。

「気づきました?」ロジャーはくだけた調子でいった。「彼の様子が変わってたのに気がつきましたか。前に会ったときには、職業に付き物のエーテルのかすかな匂いを除けば、彼が医者であることを思わせるものはなかった。しかし、いましがたの彼は医者以外の何者でもなかった。声までが診察用の声でした」

「そうね」ミセス・ラフロイはいった。

コリン・ニコルスンが舞踏室の戸口に現れた。

「警察かい？」彼は訊ねた。

「いや、チャーマーズだ」

「リリアンは結局、着替えることにしたよ。急いで行けよ、リリアン、いまのは警察じゃなかった。アガサ、きみはいま何に扮していることになっているのか、わかってるよね」

ミセス・ラフロイはしばし彼のほうをぽかんとした顔で見ていたが、すぐにいつもの表情を取り戻した。「あら、もちろんよ。アンリエット・ド・フランス（十七世紀のフランス王アンリ四世の娘。チャールズ一世の妃となる）じゃなかった？　どっちにしろ、たいした問題じゃないと思うけど」

リリアン・ウィリアムスンは着替えに急ぎ、その後から舞踏室を出てきた旦那さまのほうは、もう一つの部屋のグループに加わった。コリンが警察がしそうな質問を予想しはじめた。

ロジャーはしばらく一同にまじって所在なく立っていたが、それからそっと階段のほうに向かった。警察が到着する前にもう一度、屋上をよく見ておきたいという思いに、突然かられたのである。

4

やはり、屋上にはほとんど見るべきものはなかった。

文字どおりほとんど何もなかった。絞首台の太い横木、そこここに椅子が一、二脚、四月の夜の寒気をものともしない人たちのために置かれている。それから、亜米利加蔦《づた》や虎杖《いたどり》の裸の茎がからみついた小さな格子造りのあずまやが、土を敷いた木枠の中に建っていた——ほかには何もなかった。

それでもロジャーはまだ何かがあるはずだと感じていた。

それが何であるかはわからない。しかし彼は満足してはいなかった。これほど多くの人間がそれを望んでいた、ちょうどそのときにイーナ・ストラットンが自殺したのは、あまりにも出来すぎで、都合がよすぎた。

ミセス・ラフロイは、未来の義妹が自殺したのではないと疑っていたのではないか。彼女は知性と同時に洞察力をもった女性だ。その彼女が何かを心配していた。口にしたことがすべてだったのだろうか、それとももっと根深い、口にできない不安があったのではないか。

もちろんイーナ・ストラットンは自殺したにちがいない。他の可能性を指し示す証拠はまったく何も、それこそかけらほどもなかった。それにロジャーは、自殺であっていてほしいと心から願っていた。ああいう人類社会の表面にできた無用の吹き出物のために、立派な人物が絞首刑になるのを見たくはなかった。

それでもなお……

彼は三つの絞首台の真ん中に立って、横木をじっと見上げていた。相当な高さがあった。二体の等身大の人形の頭上のロープは、優に三フィートの長さがあり、なおかつそのつま先から地面までは少なくとも十八インチはあった。横木までは十フィートか、それ以上ある。

しかし、それはたいして重要なこととは思えなかった。

ロジャーは絞首台と家に入るドアの間にあった椅子を取ってくると、ぶら下がった人形の一つのそばに置き、その上に乗った。彼の身体はほとんど人形と同じ高さになった。とくに首の位置はぴったり同じだった。そこに立てば、人形の首からロープの輪をはずして、自分の首にかけてみることができる。肩の上で少し弛《たる》みはできるだろうが、輪を広げればそれほどではないはずだ。イーナ・ストラットンがそこに立って、同じことができたのは間違いない。

彼はふたたび屋根の上に飛び降りた。そのときの脚の動きで椅子が音を立てて倒れ、ロジャーは悪態をついた。神経がかき乱されて、もどかしい思いはつのった。

結局のところ、自分がなぜ満足していないかは彼にもわからなかった。見つけるべき物がないのなら、何も見つけられるわけがない。そして彼は、何も見つからないことを望んでいた。見つけるべき物が何もないといって、どうして不満に思うことがある？

彼はサンルームに歩いていくと、明かりをつけ、むっつりと見まわしたが、何も目をひくものはなかった。ふたたび屋上に戻った。

ふいにある考えがうかんで、彼は足をとめた。三番目の藁人形はいったいどこにある？

見つけるのに二十五秒ほどかかったが、それは小さなあずまやの陰にあった。

それはグロテスクに身体をまるめて横たわっていた。その場所から絞首台までは何もさえぎるものがない。ということは、そこから無造作に投げ捨てられたか、あるいは蹴飛ばされたのだろう。ロジャーがひざまずいて調べてみると、それには首がなかった。一、二分して、藁を編んで頭のかたちにした球体が、サンルームのほうへと降りる途中の溝で見つかった。どうしてこんなところにあるのだろう。

しかし一番の疑問は、その人形が自然に落ちたものか、それとも解体されたものか、ということだ。その質問の答えはひじょうに重要な意味をもつことになるだろう。しかしロジャーには、どうやったらその答えを得ることができるかわからなかった。胴体の天辺から突き出した藁の端からは、どちらとも判断できなかった。

いや、それがどうした。彼はただ、本物の警察が来るまで、探偵のまねごとをして時間をつぶしているだけだ。事実そのものが語る以上のことをそこから引き出して、利口なところを見せようとしているにすぎない。偶然の一致というものは、犯罪の歴史ではいままでに何度も起きてきた。もっと途方もないものもあった。まちがいなくイーナ・ストラットンは自殺したのだ——そしてそれは、あの悩める女性自身を含めて、関係者すべてにとって好いことだった。それで決まりだ。もう下に降りたほうがいい。そうして道理をわきまえた人間として行儀よくふるまい、警察が来る前にビールをもう一杯やることにしよう。

彼はそそくさと家に入るドアへと歩き出した。

しかしながら何かが彼を引きとめ、ロジャーは立ち止まって振り返ると、最後の一瞥を屋上に投げかけた。どんなにもっともらしい論拠があろうと、人間性に照らし合わせてありえないことを反射的にしりぞける、あの特別な感覚が、失われることなく彼にはまだ残っていた。両手をポケットに突っ込んで立ちつくしたまま、彼はゆっくりと目の前にある光景に視線を走らせていった。まるで、いままでは隠れていた何か些細な点を見つけだす、最後のチャンスを与えるかのように。

そのとき、ロジャーは信じられないような思いで、自分の力が衰えていることを認めた。というのは彼の目にとまったものは、些細どころか、あからさまで巨大な、白い象みたいな点だったのだ。それは彼がいま降りたばかりの倒れた椅子だった。

そのときまで彼は、いま椅子がある場所に、以前は椅子などなかったことに気づいていなかった。ミセス・ストラットンがまっすぐ、正確に飛び上がって輪の中に首を突っ込んだ、なんてことは絶対にありえない。首をくくるのにまずしなくてはならないのは、ロープの輪に首をいれて準備を整え、それから高いところから宙に身を躍らせることだ。そしてそこには、高いところなどありはしなかった。

ロジャーが感じていた虫の知らせのようなものは正しかった。

殺人があったのだ。

第七章　事実と空想

1

ロジャー・シェリンガムその人のまさに鼻先で、殺人が行なわれたのだ。

悲劇であるにもかかわらず、ロジャーはその大胆さに微笑を禁じ得なかった。彼にしても、俗人たちの間で博したおのれの名声をまんざら知らないわけではない。ときには、ほとんど子供のようにそれを楽しんでさえいた。誰かがあきらかにその名声を不当なものと考えた——その誰かは、自身もまた、当然あるべき場所にひっくり返った椅子を置くこともせず、首吊り死体を放っておくという、信じがたい大失敗をしてのけた。その未知の人物が、ロジャー・シェリンガムの間抜けぶりを見積もることではしくじってはいないのを、認めないわけにはいかなかった。まさに戸口をくぐろうとするところで振り返り、最後の一瞥を投げかけたのは、まったくの偶然にすぎない。

ロジャーはもう一度微笑んだ。

それからきびすを返すと、戸口をくぐって階下へと降りていった。ロジャーがひっくり返った椅子を、ひっくり返った椅子が本来あるべきところに置いてしまったこと、そしてそれを元に戻そうとは思わなかったことは、殺人者にとっては大きな幸運だった。警察がそれをどう取るか、お手並拝見といこう。

事実を直視するのはロジャーの習慣だった。遺憾なことではあるが、ミセス・イーナ・ストラットンという人間が生きていようと死んでいようと、彼にとっては何ほどの意味を持たないのは事実だった。同じように、彼女自身が一個の人間として、その死に際しても人の同情を引くような存在ではなかったのもまた、事実だった。ロジャーとしては、彼女の仇を討つためにすすんで警察に協力する気には、とうていなれなかった。

しかし、これが彼に対する個人的な挑戦であるというふうに考えることはできたし、実際そう感じてもいた。沸き上がった興奮が疲れを忘れさせた。いや、たしかに彼は椅子を元の場所に戻そうとはしなかったし、知ったことをそのまま当局に話すこともないだろう。とりあえずいまのところは。まずは完全に個人的な頭脳の闘いとして、取り組んでみるつもりだった。

彼は階下へ急いだ。いましがた知ったことを考えると、警察がやって来る前に、ひとりきりでもう一度死体を調べることが必要だった。

2

ドクター・チャーマーズはまだ死体の検分を終えていなかった。ロジャーが戸口からのぞき込むと、聴診器を首にかけ、ベッドの上に屈み込んでいた。

「望みはないんでしょう?」ロジャーはためらいがちに訊ねた。

ドクター・チャーマーズは振り返ると、背筋をのばした。「そのとおり。まったくひどい事件ですね。いったいどういうつもりで、こんなふうに命を絶ったんだろう」

「それでは自殺というお考えですか」

ドクター・チャーマーズは彼をみつめなおした。その快活な顔には驚きの色が走っていた。「ほかにどういう可能性があるというんです？」

「いや何も」ロジャーは軽くいってのけた。「ぼくはただ、事故の可能性はまったくないのかなと思っただけなんですよ。それだけです。彼女は自殺するタイプとはいえなかったような気がするものですから。すくなくとも、短い時間ではありますが、ぼくが見たかぎりでは」

ドクター・チャーマーズはまず遺体に注意深く覆いをかけてから、ゆっくりと答えた。「そうかな？　まあ、もちろん、これはぼくのというより、あなたの専門分野でしょうが、確かにいえるのは、イーナのような神経症で自己中心的なタイプは、自殺の傾向を有しているということです。もちろん、ぼくが間違っているのかもしれない。病的心理は一般の開業医の仕事にはまったく関係がありませんからね。それでも、ロナルドから起こったことを聞いて、ひどくショックを受けはしたが、そう驚いたとはいえませんね」

「それでは検視審問で証言する用意があるということですか、つまり専門的意見として、ミセス・ストラットンは自殺の衝動をかかえていたと？」ロジャーはそう訊ねながら、チャーマーズがはやく出ていかないかと思っていた。

「そのとおり。ただし」とドクター・チャーマーズは興味をそそられたようにいった。「あなたがまったく違う見方を納得させてくれれば別ですがね」まるで、この場でその手の議論を始めたがっているようでもあった。

「いや」ロジャーはきっぱりいった。「おそらく、あなたのいうことが正しいでしょう」状況が自殺という評決にむけてすっかりお膳立てができているというのに、この際、あえてそれを妨害するつもりはロジャーにはなかった。

「そういえば、ロナルドに会いに行きたいでしょう。彼はまだ着替え中ですか」

「いや、彼ならついさっき顔を見せて、上に行くといってましたよ」

「誰かが死体のそばに付いているべきですね」ロジャーは抜け目なくいった。「もしよかったら、ぼくが替わりますから、上に行ってきたらどうです」

ドクター・チャーマーズは、この提案の真意にいささか疑念を感じたようだったが、やがてうなずいた。

「ありがとう。いずれにせよ、あと一、二分のことだと思いますよ。警察が数分もしないうちに到着するはずです」

「あなたはドクター・ミッチェルより近くにお住まいなんですね」ドアに向かう相手に、ロジャーはさりげなく訊ねた。

「ええ。二人ともウェスターフォードだけど、フランクのほうが遠いですね」

ロジャーはドアがしっかり閉じられるのを待って、ベッドに急いだ。

覆いを取り払うと、しばし立ちつくしてイーナ・ストラットンの遺体を見下ろす。不格好な帽子にいたるまで、最前の衣装をまだそっくり身につけていたが、とにかく破けたり傷がついたりしている箇所を発見することはできなかった。もし何らかの暴力行為があったとしても、それほど激しいものではなかったに違いない。彼がどうしても知りたかったのは、胴体になんらかの傷や打ち身の痕がないかだった。しかし、それを調べるのは不可能だった。彼女の顔をおとなしく見ているしかなかったが、そこからは何も読みとることはできなかった。指で注意深く後頭部をさぐっていき、帽子の下へと手をのばしていく。しかし、こぶや隆起のたぐいは一つもなかった。

つぎに彼女の手をとり、爪の下を一つずつ念入りに調べていく。

拡大鏡なしで調べられるかぎりでは、あきらかに彼女の首を締めたロープのものとわかる繊維の切れ端がいくつかと、皮膚の断片をのぞくと、何も見つからなかった。首の両側には、ロジャーが予測していたように、無数の長くて深い引っ掻き傷があった。意識を失う前にイーナ・ストラットンは、首を締め上げるロープをむなしくかきむしったに違いない。両の掌にも擦りむいた痕がはっきりと表れていた。

しかし爪の下で見つかった皮膚の細片が、すべて彼女の首のものであるとは限らない。はたして殺人者は摑みかかる女の手からすばやく逃れることができたのだろうか。もしかしたらパーティの参加者の中に、真新しい引っ掻き傷を手か顔につけている者はいないだろうか。

警察が到着して彼を見張り番から解放してくれるまで、ロジャーはこの興味深い疑問の答えを求めて出ていくことはできなかった。

3

ロナルド・ストラットンの邸宅セッジ・パークは、中程度の大きさの町ウェスターフォードから三マイルほどの郊外にあった。ウェスターフォードの警察署に詰めていた巡査は、その管区を自転車でまわらなければならなかった。巡査はロナルドが電話をしてからちょうど十三分後に到着したが、それは彼が署を出る前にこなさなければならなかった多くのことを考えると、けっして遅くはなかった。ウェスターフォード警察の署員にはよく顔を知られており、また自分でもそのほとんどと顔見知りだったロナルドが、巡査を寝室に案内すると、そこで早速お決まりの質問が始められた。

「あんなことは必要ないのに」その場を離れながらロジャーは思った。「どうせ警部が到着したら、まったく同じことを初めから訊きはじめるに決まってる。でも警察のやり方はいつもこうだからな」

彼はふたたび階段を上った。

パーティ参加者の大部分は今は、一方の端が吹き抜けの階段に通じた、バーを設えた大部屋に集まっていた。ほとんどの者がすっかり疲れ果て、会話は散発的なものになっていたが、寝室に下がることは問題外だった。ロナルドがすでに、警察がひとりひとりに質問を求めることになるのはまず間違いないと警告していた。ある者は突っ立ったまま、ある者は大きな革の安楽椅子に身体を沈めて、むっつりと燃えさかる火をみつめていた。

ロジャーが姿を現すと、つかのま関心がかきたてられた。ドクター・チャーマーズが、フランク・ミッチェルは着いたかと訊ねてきた。

「いいえ」とロジャーは説明した。「警察が来ました。巡査が一人です。彼の話では、あと五分か十分で警部が到着するそうです」

彼は部屋のなかを見渡した。ここには目に見える掻き傷を顔に付けている者はいなかった。ここでそれが見つかるとはほとんど期待していなかった。

ロジャーは暖炉のそばのドクター・チャーマーズのところへ行くと、低い声で話しかけた。

「彼女がどのくらい前に死んだか、何らかの結論が出ましたか」

ドクター・チャーマーズは不審げに彼を見返すと、「どのくらい前に?」と繰り返した。

「ええ、ぼくはただ、彼女が舞踏室を飛び出していった直後に死んだのか、それともしばらく思案していたのか、と考えてるんですよ」

「なるほど。しかし、ご存じのとおり、正確な時間をいうことは難しいんです。死体の体温を計ってみましたが、それと他の徴候からみて、確かにいえるのは、外気の気温を考慮しても、彼女が死んでから少なくとも二時間はたっているということです」

「二時間ね」ロジャーは考えこむようにいった。「すると、彼女はおそらくすぐに実行に移したことになる」

「まあそうだ、間違いないですね。家内の言葉を借りれば、あの女が見事やってのけたのは、ぼくが呼び出しを受けたすぐ後です」

「たしかに」ロジャーはぼんやりと答えた。「たしかにそうです。——ところで、この地区の警部はどんな人です?」

「なかなかの人物ですよ。大騒ぎするような男ではありませんが、非常に細心な捜査官です。もちろん綿密な調査をするでしょう。もっとも、こういうはっきりした事件では、たいしてすることはないでしょうがね」

「ええ」とロジャーはいった。「ぼくもそう思いますよ」

彼の目は、壁の代わりに部屋の一方の端を仕切っている低い手すり越しに、階段の上がり口に据えられた。そこは小さな踊り場になっていて、舞踏室に通じていた。舞踏室のドアを数ヤード行きすぎた、その左の端に短い階段があり、屋上へと続いている。この階段は取り壊されずに残された切妻の一つを貫いていて、そのため上半分はバーのある部屋からは死角になっていた。しかし、下半分と踊り場は完全に見通すことができた。ということは、誰かが屋上へ上がろうとすれば、バーからは一目瞭然ということになる。

ドクター・チャーマーズとの会話は、ロジャーがおぼつかない二と二を足して、なんとかして揺るぎない四という答えを出そうと考えこんでいるあいだに、先細りとなっていった。

誰かが屋上へ上がれば、バー・ルームにいた人間の目に入ったことだろう。しかし、誰もイーナ・ストラットンがどこへ行ったか知らなかった。ということはつまり、そのときバー・ルームには誰もいなかったということだ。いくら酔っぱらっていたって、彼女が部屋を出てきて、通りすぎたのに気づかなかったなんてことはありえない。ということは、もし殺人者が彼女のすぐ後につづいて屋上へ上がったとしたら、やはりバー・ルームには、その出入りを目にした者は誰も、おそらく誰もいなかったはずだ。しかしもちろん、殺人者がすでに屋上にいて、そこで彼女と出会った可能性も見逃してはならない。

いずれにせよ、あきらかな疑問はこうだ。そのとき舞踏室にいて、そのまま留まっていたのは誰か。犯人を特定することは無理でも、とにかく消去することはできるだろう。

その行動がドクター・チャーマーズの目にはとんでもなく無作法に映るであろうことにもまったく気づかないまま、ロジャーはポケットに手を突っ込み、相手に背中を向けると、考えに熱中しながら踊り場のほうに歩いていった。手すりの端の頑丈な柱に背をもたせかけると、眉間にしわをよせて懸命に記憶を探り、この二時間のことを思い出そうとする。

まず最初にドクター・チャーマーズが消去される。そもそも、そのとき彼はそこにいなかった。それからロナルド、ミセス・ラフロイ、シーリア・ストラットン、ミセス・ウィリアムスンは、ロジャーと一緒のグループにいて、デイヴィッド・ストラットンを慰めようとしていた。そう、それにマーゴット・ストラットンとマイク・アームストロングもいた。全員消去だ。あとは誰がいる？ウィリアムスン、コリン・ニコルスン、ミセス・チャーマーズ、ドクター・ミッチェル夫妻――しかしこの二人は最初にダンスを再開している（ロジャーはそれをはっきりと思い出した）、彼自身がデイヴィッドをバーへ連れていく直前にだ――えい、なんてことだ、ミセス・ストラットンが出ていってから数分後にバーにいたのは、ぼくじゃないか。彼自身が、屋上へ上がる唯一の道の見張りに就いていたのだ。では、誰かが踊り場を通って上へのぼっただろうか。ロジャーはいまいましげに苦笑いした。彼にはどうしてもはっきりさせることができなかったのだ。その場にいた人間の証言ほど、価値のあるものはない。ロジャー・シェリンガムともあろうものが、誰かが舞踏室を抜け出したかどうか、思い出すことさえできないとは。

それでも、この検討はまったく実りのないものではなかった。とにかく、ひとつのことは確実だ。誰よりも強い動機を持っているはずのデイヴィッド・ストラットンには、おそらく妻を殺すことはできなかった。真に問題となる時間、彼はずっとロジャーと一緒にいたのだから。

そう、これは一歩前進だ、しかも大きい一歩だ。

ロジャーが顔を上げると、コリン・ニコルスンが話しかけていた。

「……いるんだい？」

「すまない、もう一度いってくれないか」ロジャーは丁寧に聞き返した。

「『なあ、何をご大層に考えこんでいるんだい』といったのさ。あんまり好い言い方じゃなかったかもしれないが、とにかくそういったんだ」コリンは片方の手をあげると、ディナージャケットを着た男性には付き物の手つきで、ネクタイの具合を確かめた。

ロジャーはその手をまじまじと見た。拳のすぐ上に、新しい掻き傷が長々と走っていた。

4

もちろん、コリン・ニコルスンがミセス・ストラットン殺しの犯人だなんて、ありえないことだ。ばかばかしくてお話にもならない。第一コリンは、盲目の後家さんから盗みをはたらくような人間でないのと同様、殺しをするような人間でもない。それに彼はミセス・ストラットンのことをほとんど知らなかった――おそらくこのパーティを通じて、彼女に話しかけたことはなかったはずだ。そんな厄介なことをコリンがしたとは、とうてい思えない。

しかしそれでも、真新しい引っ掻き傷を目に見えるところにつけた人物を、ロジャーは探していたわけだし、ここに真新しい引っ掻き傷をつけたコリンがいる。ともかくその説明が必要だ。

「何を考えていたかって？」ロジャーはあいまいに繰り返した。「まあその……」

「さぞかし面白いことだろうさ。まあ、こいつは恰好の事件だからな。それはそうと、警察はいつまでぼくたちを待たせておくと思う？」

「まあ、一晩じゅうだろうな。おや、きみは手に怪我をしたね」ロジャーはさりげなく訊ねた。

「ああ、ひどいもんさ」

「なあ、屋上に上がらないか」

「屋上に？」

「新鮮な空気が吸いたいんだ」

「おそろしく冷たくて新鮮な空気だろ。それに、さっき降りてきたばかりじゃないか。いや、新鮮な空気が欲しいんだったら、一人で行けよ」

「ほんとうのことをいうと、コリン、きみと話したいことがあるんだ、特別にね。他の人間のいないところで」

「ロジャー、きみも面倒な男だな。まあいいさ、どうせいうことをきくまで勘弁してくれないんだろう」

ロジャーは気のすすまないコリンを屋上へ連れ出した。

「さあ、これでいい。その傷はどうにかしたほうがいいな。どうしてついたんだ」

「たいしたことはないさ。それともきみは、ちっぽけな傷がつくたびに、ぼくが卒倒するとでも思っているのか。さあ、きみのいうとおり上がってきたんだ、話したいことというのは何だい」そうコリンは訊ねながら、上着の襟をたてた。「頼むから早くしてくれよ」

ロジャーはその片手を取って傷を調べた。幅は広かったが深くはない。

「どうしてこの傷がついたんだ、コリン」彼は繰り返した。

「おいおい、それがどうしたんだ」

「ただ知りたいだけさ」

コリンは彼をまじまじと見た。「なんだか怪しいな。何を考えてるんだ」

ロジャーはなだめるように笑った。「ぼくのよく知られた能力を発揮してるだけだよ。なあコリン、なんでその傷がついたにせよ、ピンなんかじゃないな。自分で見てみろよ」

「なんで傷がついたかって、それがどうかしたのか」

「どうもしやしないさ。ただ、ぼくの度しがたい好奇心のなせる業なんだ。もし秘密の話じゃなければ教えてくれないか」

「どうして秘密の話だなんていうんだい」

「いや、ぼくには誰かの指の爪がつけた傷みたいに見えるんでね。実際、きみのことをよく知らなければ、きみが御婦人と厄介なことになって、その結果、骨折りがいもなく引っ掻かれるはめになったのかと思うところだ」

今度はロジャーの投げた針に見事に引っかかった。

「ああ、そんなんじゃないさ」コリンはむすっとしていった。「きみみたいな奴でなければ、そんなことは思いつきもしないだろうよ。そんなに知りたいのなら教えてやるが、割れたグラスのかけらで切ったんだ」

「じゃあ、どこで割れたグラスをいたずらしたんだい」

コリンはしぶしぶ、ごくありふれた事情を明かした。バーでグラスを割ってしまった彼は、そのかけらをテーブルの下に隠したのだった。

第八章　ロジャー・シェリンガムに対する論拠

1

「その説明を受け入れよう、コリン」屋根を縁取る手すりに背をもたせかけながら、ロジャーは裁判官のようにいった。

「そいつはご親切にどうも。えい、まったくいまいましい奴だな」

「そう熱くなりなさんな。ぼくはただ、その説明が受け入れられなかったばっかりに、縛り首になった連中のことを考えていただけだよ。コリン、実に多くの人間がそういう目に遭ってきたんだ」

「こんな寒いところへ引っぱってきたのは、そんなことをいうためか」

「そのほうがよければ、サンルームに入ろう」ロジャーは穏やかに応じた。

「そのほうがいいね。ぼくはもう安楽さの値打ちが身にしみる年齢なんだ」コリン・ニコルスンは年老い、幻滅を感じた二十八歳だった。

二人は階段《ステップ》を降りてサンルームに入った。明かりをつけると、椅子が二脚あった。

「それではあらためて訊くが、いったい何を気にしてるんだ、ロジャー？」二人が腰を据えると、コリンは訊ねた。

「どうしてぼくが何かを気にしてると思うんだ？」

「そりゃ、その徴候を知ってるからね。きみはまるで火薬の臭いをかぎつけた軍馬みたいな顔をしてるぞ。まさかこの一件をひねくりまわして、深刻な事件に仕立て上げようとしてるんじゃないだろうね」

「ぼくの考えでは」とロジャーは穏やかにいった。「もうすでに十分深刻だと思うがね」

「ふん！」コリンは、聞き手次第でどうとも取れるスコットランド人ならではのうなり声をもらした。

ロジャーはちょっと実験をしてみたくなった。

「いや、もちろんそんなんじゃないんだ。こうした事件を左右する小さな点のことを考えていただけさ。明白な自殺とみえた事件をさらに明白な殺人事件に、あるいは事故を自殺に、あるいは何でもきみの好きなものに変えるのには、たった一つ、小さな証拠があれば十分なんだからね。なあコリン、きみも犯罪学の学徒なら、この事件の決定的な証拠を見つけだすことができるはずだ」

「決定的、というと、自殺のか」

「そうだ」

コリンは考えこんだ。「ほとんど一晩じゅう、彼女は自殺のことを話していたな」

「だめだめ、それはむしろ別種の証拠だ。ぼくがいってるのは物質的な証拠なんだ」

コリンはじっくり考えた末にいった。「だめだ、そんなのわかるもんか」

「まあ、誰もが自殺だと思いこんでいるからな。なぜか。いや、ぼくが教えてやろう。実際に自殺であることを証明する証拠が一つあるんだが、誰もそれにははっきりとは気づいていないんだ。みんなそれを目にして、受け入れてはいるんだが、それが自殺の自然な状況の一部なので、当たり前のこととして見逃してしまうのさ。きみと同様、連中の誰もそれをずばり言い当てることができない。わかるか、コリン？　完全に明白なことなんだが」

「暴力の痕跡がないことをいってるのか」

「いや。しかし、もちろんそれも重要な点だ」ロジャーも認めないわけにはいかなかった。

「じゃあ、いったい何なんだい」

「彼女の下にあったあの椅子さ、もちろん。絞首台の下に椅子が一つ転がっていたのは、きみも覚えてるだろう？」

「ああ」

「そう、あの椅子の存在が、誰かが彼女の身体を持ち上げて縛り首にしたわけではないことを証明している。同時に、彼女が自らすすんで首を輪の中に入れたことをも証明しているんだ。そうだろう？」

「うん、きみのいいたいことはわかるよ。ひじょうに面白い、ロジャー。そいつは重要な証拠だ。間違いない」

ロジャーはうなずくと、煙草に火をつけた。

実験は成功した。人の心というものは、そこに存在すべきだと考えたものを受け入れてしまいがちであり、その決定によって、実際にはまったく存在しなかった細部の状況まで、記憶の中に組みこみ、刻みこむようになる。たったいま屋上にいたとき、コリンが何度となく絞首台を目にしたのは間違いない。絞首台の下には倒れた椅子があった。倒れた椅子は、自殺の背景には不可欠な小道具だ。それゆえ、二十分ほど前、彼がミセス・ストラットンに救急処置を施していたときにも、そこにあったものと完全に思いこんでしまった。その光景はしっかりと彼の脳裡に刷り込まれた。絞首台には三体ではなく二体の人影、そして第三の横木の下に転がる一脚の椅子。二十分前、その椅子がそこにあったはずがないと考えることなどもはや不可能だ。コリンはその存在を完全に思い出してしまった。最初に屋上に上がってきたとき椅子がそこにあったと思う、というのではなく、確かにそこにあったと、彼は心から誓言することだろう。

そして、パーティの残りの人々もそうするだろう。

状況に付け加えられた椅子に誰かが気づくとは、ロジャーは思ってもみなかった。

「それできみは」とコリンが続けた。「もし椅子があそこになかったら、事件は殺人の様相を呈してくる、と考えたのか」

「ぼくならもうすこしはっきりいうね。殺人であることは明白だ、と」事実を途方もない仮説として議論するというアイロニーを、ロジャーは楽しんでいた。かわいそうに、コリンにはこのアイロニーはわかるまい。

「なぜなら彼女は、身体を持ち上げられたか、なにか台の上に立つかしなければ、首を輪の中に入れることはできなかったはずだから、ということか」

「そのとおり。そう思わないか」

「ああ、たしかにそうだ。ロジャー、こいつはなかなか面白いな」

「これは些細なことの重要性を認識する、恰好の練習問題なのさ」ロジャーは用心深くいった。

「それできみは、ぼくの掻き傷にあんなに興味を持ったわけか」ロジャーは声をあげて笑った。もし自分が如何にきわどいところにいたかを、コリンが知ったら……

「そう、つまり仮に椅子があの場所にはなかった、それゆえこれは殺人事件である、というふうに想定してみると、練習問題としては最高だぞ、と思ったんだ。そうしたら、きみが誂《あつら》えたように掻き傷を手につけていた。もしこれが現実の話だったら、パーティの誰かの手についているんじゃないかと探していたような傷をね」

「なるほど。しかし、あの不幸な女性を片付けなきゃならない、どんな動機がぼくにあるというんだね。きみも認めると思うが、ここには十分すぎるほどの動機がある。しかし、ぼくにはない。今夜まで、ぼくは一度も彼女には会ったことがないんだ」

「でも、わからないかな、それでこそまさしく完全犯罪が実現するんだよ」ロジャーは勢いこんだ。「百の事件のうち九十九まで、殺人容疑を実際にある特定の人物に絞りこんでいくのは、動機なんだ。動機のないところに疑惑が向けられることは、けっしてない」

「動機のないところに殺人はない」コリンもまた、ロジャーと同じくらいこの議論に引き込まれていた。もっとも彼にとってそれは、ほとんど現実味のない学問的な興味でしかなかったのだが。

「動機がないとはいったが、もちろんそれは、はっきりとわかる動機はない、ということさ。だが、今回の例を取り上げてみよう。見たところ、きみにはミセス・ストラットンの死を願う動機はない。つまり、現実的な動機は、だ。しかし、動機がつねに現実的である必要があるだろうか。形而上的な動機はどうだ?」

「なるほど、形而上的な動機はどうだ、か」コリンはやや突っかかるように応えた。「死者ヲ鞭打テ《デ・モルトゥイス・ニル・ニシ・ヴェルム》、さ。死んだ人間について本当のことをいってはいけない理由が、ぼくにはわからないな。あの女はまさに疫病神だった。触れる者すべてを厄介事にまきこみ、今夜ここにいた少なくとも二人の人間の幸福にとって現実的な脅威となり、さらに夫の人生をみじめなものにしていた。あの女を止めるためにできることは二つしかなかった。精神病院に閉じこめるか、消してしまうかだ。残念なことに、精神異常の認定を受けられるほど、彼女は完全に狂ってはいなかった。すなわち第二の選択肢だけが残った。しかし、彼女を取り除く現実的な動機を持った人間のなかには、それを実行するだけの道徳的勇気を持ち合わせた者は一人もいなかった。

そこへ登場したのがコリン・ニコルスンだ。公正で、同情心にあふれ、強い心と、因習的な考えを打破するに足る確かな目をもち、自身の判断にもとづいて行動する勇気を持った男だ。彼は法律が人々のために作られていることを知っていたが、同時にまた、その法の外に立つ人間がいることも知っていた。大多数の安全のためには個人の犠牲もやむなしと信じることにおいては、社会主義者といってもいい。容疑が自分にかけられる可能性はほとんどなく、危険はきわめて小さいことを承知しているだけの頭もある。もちろん彼は、自分に課された義務がそのような思い切った手段を要求していることを残念に思った。ミセス・ストラットンのためにも、そう思った。しかし、もしミセス・ストラットンがこのまま生き続けたら、人生を滅茶苦茶にされるであろう人々のことを考えると、彼は耐えがたい思いにとらわれた。かくして……」

「わかった、わかった」コリンは穏やかにいった。「しかし、きみがぼくの性格をよく把握しているとは思わないな。ロジャー、ぼくはそんなに立派な人間じゃないよ。そういったことは、むしろ、きみのほうが当てはまるんじゃないか」

「そうかな」ロジャーはすこし虚を突かれた。「とにかく、ぼくのいいたいことはわかっただろう」

「ああ」コリンはゆっくりといった。「わかったよ」

彼は坐ったまま、しばし考えこむように沈黙していたが、やがてがっしりした身体を持ち上げた。

「階下へ戻るのかい」ロジャーは訊ねた。

「いや、すぐに戻るよ」

コリンはサンルームを出ると、平屋根に上がっていった。ガラス窓を通して、彼が屋上を横切り、絞首台の下で立ち止まるのが見える。手をポケットに突っこみ、問題となった椅子をまじまじと見ているようだ。ロジャーが見守っていると、彼は胸ポケットから大きな白い絹のハンカチーフを取り出し、椅子の背や横木や座の部分を念入りに拭きはじめた。それが終わると、持ち前のゆったりした足取りで、サンルームに帰ってきた。

「いったい何を……」とロジャーは当惑して訊ねたが、そこには一抹の懸念がなくもなかった。

コリンはすこし厳しい顔をして彼を見た。「きみの困ったところはね、ロジャー、あまりにもしゃべりすぎることだよ」

「しゃべりすぎる？」

「そうだ。ぼくがきみだったら、こういう状況では口をしっかり閉じているだろう。どうして安全だといえる？　ぼくにはとてもそうは思えない」

「なあ、コリン。いったい何のことを話しているんだ。それにあの椅子に何をしていたんだ？」

「きみの指紋を拭いていたのさ」コリンは冷静にいった。「きみがそうするのを忘れていた場合を考えてね」

「ぼくの指紋を……」

「そうだ。我々が最初に屋上に上がったとき、あの椅子が絞首台の下になんかなかったことを、ぼくはたまたま知っているんだ。どこかその手前にあった。というのはね、ぼくはその椅子につまずきそうになって、向こうずねをいやというほど擦りむいたんだ。ぼくがきみだったら、あれを動かしたことは誰にもいわないいな。いかがわしく見えるからね」

「でも、ぼくはそんなことは……」

「いや、きみはした。それは間違いない。いいかいロジャー、きみはしゃべりすぎる。ぼくがきみだったら、自殺だとか殺人だとか、他の連中にいってまわったりはしない。実際、ぼくなら事件については一切口をつぐんでいるだろう。危険が大きすぎるよ。話したいという衝動にきみが駆り立てられたことは、わからないではない。でもそいつを押さえこまなきゃだめだ。もちろん、ぼくはきみを裏切るつもりはない。きみはほんとうに善いことをしたとも思っている。だが、わかってると思うけど、他の連中をあてにしてはいけない」

「危険なんかないさ」ロジャーは力なく答えた。この手厳しい言葉に少々めんくらい、またコリンの頭脳を甘く見ていた自分に腹を立てながら。

「危険がないだって！」コリンは鼻を鳴らした。「形而上的な動機だの容疑外の人間だのと、おしゃべりするのは一向にかまわんが、何の危険もなく人殺しをやってのけ、それを吹聴してまわれると思ってるのなら、すぐにミセス・ストラットンと同じ場所に自分の首を突っこむはめになるぞ」

2

「ぼくはミセス・ストラットンを殺してはいないといいつづけても、たいして役には立たないのかな」ロジャーはやけになっていった。

「むろん、ぼくはきみを信じるよ」というコリンの声には、軽々しく信じこむ気配は微塵もなかった。

「ありがとう、コリン」ロジャーは苦々しげに答えた。

「それにいずれにせよ」とコリンは続けて、「きみを裏切るようなことはしないよ」

ロジャーは初めからもう一度繰り返そうとした。

「いや、とにかく」コリンは評決を下すようにいった。「誰かが彼女を殺したわけだ」

「誰かがしたのはわかってる。まったく、あのいまいましい椅子を動かしたりしなければよかった。誰かのためによかれと思った結果がこのざまだからな」

「それにしたって」とコリンはすましてたたみかける。「証拠をいじるのがきわめて重大な行為なのは、きみも知ってるだろう」

「しかし、くそっ、あれは殺されて当然の女だぞ。殺人者をかばうのが許されない行為なのは、理屈の上ではわかってるさ。だが、この事件は例外だ。誰であれ、こんな善行を施した人物は守られてしかるべきだ。きみだって同じことをしただろう」

「ぼくならやらない」コリンはきっぱりといった。「さっきもいったように、ぼくは口をつぐんでいるつもりだ。でも、それがぼくにできる精一杯だ。ぼくは証拠をでっちあげるようなことはしない。割に合わないからね。他の人間を苦境から救うために、自分の首を賭けるつもりはないよ」

「首を賭ける?」

「そういうのは事後従犯にあたるんじゃないか? となると法的には殺人と同等の罪に問われることになる。ところで」とコリンは落ち着かなげに付け加えた。「ぼくは今、一種の事後従犯をおかしているんじゃないかな。どうしてきみは、その口を閉じておかなかったんだ、ロジャー。きみが自分から馬脚を露わしたりしなければ、ぼくだって思いついたりはしなかったのに。気がついたことをきみに教えるとは、ぼくも莫迦だったな」

「でも、ぼくはさっきから、あの女を殺してなんかいないといいつづけてるじゃないか」

「それはわかってる」とコリン。「そしてぼくは、きみを裏切ったりはしないといいつづけてる」

「ああ、ちくしょう」ロジャーはいった。

しばし気まずい沈黙が流れた。

「なあ、コリン。ぼくを告発する論拠があるということは、きみにはできないはずだよ」ロジャーはほとんど打ちひしがれたようにいった。

「その論拠をいわせたいのか」

「そうしてくれれば嬉しいね」ロジャーは辛らつにいった。

「よし。まず動機については、きみは自分でいっている。ばかばかしいことに、きみはそれをぼくの動機として話したが、それは間違ってる。よく知らない誰かのためにそんな危険をおかすほど、ぼくは高貴な心の持ち主じゃないし、そんなふうに他人の問題に深く首を突っこむほど、お節介でもない。だがねロジャー、率直にいわせてもらえれば、きみはそういう人間だ。きみみたいにお節介な人間をぼくは知らないし、自信過剰な男もいない。この世の中に、完全に形而上的で、利他的で、とんでもなくお節介な殺人をやってのけることができる人間がいるとすれば、それはきみだよ」

「ありがとう、コリン」とロジャーはいったが、その声には感謝のかけらもなかった。

「ぼくはただ、きみの方法論を使わせてもらっているだけだよ」

「きみが証明したのは、ぼくが動機をまったく持っていないがゆえに、動機があるということもできるかもしれない、ということだけだ。きみはこの手の証拠をなんと呼ぶのかな。ぼくには機会がなかったという小さな事実なんか、すこしもきみの関心を引かないみたいだね」

「機会だって！」コリンは叫んだ。「なあ、きみに機会がなかったというのなら、誰にあったというんだい？」

「いつぼくに機会があったというんだ」ロジャーは驚いたように訊ねた。

「ミセス・ストラットンは屋上で発見された。ということは、舞踏室を出ていったあと、彼女はずっと屋上、もしくはここにいたと考えるのが自然だ。事実、誰も彼女を二度と見かけていないのだから、ここに上がってきたと考えるのは、きわめて筋が通っている。絶対確実といってもいいくらいだ。そこまでは同意するね」

「ああ、たしかに」ロジャーは挑戦するようにいった。「それで？」

「それで、ぼくの知るかぎりでは、きみは、彼女が姿を消している間にここへ上がってきた唯一の人間なんだ」

「なんだって！」

「バーで可哀想なデイヴィッドを慰めてやったあと、きみはまっすぐここへ上がってきたんじゃないか。ぼくがきみたち二人のところへ加わったときのことだ」コリンは落ち着いて訊ねた。

「ああ――ああ、なんてことだ！」ロジャーは雷に打たれたように叫んだ。

それはまったく事実だった。コリンが現れたのを機に、ロジャーはそっとその場を抜け出したのだった。ああいう状況ではデイヴィッドとの会話はあまりはずまなかったし、それに暖炉の火が強すぎて部屋が暑苦しいだけでなく、煙が充満しているようにも感じていた。彼は屋上に上がると、数分のあいだ、ドアのすぐ外に立って煙草をくゆらせながら、下の部屋の煙が開いたドアから出ていくのを待ったのだ。そのことをすっかり忘れていた。しかし、たしかにコリンのいうとおりだ。

屋上では誰も見かけなかったが、すくなくとも四、五分はそこにいたに違いない。そして、いまや疑問の余地はないが、その間、イーナ・ストラットンはサンルームにいたのだ。一人で――あるいは殺人者とともに。

おそろしく厄介な状況だった。

「そしてもちろん」とコリンはたたみかける。「あの可哀想なデイヴィッドから悩み事をすっかり聞かされた後で、きみはすっかり不愉快な気持ちになり、また怒りをおぼえてもいた」

ロジャーは追いつめられた顔を告発者のほうに向けた。

「デイヴィッドは悩み事なんか話さなかった」と力なくいうのが精一杯だった。「奥さんのことには触れもしなかったんだ。話していたのはテスト・マッチ（イングランドとオーストラリアのクリケット選手権）とクリケットの戦術のことだけさ。彼に訊いてみるといい」

「とてもそうは思えないな」コリンは表情をくずさなかった。

ロジャーは何もいわなかった。

「論拠のことを訊ねたのはきみだ」とコリンはいった。

「それではきみは」とロジャーは激したようにいった。「ぼくがここに上がっていた数分間に、ミセス・ストラットンを絞首台に運んで、そこに吊したと考えてるのか」

「誰かがそうしたんだ。ロジャー、きみじゃないというのなら、いったい誰なんだ」

「すくなくともきみは、ぼくがあの一番大事な椅子のことを忘れてしまうような間抜けだとは思わないだろう？」

「誰かがそれを忘れた。たしかに、致命的な失策だ。しかし露見するような殺人者は、かならず致命的な失策を犯すものさ。思うに」と煙草の先端をみつめながら、「きみはあまりにも多くの殺人事件に関わりすぎて、ぼくたちのように、それを真剣には受け止められなくなっているんじゃないのか。その結果、細かい点にいささか無頓着になっている」

ロジャーはぐうの音も出なかった。

「それにむろん、すっかり馬脚を露わしてしまったのも、あの椅子のことをおしゃべりしたせいだ」コリンはいたって冷静に続けた。「きみが何を狙っているのか、ぼくにはわからなかった。それから謎が解けた。きみはあの椅子のことで不安を感じていた。そのとき椅子をあの場所に置いておくのを忘れてしまったことに、きみは気がついた。そして間違いに気づいたきみは、後になって椅子を本来あるべき場所に置きなおしたが、誰かが以前はそこになかったことを覚えているかもしれないと、すこし不安になった。それできみは、何か問題が起きたときにそなえて、椅子がずっとそこにあったといってくれる証人をつくろうと、ぼくに暗示をかけようとした。まったく頭がいいよ、きみは」

「でも、うまくいかなかった？」

「そう、きみはやりすぎた」コリンは容赦なかった。「それでも、しっぽを出したあとで、誰か他の人間を守るために椅子を動かしたように装ったのは、うまい考えだ。ひじょうに頭がいい。しかし、残念ながら、とてもありそうなことには見えないがね」

「たまたまそれが真実なんだよ、それだけだ」

「すでにこんなに多くの失策を重ねている以上」ロジャーが何もいわなかったかのように、コリンは続けた。「きみはとんでもない大莫迦者で、指紋だって残しているかもしれないと、ぼくは考えた。そこで、まずそれを拭いてやってから、きみの話を聞くことにしたんだ。ところできみは指紋を残していたのかな」コリンは興味をもって訊ねた。

「ああ」ロジャーは憤然として答えた。

「そうだろうと思ったよ」コリンはしゃくにさわるほど平然としていた。

「さぞ不器用な殺人者に見えただろうな」

「これが好い経験になればいいんだがね」とコリンはなぐさめた。

　ふたたび、しばしの沈黙があった。

「それで、あとは？」

「これでもう十分じゃないのか」とコリン。

「それじゃあ、この間抜けを引っぱって警察に話をしにいくつもりなのかい」

「いっただろう、ぼくはきみを裏切ったりはしない。だが、きみは自分でまたしっぽを出したりしないよう、気をつけたほうがいい」

「警察へ行ったらいいさ」とロジャーは嚙みつくようにいった。

「ありがとう、でもぼくは、この件にはすこしも関わりを持ちたくないんだ」

「じゃあ、ぼくが自分で行って、きみがいま話したことをそっくり教えてやるよ！」

「もしそんなことをするなら、きみは莫迦だ」コリンは冷ややかにいった。

憤ってはいたが、そんなことをしたらそれこそ大莫迦者だ、というくらいの分別はロジャーにも残っていた。

再度、怒りに満ちた沈黙があった。

やがて外から足音がして、ロナルド・ストラットンが戸口に現れた。

「ここにいたのか、ロジャー。ほうぼう探してたんだ。警部が到着して、きみに会いたがってる。居間にいるよ」

ロジャーは立ち上がったが、その場を逃げ出せて助かったような気もしていた。

彼はコリンの目をとらえた。

コリンは励ますようにうなずいた。

第九章　ドクター・チャーマーズに対する論拠

1

ウェスターフォード警察のクレイン警部は、背の高い、しまりのない身体つきの男で、すくなくとも警部によくある練兵係の軍曹のようなタイプではなかった。にこやかな顔をし、ともかくもこの屋敷では、ほとんど謝るような姿勢に終始し、ある種の警察官にみられるぶしつけな尊大さは微塵もなかった。ロナルド・ストラットンは以前から彼のことをよく知っていて、部外者の存在が引き起こす気兼ねを感じることなく、状況を説明することができた。

ゲストの中にロジャー・シェリンガムがいることを知ると、警部は尋問予定のパーティの面々のなかから、この紳士を第一に呼びだした。

「お目にかかれて嬉しいです」警部はロジャーに挨拶した。「もちろん、あなたのことは前から存じ上げてますよ。なんとも痛ましい事件ですな。さいわいなことに、あなたが関心をお持ちになるような事件ではないと思いますが」

「ええ」ロジャーはきっぱりといった。「もちろん違います」

「そうでしょう。ではお坐りいただいて、この悲劇になにか光を投げかけるようなこと、あるいは検視官の助けになるとお考えになるようなことがありましたら、お聞かせ下さい」

警部の尋問用に提供されていたのは居間で、二人は長いテーブルの片端に腰をおろした。警部は待ちかまえるように手帳をその前に広げている。ロジャーはすぐに、彼があまり形式ばらずに進めるつもりなのを見てとった。というのは、ストラットン兄弟もその場に同席していたからで、ロナルドはテーブルの端に腰掛けて片足を椅子にのせ、デイヴィッドのほうはマントルピースに背をもたれていた。

「最初に申し上げておきますが、警部、ぼくはまったくミセス・ストラットンのことを知りませんでした」とロジャーは切りだし、続けて、その夜彼女と接したときのことを話した。

「ああ！」警部は耳をそばだて、期待するように鉛筆をなめた。「ミセス・ストラットンは自ら命を絶つつもりだというようなことを、実際にあなたにいいませんでしたか」

「つもりというより、かもしれない、といったところでしょうね」とロジャーは訂正して、「ええ、彼女はそういいましたよ」

「しかし、それにもかかわらず、あなたは何もしなかった？」警部はどこか言い訳するように訊ねた。

「何ができたというんです？　彼女はただ将来の可能性について語っただけです。今夜そんなことをするつもりだとは、一言もいわなかった」

「それで、あなたは何も手を打たなかった？」

「そうです」

「これはお訊ねしておかなければなりませんが」警部はますます言い訳するようにいった。「手を打つ必要がないとお考えになったのはなぜですか」

「彼女がいったことを、一言たりとも信じていなかったからです。彼女の話はただ効果を狙っただけのものと思っていました」

「『彼女の意志が真剣なものとは思わなかった』」警部はいそがしくメモを取りながら訊ねた。「という表現でよいでしょうか、シェリンガムさん」

「そうですね」ロジャーは、ロナルド・ストラットンの目を避けながら同意した。

「彼女の言葉を他の人には伝えませんでしたか。たとえばストラットンさんに?」

「いいえ。あなたがいまおっしゃったように、ぼくはそれほど真剣には受けとめませんでした。しかし、他の人がぼくにそのことを教えてくれました」

「というと?」

「他の人がぼくに、彼女が自殺のことを口にしなかったかと訊ねました。思うに」ロジャーはそっけなくいった。「彼女は、ぼくだけでなく他の人たちにも、この可能性のことを話していたんでしょう」

「ほんとうですか。これはひじょうに興味深い。よろしければ、あなたにそれを訊ねたのは誰か教えてもらえませんか」

「いいですとも。ウィリアムスンさんです」

「『ウィリアムスン氏があるとき私に訊ねた……』と」

「ウィリアムスン氏はその前に、シェリンガム君にも聞こえるところで、ぼくに訊ねている」ロナルド・ストラットンが口をはさんだ。「きみの義理の妹はいかれてるんじゃないか、ってね。覚えてるだろう、シェリンガム。ずっと早い時間だ」
「ああ」ロジャーはうなずいた。「よく覚えてるよ。それでぼくは興味をかきたてられた」
「何に興味をもたれたんです?」
「そして、その後ミセス・ストラットンはすこし心の均衡を欠いているのかどうか、ということです」
ンとかわした会話によって、あなたは結論に達したわけですね」と訊ねながら警部は、デイヴィッド・ストラット
「そうです。疑いもなくミセス・ストラットンのほうを気づかうようにちらりと見た。
かしそのときは、自殺するとまでは思いませんでした」今もそうは思っていないことは、ロジャー
は口にしなかった。
警部はぎごちなく同情を示しながら、デイヴィッド・ストラットンに向きなおった。「ストラッ
トンさん、あなたのご意見は違ったわけですね」
「ええ」デイヴィッドはきっぱりといった。「それがあなたがたに電話をした理由です。ぼくの考
えでは、妻はとうてい自分の行動に責任をとれる状態にはありませんでした」
「なるほど」警部は少々めんくらっていた。「部下の報告は聞いています。まさにその夜に、こう
したことが起きたとはひじょうに奇妙な気がしますな……。検視官はそのことも訊かないわけには
いかないでしょう」
「しかし警部、すっかり辻褄が合うんじゃありませんか」ロナルドがさっと口をはさんだ。「むし
ろそれは、ストラットン夫人の心理状態を裏付ける注目すべき証拠だと思いますね。どうして検視

官が特にそのことを訊ねるというんです？」

「ああ、つまり、ストラットンさんがこうした件で我々に電話をしてきたことは、いままで一度もなかったんです。そうでしょう、ストラットンさん」

「ええ」

「そういう機会がなかったからね」ロナルドがいいたした。

「今夜、ミセス・ストラットンは――何といったらよいかな――いつも以上に無責任な状態で振舞っていたと、お感じになったのですか」警部はデイヴィッドに訊ねた。

「そうです。ぼくはそう思いました」この間ずっと、デイヴィッド・ストラットンは妙にかん高い声で話していた。まるで口にした言葉と手を切ってしまいたい、とでもいうようだった。

「結局のところ」ロナルドが再び口をはさんだ。「さきほどもいったように、イーナが自分の家から姿を消してしばらくたつまで、まずこの場所をみんなでくまなく捜してみるまでは、弟は電話をかけなかったんです。弟はもちろん動揺していました。それでぼくは、いままでイーナがこんなふうに振る舞ったことはないんだな、と思いました。そうだろ、デイヴィッド？」

「一度もね」

「それで今夜彼女が見せた無軌道ぶりと、ほかの人々が目に留めていたことを考え合わせて、弟はこのさい、あなたがたに連絡しておいたほうがいいと思ったんです。もっともぼくは、弟がほんとうに深刻な事態を予想していたとは思わないんですがね。どうだい、デイヴィッド？」

「ほんとうにはね。ぼくはただ、大事をとるにこしたことはないと思ったのさ」

「ミセス・ストラットンが自殺するとは、予想していなかったのですね」

「ええ。ほんとうには、といったでしょう。妻はしょっちゅう自殺のことを話していました。ひどい憂鬱症だったんです。しかし、シェリンガムさんと同様、ぼくもそれを真面目に取ってはいませんでした」

「なるほど。では、ミセス・ストラットンを憂鬱にさせていたのは何なんです?」

「何もありません」

「たしかにイーナは鬱病に悩んではいました」相変わらずよどみなくロナルドが補足した。「ほんとうに心配しなくてはならないことなど、彼女にはなかったし、生活は幸福そのもののはずでした。しかし、こういうタイプの人間が、いかにつまらないことを大げさに受けとめ、ほんの小さな出来事をとんでもない大事にねじまげてしまうかは、警部もよくご存じでしょう。彼女の不平とは、すべてがその類だったのです。警部、事実を隠してもしかたありません」ロナルドはいかにも腹を割ったというように続けた。「義理の妹は完全に正常とはいえませんでした。ドクターたちなら、なにかしら有益な情報を提供できると思います。もうすでにお聞きになっていなければ、ですが」

「いえ、それにはまだ手を付けてはいませんが、まちがいなく提供してくれることでしょう。ところでシェリンガムさん、ええ、さきほどのお話ですが……」

ロジャーは話の続きに戻った。

いましがたの三人の会話を、ロジャーは大いなる興味をもって聞いていた。彼を考えこませたのは、デイヴィッドの態度だ。ロナルドについてははっきりしている。デイヴィッドの細い肩から可能なかぎり重荷を取り除いてやりたい、デイヴィッドへの質問に代わって答え、そのために咎められても辞さないかまえだ。

しかし、この辛らつな、ほとんど攻撃的といってもいいほどのデイヴィッドの話し方ときたらどうだ。それにときどき、まるで習ったことを復唱するみたいに答えるのはどうしてだろう。しかもその答えも、あまり利口なものとはいえなかった。まだショックから立ち直っていないとは思えなかった。こういう態度によって、表に出したくないある感情を隠しているようだ。その感情が歓喜なのか悲哀なのか、恐怖なのか安堵なのかを推し量ることは不可能だった。

2

面倒な質問が再開された。

ロジャーは、舞踏室の一幕とミセス・ストラットンの退場について、ロナルドが行なった説明を確認し、デイヴィッドが戻ってきてその後行なわれた捜索について、自分の言葉で語った。そのすべてが几帳面な警部によって書きとめられた。ロジャーはできるだけ簡潔に語ったが、質問は一向に終わる気配を見せなかった。

「ではシェリンガムさん、ウィリアムスン氏からそのことを聞いた後、どうしましたか」

「ストラットン君を呼びに行き、二人で急いで屋上に上がりました。ストラットン君がミセス・ストラットンの身体を持ち上げ」ロジャーはゆっくり書き取らせた。「その間にぼくはざっと調べてみて、彼女がすでに死んでいるという確信を得ました。それから今度はぼくが彼女の身体を支え、ストラットン君に指示してナイフを取りに行ってもらいました。彼が戻ってくると、ぼくはロープを切るようにいいました。彼女を下に降ろしたのは、すべてぼくの責任です」

「事実上、ミセス・ストラットンが死んでいると感じるとすぐに、あなたがその場を取り仕切ったといって間違いありませんね」

「そうです。同じような状況を経験していましたから、それに照らし合わせて、この場を取り仕切ってもいいと考えたのです」

「まったくです。あなたがその場におられたことは、まちがいなく、ストラットンさんにとっても幸運だったと思いますよ。では、ミセス・ストラットンの遺体を調べたとき、死後どのくらい経過していたか、何らかの意見を得られましたか」

「いいえ、それはぼくの手にあまることです。ぼくにはそうした知識はありません。いえるのはただ、彼女はすくなくとも一時間、おそらくそれ以上前に死んでいたということだけです。というのは、彼女の手はすっかり冷たくなっていましたから」

「いましがたドクターたちが診たところでは、夫人が死んでから二時間以上経過している、ということでしたが、それについてはどうお考えですか」

「そうですね。しかしこれは彼らの領分で、ぼくのではありませんから。——それではミッチェル君は着いたんだね」とロジャーはロナルド・ストラットンに訊ねた。

「ああ、警部のすぐ後に着いた。チャーマーズがすぐに遺体のところに連れていった」

「彼はチャーマーズ君の死亡時刻の見立てに同意したのかな」

「そうだ」

ロジャーは警部にうなずいてみせると、質問の続きをうながした。

それはきわめて打ち解けた、形式ばらないものだったが、同時にひどく退屈な代物でもあった。

3

二十分後、事件に関係ありと思われるあらゆる点と、おびただしい無関係な点とを、警部がつぶさにとりあげ、検討した後で、ロジャーはようやく放免となり、ウィリアムスンを呼びに送り出された。警部が慎重な警察官であり、熱心な仕事ぶりによって、上司である警視の評価を得ようとしているのはよくわかった。しかし、自殺以外の可能性を真剣に考えているわけではないのは、はっきりしていた。その長たらしい尋問を通して、椅子や指紋といった問題をめぐる動かしがたい事実から、ロジャーの心を引き離すような質問は、ひとつとして出なかった。

しかし、それでもなおコリン・ニコルスンは、彼、ロジャー・シェリンガムその人が、イーナ・ストラットンを殺したと信じこんでいるのだ。

その件についてはコリンはおそろしく寛容だったが、それでもロジャーの犯行だと確信しているのは間違いない。ロジャーは憂鬱な気分だった。証拠捏造の罪は文字どおり身から出た錆だ。ひとりよがりな衝動から、あの椅子の位置を動かしてしまったのを、彼はいまいましく思った。そのことと、決定的な時間に屋上にいたことが知られているという事実が、コリンに嫌になるほど強力な告発の論拠を与えていた。コリンが訴え出はしないかと気にはなったが、彼がそんなことを考えるはずがないのはわかっていた。しかしそれでもやはり、犯してもいない殺人で、かくも強力な疑いをかけられるのは、不愉快かつ悩ましいことであった。いまや自分が置かれた状況を冷静にかえりみれば、真の殺人者を発見することは、たんに挑戦を受けるというだけではなく、ロジャーの義務でもあった。

きっとコリンが手を貸してくれるだろう。

彼はコリンを探しに上の階へ向かった。

ロジャーは以前からコリンに敬意を払ってはいたが、どちらかといえば、度量のあるところをみせて、といったところだった。いまや彼は心からコリンに敬意を払っていた。いともたやすく自分をおぞましい牢獄に放りこむことのできる人間には、誰でも敬意を払うものだ。

4

ロジャーは、いまやすっかり酔いの醒めたウィリアムスンを見つけると、尋問者の待つ階下へ送り出した。

バー・ルームにコリンはひとりでいた。舞踏室でうたたねしていたウィリアムスンと同じように、暖炉の前でうとうとしている。揺り起こされて目を覚ましたウィリアムスンは、疲れ果てた女性陣は、警部から呼び出しがあるまで仮眠をとろうと部屋に下がった、と教えてくれた。時刻は朝の四時半になろうとしていた。

コリンがはっきりと目を覚ますまで、ロジャーは容赦なく揺すぶった。

「なあ、今夜は眠ってるひまはないよ。ぼくもご同様だがね。舞踏室に行かないか。真面目に話したいことがあるんだ」

「もう、放っておいてくれないかな。その話は忘れたといったろう」朝の四時半には、眠りは殺人より重要なものらしい。

「来たまえ」ロジャーは譲らなかった。

　ぶつぶついいながらコリンは従った。

「ドクターたちはどこにいる？」部屋に入り、二人とも腰をおろすと、ロジャーは訊ねた。

「きみが階下にいる間に帰ったよ。ちょっと一杯やりに上がってきて、それから出ていった。かわいそうに、二人ともだいぶお疲れのようだった」

「ずいぶん早く出ていけたものだね」ロジャーは冷ややかにいった。

「二人が所見を出すと、警部はもうここにいる必要はないといったんだ。今日中に警視のところへ出頭することになっている。きみはまた、ずいぶんと長く下にいたね、ロジャー。そうとう手厳しく責め立てられたのかい」

「いや、まったく穏やかなものさ」ロジャーは苦々しげにいった。「まず、ぼくがどうやって殺人を行なったかを話してやると、連中はこういったよ、逃げ出して良い子にしてなさい、二度とこんなことはするんじゃありませんよ、ってね」

「いやはや」とコリン。あきらかに彼は、これが冗談にふさわしい話題とは思っていないようだ。

「えいくそっ、誰がやったのか、ぼくはどうしても突き止めなくてはならなくなった。残りの人生を殺人者だときみに思われたまま過ごしたくはないからな。おそらく徹夜になるだろう。もちろん、きみにも付きあってもらうぞ。それもこれも、きみのいまいましい口出しのせいなんだからな」

「なぜぼくが？」

「きみならぼくを助けてくれるからさ。さあ、始めようか」

しかし、すぐには始まらなかった。数分間というもの、二人は黙って坐ったまま、めいめいの考えにふけった。

やがてコリンが顔を上げた。

「ねえロジャー、きみにはどうかわからんが、これは無類に面白い事件だよ。ほんとうに殺人なのかな。きみには確信があるのか」

「絶対だ。それは間違いない。サンルームでぼくが莫迦みたいに仮定の話としてきみに話した事件は、実際のものだ。あの椅子はあそこには絶対なかった。ぼくがそこに置いたんだ」

「しかしなぜ？　そこがわからないな。なぜなんだ」

ロジャーはその理由を説明しようとした。

「それで、その話を、誰かぼく以外の人間にしゃべったか」コリンが訊ねる。

「いや」ロジャーはたじろいで答えた。

「で、きみの考えはどうなんだい？　ひとつ手を貸すことにするよ。こいつは大問題だぞ。ロナルド坊やじゃなけりゃいいんだがな、ぼくは彼が気に入ってるんだ」

「いや」ロジャーはゆっくりと口を開いた。「ロナルド坊やだとは思ってない」

「だが、誰か他に思い描いている人間がいるんだな。さあ、ロジャー、勿体ぶらずにしゃべっちまえよ」

「ああ、考えがあるにはある。サンルームでぼくが、現実的な動機ではなく形而上的な動機から行動を起こす人間について話したのを覚えてるか」

「はっきりとね。それがどうしたんだい」

「うん、ある仮説がどう思われるか、きみで試してみようとしたんだ」

「ぼくには問題ないように思えたよ。というか、きみの話には無理はなかった」

「ぼくもそう思った。コリン、誰がミセス・ストラットンを吊したか、ぼくは知っていると思う」

「ちくしょう、いったい誰なんだ」

「ドクター・フィリップ・チャーマーズだ」とロジャーはいった。

5

「フィリップ・チャーマーズ?」コリンは信じられないというように繰り返した。「おいおい、ロジャー。彼は立派な人間だぞ」

「立派な人間であるという、それこそがぼくが彼を疑う理由なんだ」とロジャーは切り返した。

「またはその一部ではある。知ってのとおり、彼には他に動機がない」

「こいつはぼくには少々難しすぎるようだな。まったく話がみえない」

「じゃあ、こういうふうに見てみよう」ロジャーは意気込んで説明した。「チャーマーズはストラットン家の古くからの友人だ。そして医者でもある。ということは彼は、イーナ・ストラットンの置かれた状況を、他の誰よりも正確に知る立場にあったことを意味する。彼女は共に暮らす人々の生活を厄介で惨めなものにしており、その性格が改善される見込みはまったくなかった。ミセス・ストラットンは隔離が必要な人間だったが、そうするわけにはいかないのを、チャーマーズは十分に承知していた。

ところで、ストラットン家で、チャーマーズのいちばんの親友は、ロナルドではなくデイヴィッドのほうだ。そして、きみのいうとおり、チャーマーズは立派な人物だ。親友デイヴィッドがひとりの自堕落な女のために、地獄のような生活を送るはめに陥っているのをみて、彼は大いに心を悩ませ、心配しないわけにはいかなかった。それは間違いない。ここまでは、きみも同意してくれるだろう？」

「ああ、認めるよ。しかし、そのあとは？」

「じゃあ簡単にいおう、彼は今夜、彼女を片付ける機会に遭遇して、それを実行した」

「まさか！」

「まあ待てよ。いま、機会に遭遇したとぼくはいった。チャーマーズがイーナ・ストラットンを殺そうと計画していた、というつもりはとりあえずない。彼はそういうタイプじゃない。犯罪、とりわけ殺人を計画するようなことは、彼にはできないだろう。しかしその一方、彼は気骨のある人間だ。機会が目の前に差し出されればつかむだろう、それは容易に想像できる。それにきみも覚えているはずだ。今夜、彼はデイヴィッドのために義憤に駆られるような場面を、十分すぎるほど目にしていた。ミセス・ストラットンは恥さらしなまねをしていなかったか。デイヴィッドの友人としてて、おそらくチャーマーズはデイヴィッド自身と同じくらい、ばつの悪い思いをしていたんじゃないいかな。デイヴィッドのほうはむしろ、奥さんが人前で行なうばかげた振る舞いに、鈍感になっていたような気がする。コリン、そんなふうにぼくを見るにはおよばないよ。十分考えられることだろう」

「ああ、そのとおりだ。じゃあ機会というのは？　どうやってやったんだい？」

「二人が一緒に屋上にいたのは間違いないと思う。たぶん手すりにもたれていたんじゃないかな。そしてあの女はその恐るべき内省を彼にぶちまけていた。今夜みんなに向かってしていたようにね。自分を口説かせようとさえしたかもしれない」

「おいおい、落ち着けよロジャー。わかるように話してくれ」

「女というものは、そういうことをするものなのさ」ロジャーはそっけなかった。「とにかく彼女は、忍耐の限界、我々が正気と呼ぶ一線を超えるところまで、チャーマーズを追い込んだ、というところかな。二人は絞首台の近くにいた。チャーマーズは女の人形が下に落ちているのを目にする。藁の首はパーティの最後まで持ちこたえられるほど、丈夫じゃなかったんだ。たちまち一つの考えが彼の胸中に浮かび上がった。女を、彼女にふさわしい場所に帰してやろう！　彼はまわりを見まわした。絶対安全だ。誰も上がってきそうにない。ここは寒すぎる。そして、いったん女を首尾よく絞め殺してしまいさえすれば、何時間も発見されることはないはずだ。呼び出しに応じて屋敷を出てしまえば、それでもう彼は安全だ。彼女はずっと自殺についてしゃべっていた。自殺ということで決着するだろう。そうすればデイヴィッドも再び自分の人生を取り戻すことができるし、半ダースもの人々が枕を高くして眠ることができるだろう。誰も彼女の死を嘆いたりはしないはずだ。それは彼がこれまでにしたうちで、最高の一仕事になることだろう」

「そういったことをすっかり考え終わる頃には、彼女はとうに下に降りてバーに戻り、ソーダ抜きのウィスキーをダブルで流し込んでいるよ」

「ばかをいうな。こういうことが閃くのに、全部で十秒もかかりはしないさ。考えるまでもなかった。でなければやりゃしないよ。さて、チャーマーズは彼女を絞首台のほうに誘い出す、輪の真下に。そうして……。屈強な男にとっては一秒あれば事足りる。彼女にしたら、男が何をしようとしているかさえわからなかった。悲鳴をあげる間もなかったはずだ。これでどうだい」

「それも一つの告発の論拠にはなるね」コリンは裁定を下すようにいった。

「だが、ぼくに対するのほど強力ではない？」

「そのことは忘れたといったはずだ。でもロジャー、それが全部推測でしかないのは、きみだってわかってるだろう。ひとかけらの証拠もない。それにきみは『呼び出しに応じて屋敷を出てしまえば』といったが、彼は屋敷を出ていたんだ。ここにはもういなかった。出ていくのをみんなが見ている」

「それからぼくたちは舞踏室に行った。ぼくたちみんなだ。チャーマーズは再び上がってくることもできたんじゃないか」

「なあ、きみの言い方は乱暴だよ。たしかに、再び上がってくることはできたさ。しかし、彼がそうしたという証拠はまったくないじゃないか」

「実際には、コリン、ほんの小さな証拠があるんだ。それは、ぼくたちが全員舞踏室に入った後、チャーマーズが再び上がってきたことを立証する物ではない。しかし、今夜ある時間に彼が屋上にいたことを証明する物だ。ミセス・ウィリアムスンが彼のパイプをサンルームで見つけた。誰の物かはロナルドが確認している」

「ああ！　なにかのときに、そこに忘れたんだろう」

「そう、彼は忘れた。そこが問題だ。ぼくは彼がそのときパイプを忘れたとか、ミセス・ストラットンとの会話がサンルームで行なわれたとかいうつもりはない。もっと早い時間にそれを忘れたんじゃないかと思ってるんだ。そして彼が呼び出しに応じて屋敷を出たとき、おそらく車に乗りこもうとしたときに、誰でもよくやるようにパイプを手探りし、あそこに忘れてきたことを思い出した。そこで、彼は急いでそれを取りにいった。一晩じゅう、玄関のドアに鍵がかかっていなかったのはわかっている。もう一度中に入るのは造作もなかった。そして、サンルームで彼が見つけたのはパイプだけではなく、機嫌をそこねたミセス・ストラットンもだった。たぶん、二人はそこですこし話をして、それから屋上に出ていったのだろう。とにかくミセス・ストラットンは、パイプのことを再びすっかり忘れさせてしまうほど、極度に神経を張りつめていた。

しかし、ミセス・ストラットンのことを考えると」ロジャーは抜け目なく付け加えた。「彼女がいたのはサンルームじゃなかったとしても驚かないね。あの女だったら、凍てつくような屋上で肺炎で死にそうになりながら、誰かが上がってきて自分をつかまえてくれないか、いま少しの称賛を与えてくれないかと願っているほうが、ずっとありそうなことだ」

「それもまた推測だね」

「ああ、たしかにそのとおりさ。しかしね、確認された事実と合理的な推論によって導き出された仮説さえも、当てずっぽうというのなら、これ以上先へは進めないよ」

「いや、そんなつもりはないさ。ただ、きみの仮説を補強する証拠をもう少し聞きたいんだ。きみがチャーマーズを告発する十分な論拠を提出したことは否定しない。しかし、すべてが一つのことにかかっているじゃないか。彼がそれをやったのは、呼び出しに応じて出ていく前だった、ということにね」

ロジャーは考えこんだ。「そう、そのとおりだ。死亡推定時刻は、彼女が舞踏室を出ていってから遅くとも三十分以内に死んだことを示している。チャーマーズは一時間外に出ていた。そうだ、もし彼がやったのなら、それは出ていく前だったはずだ」

コリンは椅子から腰を上げ、伸びをすると、にやりと笑ってみせた。

「さて、ぼくはあえて何もいわなかった。きみのお楽しみをだいなしにしたくはなかったからね。しかし、きみの告発は失敗に終わったようだ。チャーマーズが呼び出しに応じて出ていったのは、ミセス・ストラットンが舞踏室を飛び出す前だったほうに、五ポンド対六ペンスの率で賭けてもいい。さあ、どうだね」

ロジャーは顔を伏せた。「なんてこった。いや、きみのいうとおりだよ、コリン。そうだ、はっきり思い出したよ。彼女が家に帰りたいといいだしたのは、チャーマーズが出ていった後だ。それから大騒ぎが始まったんだ。くそっ、これですべてご破算だな」

「まあね」コリンは満足したようにいった。

「待てよ、ほんとうにそうかな。チャーマーズがやったのは出ていく前のはずだといったけど、その根拠となるのは死亡時刻だけだ。死亡推定時刻が間違っていたとしたらどうだ。その数字を出したのはチャーマーズ自身じゃないか。そのほうが好都合なら、間違った死亡時刻を提出するのは、いとも簡単だったはずだ」

「いや、今度もきみは間違ってるよ、ロジャー。ミッチェルもそれは確認しているんだ」

「ほんとうかい」

「ああ。二人はここに上がってきて話してくれた。きみが階下で警部と会っているあいだにね」

「なんとね」ロジャーは考えこんだ。

「しかしコリン、そいつは無意識の説得というやつの一例かもしれないな」彼は勢いこんで続けた。「二番目に診る医者はたいてい、最初に診断した医者の意見を支持するような、先入観を持ってしまうことを考えるべきだよ。ミッチェルはチャーマーズが信頼できる医師であることを知っていた。チャーマーズの意見を受け入れる用意は完全に調っていた。とくに今回の問題のように、解釈にある程度の裁量が許されている場合はなおさらだ。

そう、考えれば考えるほど、ぴったり当てはまるように思えてくるよ。些細なことかもしれないが、チャーマーズはさりげなく自分のアリバイをぼくたちに繰り返しはしなかったか。いま思い出したんだが、彼は最初の機会をとらえて、舞踏室の騒ぎがあったのは自分が出ていった後だと、ぼくにいったんだ。それはまったく自然な発言ではあったが、する必要のない話でもあった。

それから、ロナルドが電話すると、驚くほど早くここに姿を現したことがある」ロジャーはすっかり興奮していた。「たしかに彼はミッチェルよりも近くに住んでいる。しかし、どうしてまだ寝ていなかったんだろう。一時間近く——少なくとも四十五分前には、家に戻っていたはずだ。四十五分も余裕があって、しかも朝のこんな時間に、彼はベッドに入ってさえいなかったんだ。あきらかに服を脱いでもいなかった。まるで電話の呼び出しを待っていたようには見えないか。かかってくるのがすっかりわかっていたみたいにさ。あきらかに彼は、他のどの医者よりも、警察よりも早く、ここに到着したかったんだ。明るいところで死体を検分して、疑惑や嫌疑を招くような痕跡があったら、それを取り除くためにね。どうだ、完全に筋が通っているだろう」

「おいおい、ロジャー」コリンは首を振った。「チャーマーズに対するきみの告発は穴だらけだよ。辻褄が合うよう、むりやりねじ曲げてはいけないな」

ねた。

「たぶん、きみはまだ、ぼくが犯人だと信じているんだろう？」ロジャーは気分を害したように訊ねた。

「きみがやったとしても、ぼくは驚かないよ。違うというのなら、他の人間を捜すのに手を貸すつもりだけどね。でもチャーマーズじゃない。彼はやってないよ」

「彼にはまだ説明しなければならない点がたくさんあると思うな」ロジャーは譲らなかった。「ここは是非とも、わが友チャーマーズに少しばかり質問してみたいところだね。いや、中国の人形みたいに首を振ってみせても無駄だよ。チャーマーズを告発する論拠は十分にある。もし彼が犯人なら、ミセス・ストラットンが死んだのは、彼が戻ってくる三十分も前のことだと見せかけるために、死亡時刻をごまかすこともできたはずだ。どうだい、コリン」

「ああ。でもちょっと待てよ、ロジャー。ぼくは……」

「いや、ちょっと待つのはきみだ。いいかい、そう仮定すると、彼の防御には大きな穴があくことになる。そうすると、次のような仮説が成り立つ。彼は往診から戻ってくると、我々がいた舞踏室ではなく、パイプを取りにまっすぐサンルームへ上がっていった。後はさっき話したこととそっくり同じだ。自分が完全に安全なのはわかっている。彼が屋上へ上がるのを見た者は一人もいない。さて、次にすることは、危険がなくなるのを待って急いでもう一度階下へ降り、それから歌でも唄って自分の存在を知らせながら上がってくればいい。危険がなくなる頃合を彼は知ることができた。屋上に出るドアは、バー・ルームからも踊り場からも死角になっている。そっと中に入りこんで、ただ待っていればいい。これでどうだ」

「ああ、よく出来てるよ、たしかに。しかし、ぼくの話も聞けよ。ぼくは……」

「いや、きみこそぼくの話を聞くんだ。従って、きみがいましがた申し立てた異議は意味をなさない。チャーマーズに対する論拠は依然として強力だ。より強まったといってもいい。さらにいえば、それを検証するのは簡単だ。我々がしなければならないのはまず、呼び出しの電話がどこからかかってきたのかを突き止めて、慎重かつ巧妙に、チャーマーズがいつその家を出て、ここへ向かったのか、正確な時刻を調べることだ。もちろん、その家の人間にしても……」

「頼むからぼくの話を聞いてくれないか、ロジャー」コリンが叫んだ。「たったいま思いついたことがあるんだ」

「いいとも、コリン」ロジャーは愛想よくいった。

「きみの推理によると、片手でミセス・ストラットンを持ち上げて、もう一方の手でロープの輪を首の回りに巻きつけることができる者なら、誰でも彼女を殺せたはずだったな。なあ、そうだろう?」

「たしかにそうだ。屈強な男なら……」

「屈強な男のことは置いておけ。きみはチャーマーズがそうしたというんだな。別の方法はありえなかったと」

「ああ。それで?」

「たとえば、両手を使わないでそれを行なうことはできなかったと?」

「そうだ。いったい何がいいたいんだ──あっ……」ロジャーの声は消えいりそうになった。

「そのとおり」コリンは容赦なく勝利の声をあげた。「なあ、ロジャー。きみの目はいったいどこについてるんだ。チャーマーズの片腕が使い物にならないのは、きみだって知ってるはずだ。ロープを首に巻きつけたいと思ったとしても、あの腕では蠅一匹持ち上げることもできないんだ。ましてやミセス・ストラットンのような大柄な女はね。さあ、おそらくきみも、誰がやったにしろチャーマーズにはできたはずがないことを認めてもいい頃合じゃないか。どうだい」

「ええい、くそっ」ロジャーは怒ったようにいった。「そう念を押さなくてもいいだろ」

彼は物事の明るい面を見ようとした。ともかくも、この議論は全体として無駄ではなかった。いまやチャーマーズはデイヴィッド・ストラットンと同様、容疑から外れた。

しかしこの分では、ずいぶんと長い仕事になりそうだ。

コリンは新しい煙草に火をつけた。

「さあ、ロジャー」彼はいった。「今度はきみが証明する番だよ」

「何を証明しろというんだい」

「ミセス・ストラットンを吊したのは、きみじゃないってことをさ」コリンはこともなげにいった。

第十章　デイヴィッド・ストラットンに対する論拠

1

ロジャーの予言にもかかわらず、彼とコリンは五時すこし過ぎにはベッドに入ることができた。同じ日の朝、ロジャーが下に降りていくと、コリンはとうに朝食をすませていた。女性陣とウィリアムスンはまだ姿を見せていない。はやく目が覚めてしまって、ロジャーはいささか不機嫌だった。

ロナルド・ストラットンは、どこか上の空で冷めた卵とベーコンを突つきまわしているロジャーを、食堂で見つけた。

「やあ、ロジャー。もしかしたらきみは、朝のうちにここを出ていくべきだと思ってるかもしれないけど、ほんとうにそうしたいのなら別だが、ぼくとしては誰にも出ていってほしくないんだ。それに、そんな必要はないと思うんだけど、警察はどうやらパーティの参加者全員に、明日までここに残っていてもらいたいみたいだ。はっきり口に出していわれたわけではないんだけどね」

「ぼくは喜んで残らせてもらうよ」ロジャーはうなずいた。「しかし、ちょっと具合が悪いんじゃないか、その……」

「遺体はもう運んだよ、弟の家にね」ロナルドは説明した。「警部が許可を出した」

「ああ、そうか。日曜日の朝というのにずいぶんと早かったね」

「たしかに。デイヴィッドが自分で手配したんだ。子供のこととかを考えると、葬式まで遺体はここに置いておいたほうがいいんじゃないかといったんだが、デイヴィッドは断った」

「それで検視審問は？」

「明日の午前十一時に、ここで開かれる。警察ではきみに証言を求めると思うよ」

「わかった。検視審問はここで開かれるんだね。だったら、なおさら都合がいいんじゃないかな、その……」

「イーナをここに置いておいたほうが、かい？　それはぼくもそう思うよ。でもデイヴィッドのやつは、そんなことをしたら、ぼくがきみたちのために立てた計画をだいなしにしてしまうと思ってるんだ」

「なるほど。ずいぶんと気をつかってるんだね。彼は、その……」ロジャーは、自分の質問はほとんど点々の形になってしまうな、と思った。

「彼は大丈夫か、かい？　ああ、まったく問題ないさ。ぼくらの間では公然の秘密だけど、イーナの死は大いなる救済以外の何物でもない――とりわけ弟にとってはね。もちろん、そのことを検視審問でいいふらすつもりはないが」

「ああ、もちろんそのほうがいい。ところで、ぼくが今朝ベッドにもぐりこんだときには警察はまだ残っていたけど、連中はすっかり納得したようだったかい」ロジャーはコーヒーをもう一杯注ぎながら、さりげなく訊ねた。

「そりゃ、もうすっかりさ。まあ、ぼくにまかせておきたまえ。いずれにせよ、納得しないはずがないだろう」

「ほんとうかい。しかし、昨夜きみは、このパーティの性質のことでちょっとばかり心配していたじゃないか」

ロナルドは笑みを浮かべた。「そう、それを黙っていられるかが心配なんだ。とりあえず、ゲストの中には奇抜な衣装を着ていた人もいた、とだけいっておいたんだけどね。検視審問までは伏せておいたほうがいいと思うんだ。その時になったら仕方がない。結局、ぼくらだって子供じゃないわけだし、『殺人者』という言葉や絞首台の光景が誰かに自殺をそそのかすんじゃないかと、用心しなけりゃならないって法はあるまい」

「そりゃそうだ。しかし、それが明るみに出たときの赤新聞の大騒ぎは、きみも覚悟しておいたほうがいい。やつらにとっては、またとない御馳走だからな。『ハウスパーティの不気味なお楽しみ』『冗談から出た死体』といったところかな」

ロナルドは顔をしかめた。「ああ、わかってる。すべては検視官次第だ。さいわい、ぼくは彼をよく知ってるんだが、ひじょうに立派な人物だよ」

「じゃあ、まずは大丈夫だな。それでも、絞首台のことは説明しないわけにはいかないな。どう言い抜けるつもりだい」

「絞首台はね」とロナルドはにやりと笑ってみせた。「列席の名探偵に精一杯の敬意を表したものなのさ」

「そいつは悪趣味だな。警察はあきれていなかったか」

「いや、思ったほどじゃなかった。実をいうと、警部はむしろ面白がってたようだよ。むろん隠そうとしてたけどね。あれでけっこう話のわかるやつなんだ」

「やれやれ」

「おや」ロナルドはいった。「電話かな。ちょっと失礼するよ」

数分後、彼は戻ってくると、手短に説明した。

「マーゴットが今朝はどんな調子か聞いてきたんだ。ニュースを教えてやったよ」

「その話を聞いても、たいして悲しみはしなかったんだろうね」

「ああ」ロナルドは微笑んだ。「ぼくが考えてたより、ほんのすこし動揺してたみたいだけど、あれはただ驚いただけだね」

「そういえば妹さんは？」ロジャーは訊ねた。「今朝はどうしてる？」

「妹は起こしてないんだ。かわいそうに、ひどく疲れていたからね。尋問の途中であやうく倒れそうになったんだ。アガサを呼んで、ベッドに運ぶのを手伝ってもらわなくてはならなかった。もちろん妹には、警察に話すような重要なことは何もなかったから、すこしも問題はなかった。昼食まで寝かせておいてやるつもりだ」

「うん、それがいい」ロジャーは上の空でいって、もう一枚トーストを取った。

2

ロジャーが見つけたとき、コリンは薔薇園で朝の一服の最中だった。

「やあ、ロジャー」コリンはそうあいさつすると、ほんのすこし当てつけるように付け加えた。「よく眠れたかい」

「おかげさまで、わが罪深き眠りは快適そのものだったよ」ロジャーは冷静に応じた。「事後従犯という立場が、きみの安眠を妨げなかったのならいいんだけどね」

「ぼくの眠りを妨げられるものなんかありはしないさ」コリンはあっさりかわした。「それはそうと、ロナルドはどうしてまた、ローマ寺院の廃墟みたいな薔薇園を造ったのかな」

ロジャーは辺りを見まわした。一段低まった長円形の芝生を、低い赤煉瓦の壁で仕切られた幅の広い花壇が取り囲み、その背後には高い煉瓦の円柱が並び、蔓薔薇をからませている。たしかにローマ寺院の廃墟のようだった。しかしこのときのロジャーは、ローマ寺院にはすこしも興味を感じなかった。

「コリン、まだ訊いてなかったと思うんだが」と彼は煉瓦の小壁の上、陽の当たった場所に腰をおろした。「昨夜、きみとデイヴィッドをバーに残して、ぼくが屋上に上がっていったあと（そんなことをしなければよかったと、いまでは心から思っているんだが）、きみたちはどうしたんだい。ぼくが降りてくると、きみたちはもういなかった。というか、あの部屋は空っぽだった。舞踏室に戻ったのか」

コリンはあいまいな記憶をたどろうとしているような顔をした。「はっきりしないな。どうしてだい。ロジャー、まだきみは追跡中なのか」

「そうだ」ロジャーは真面目な顔でいった。「それに、これはきみのせいなんだぞ。だから、きみが脳みそと呼んでるその代物をふりしぼって、ぼくの質問に答えてくれないか」

コリンは考えこむように、すこし禿げかけた頭のてっぺんをかいた。「ちくしょう、思い出せないな。大事なことなのか」

「もちろんだ。ミセス・ストラットンの死を望む動機を持った人間すべての足取りを、ぼくは押さえておきたいんだ。あの女が舞踏室を出ていってから、デイヴィッドが戻ってきて、彼女が家にいないというまでのね」

「まったく難儀なことだな、そう簡単な仕事じゃないぞ。わかった、精一杯やってみよう。ちょっと待ってくれ、もう一度考えてみるから」

ロジャーは、薔薇の木の根元を不法に調査していた一匹のハリガネムシを相手にあそびながら待った。

「じっとしててくれれば、考えることもできるんだがな」コリンはいった。

ロジャーはじっとしていた。

「ああ、思い出したよ。ぼくは舞踏室に戻った——そう、そうだった。デイヴィッド坊やの調子はどうって、リリアンに訊かれたのを覚えてる。それでぼくは、一杯やってだいぶ気分が好くなったようだ、といったんだ。そうだ、ぼくは舞踏室に戻った。デイヴィッドは一緒じゃなかった」

「デイヴィッドはどこへ行ったんだい」

「ぼくが知るわけないさ」

「しかし突き止めなければ。それがどんなに重要なことか、きみにはわからないのか」ロジャーは興奮していった。「屋上に上がったのかな」

「なぜ彼がそんなことをしなくちゃならないんだ?」

「なあ、コリン」ロジャーは我慢強くいった。「今朝はずっとその調子だな、そいつは眠りが足りなかったせいなのか。それとも、わざと邪魔しようとしてるのか。わからないのか、ぼくが降りてきた後で、誰かが屋上に上がっていき、その誰かがイーナ・ストラットンを殺したんだ」

「きみが降りてきた後でね。よし、それで、いったい誰なんだ？」

「それをきみに訊いてるんだ。まだわからないのか、イーナ・ストラットンを片付ける動機を持っていた人間のなかで、一番強力な動機を持っていたのは、彼女の夫じゃないか。動機に関するかぎり、デイヴィッドが最有力だ」

3

「いいや、そいつは納得するわけにはいかないな。だめだよ、ロジャー。間違ってる。デイヴィッド坊やが細君をあの絞首台に吊したなんてことを、納得させようったってだめさ」

「コリン、もっと筋の通る話をしてくれよ」ロジャーは苛立ちをあらわにした。「ぼくはきみを『納得』させようとしてるわけじゃない。その可能性を考慮し、そしてそれを裏付けるような証拠があるかどうか、考えてみてくれと頼んでるだけだ。この仕事でうまくやろうと思ったら、最初から決めつけてはいけないんだ。きみはまるで先入観のかたまりだよ」

「デイヴィッドはナメクジ一匹殺せないようなやつだよ」

「ナメクジ一匹殺せなくても、殺人をやってのける度胸はある人間はいくらもいるよ」

「なあ、よく聞けロジャー。きみはデイヴィッド坊やは潜在的殺人者だというつもりなのか」

「ああ、そのとおりさ。犯罪学の歴史がそれを裏付けている——きみだって十分承知しているはずだ。デイヴィッド・ストラットンはまさに殺人をするタイプの人間だよ」

「昨夜きみは、チャーマーズがそうだといってなかったか。二人はまったく違うタイプだよ、まるで——まるで……」

「チョークとチーズみたいにか。ああ、もちろんそのとおりだ。莫迦のふりはよせ、コリン」ロジャーは傍らの煉瓦をどんと叩き、手を痛めてしまった。「わからないのか、二人についてぼくがいってることはまったく違うものだ。チャーマーズには、自分の利益のために殺人を犯すなんてことはできっこない。一方、デイヴィッドが他人のために人を殺すとは考えられない。しかしフィリップ・チャーマーズは、デイヴィッドのためなら、自分のためにはできないようなことでもやってのけるだろう。そしてデイヴィッドは、前にもいったように、家庭の疫病神と結婚して長いあいだ苦しんだあげく、もうこれ以上我慢できないというところまで追いつめられ、肉切り包丁に手を伸ばした、何百もの優秀な男たちの同類なんだ」

「きみのいうことにも一理ある」とコリンは認めた。「そういう男を知ってるよ。クリッペンだ」

「クリッペンか、まさしくそのとおり。魅力的な小男だが、恐るべき細君によって心の平穏を完全に奪われてしまった。もっとも彼の場合は、もちろん特別な動機があったわけだが……おい、コリン！」ロジャーは目をかっと見開いて相手をみつめた。

「今度はなんだい」

「デイヴィッドが他の女性と恋愛中なのを、ぼくはたまたま知ってるんだ。それでなくても、彼には十分な動機があるんだが」

「どうしてそんなことを知ってるんだ?」

「昨夜聞いたんだ。実際にはある人物が口をすべらしたんだが――それが誰かはいう必要がないだろう。しかし、本当の話なのは請け合うよ」

「いいかい、ロジャー」コリンの声には少し力がこもった。「ぼくはこれ以上この件に関わるつもりはないんだ。もしきみが、その責任をあの可哀想な男に押しつけようとしているのなら、それにつきあうつもりもない。絶対にだ」

「ぼくに押しつけたときには、少しも気にしなかったのにな」ロジャーは辛らつにいった。

「あれはきみが自分で招いたことさ。しかし、デイヴィッドがやったと証明するつもりなら、そんなふうにはいかないよ。彼がやったかどうかなんて知りたくもないが、しかし、もし彼がやったのなら、頼むからそっとしておいてやろう。彼はもう十分に苛まれてきたんだから」

「ああ、すると、きみもその可能性を認めはじめているのか」

「ぼくはただ、その件に関しては何もしたくないといってるだけさ」

「そしてこれから一生、ぼくがやったとほのめかしつづけるわけか。きみが何を恐れているのか、よくわからないな。だが、ぼくはそれでは満足できないね。とにかく、きみが何を恐れているのか、よくわからないな。友人の一人が殺人を犯したと知るのが怖いのか。まるで奥さんが出ていったのに目をふさいでる事なかれ主義の旦那みたいにさ。知らないほうが幸せ――そいつがきみの考えか。それでも、ぼくがやったという結論に飛びついたときには、そうは思わなかったみたいだな」

「そりゃあ別だもの」コリンはうなるようにいった。「きみなら自分で自分の始末ができるが、デイヴィッドはそうはいかない」

「おい、婆さんみたいなことをいうなよ」ロジャーはいらだちをあらわにした。「理性的に話し合おう。我々は発見したことにもとづいて行動する義務がある、なんてことはいってない。いずれにせよ、それを警察が納得するような証拠によって証明できるかという点については、大いに疑問に思っている。ぼくが椅子を動かしてしまったからね。だから、可哀想なデイヴィッド坊やのために、きみがそんなに怯える必要はないんだ。もし彼があの女を片付けたことが明らかになったら、守ってやる覚悟はとうにできてる。お望みなら、手を握っておめでとうといってやってもいい。でも、ぼくは知らなければならない」

「なぜ知らなければならないんだい」コリンは沈んだ声で訊ねた。

「なぜなら、くそっ」ロジャーは叫んだ。「きみがぼくを告発したからだ。ぼくはやってない。きみはぼくの自尊心を根元から傷つけた――きみというハリガネムシはね。ぼくはそれを回復しなければならない」

「おやおや」コリンはぼやいた。「わかった。じゃあ急いでやれよ」

4

ロジャーは陽の光で暖まった別の煉瓦の上に坐りなおし、身体を楽にすると、話に取りかかった。

「はっきりいって、コリン、きみは今朝、ぼくがいうことにいちいち異を唱えるつもりでいるらしい。だからきみが被告側弁護人の立場で、ぼくが訴追側ということにしよう。では、まず第一に、デイヴィッドが昨夜、死体が発見されたあと、どうしてあんな妙な態度をとったのか、きみの意見を聞きたいね。それともきみは変だとは思わなかったのか」

「当然、彼にとっては恐ろしいショックだったはずだ。きみは何がいいたいんだ？」

「ぼくはそれだけじゃないと思うな」ロジャーは瞑想するようにいった。「たしかにショックはあっただろう。一方、デイヴィッドが夫人をこれ以上ないというほど嫌っていたのは間違いない。愛する妻を失うのと大嫌いな妻を失うのとでは、ショックの度合はずいぶんと違うはずだ。といっても、最初の反応は——もちろん無実の人間にとってだが——きみのいうとおり、おそらく恐怖だろう。たとえどんなに大嫌いな女でも、結局のところ細君には違いないわけで、振り返れば本能的に心動かされる瞬間もあるだろう。イーナ・ストラットンのような女にさえ、そういう時はあったはずだし、さもなければデイヴィッドも彼女と結婚しなかったはずだ。なぜ結婚したいなんて思ったのか、その理由をいうことはぼくの手にあまる。でも、結婚したのは事実だ。

しかし、デイヴィッドの昨夜の態度は、そういう自然で罪のない感情から出たものにはまったく見えなかった。ショックはあった。しかしどういうわけかぼくには、それが細君を亡くしたショックには思えなかったんだ。ぼくは今、それが恐怖によるショックだったと思いこむよう、無意識のうちに自分に言い聞かせているんだろうか」とロジャーは演説調で問いかけた。「あるいはそうかもしれない。しかし、ロナルドについては疑問の余地はない。彼はまるで年寄りの牝鶏みたいに、デイヴィッドのまわりで騒ぎ立てていた。一人前の男を牝鶏みたいに騒ぎ立てさせるような、いったい何がデイヴィッドにはあったんだろう。それがぼくにはわからない。とにかくロナルドは、ずいぶんデイヴィッドのことを心配していた。どうしてだと思う、コリン？」

「ぼくにはわからないな」

「ぼくにもだ。しかし、それはデイヴィッドがやったことをロナルドは知っていて、弟が警察にしっぽを摑まれてしまうんじゃないかとびくついていたからだ、とほのめかそうものなら、きみは猛然と怒り出すんだろうな。まして、警部の質問にデイヴィッドが口も開かないうちに、ロナルドが間に割り込んで代わりに答えていたのも、同じ理由からだといいだしたりしたら、怒り心頭に発するんじゃないか。どうだいコリン」

「おや、すると我々は、新しい殺人犯と一緒に、新しい事後従犯を見つけたというわけだね」コリンは皮肉たっぷりに訊ねた。

「そのようだね」ロジャーは認めた。「デイヴィッドのためにも、そうであってほしいよ。さて、態度に表れたデイヴィッドの反応という問題がある。実際には、デイヴィッドの態度は二つに分かれていたように思える。最初のものと後になっての二つだ。最初、彼は茫然としているようにみえたが、あきらかにこれはショックによるものだ。それは妻を亡くしたショックかもしれないし、あるいは違うかもしれない。後になると、彼の態度はまったく打ってかわったものとなった。警部の質問に答えるのをロナルドが許したときには、デイヴィッドはほとんど嚙みつくように話していた。その素っ気なさは無作法といってもいいくらいだった。

さて、実はあの尋問の間に、ぼくは二つの興味深いことを思いついていた。一つは、デイヴィッドは警部に話すことを前もってリハーサルしていたのではないか、しかも、それはおそらくあわただしく、おおまかに行なわれたのではないかということ。それからもう一つは、彼がある種の感情を隠しているのではないか、ということだ。この二つの仮定は、デイヴィッドの有罪にぴたりとあてはまる」

「しかし、どれもこれも不確かなことじゃないか。たぶん、とか、おそらく、ばっかりだ。事実といえる物はひとかけらもない」コリンも活潑に反論した。

「それはわかってるさ。我々はまだ事実にはたどりついていない。ぼくはただ、ちっぽけな藁くずを手に取っているにすぎない。これからそれを束にして見せるよ。

さて、デイヴィッドはかねてから圧倒的な動機を持っており、事件後は落ち着かない様子を見せていた、というところまでは、きみも認めてくれるね。では、事実がお望みなら、ここにきわめて重大な事実がある。できるものなら、きみがどう説明をつけるか、聞いてみたいな。なぜデイヴィッドは、彼女の身に何が起こったかを知る前に、夫人のことで警察に電話をかけたのだろうか」

「おいおい、ロジャー。きみだって、その理由は知ってるじゃないか」

「ぼくが知ってるのは、彼が行なった説明だ」

「自分の行動に責任が持てない状態の女性が郊外をうろついていることを警察に知らせておくため、か」

「そうだ、それがそのとき彼がいった言葉だ、自殺に備えてね。しかし、頭のいいデイヴィッド・ストラットンは、細君が自殺する可能性はほとんどないことを承知していたに違いない。また、自殺について印象的なおしゃべりをする人間は、それを実際に行なう人間とは別物であることも、ぼくと同様によく知っていたはずだ。ぼくが彼女の死について最初に抱いた疑問もそれだった。しかし、もしミセス・ストラットンがほんとうに死んでいて（実際、死んでいたわけだが）、自殺を示す状況が整っていたとしたら、自殺の怖れがあることを前もって警察に話しておくのは、おそろしく巧妙な手だとは思わないか」

「そうとは限らないな。それによって、かえって警察の疑惑をかきたててしまうかもしれないじゃないか」

「そんなことはないよ。自殺を示す証拠がずらりと揃って、彼らが見つけてくれるのを待ってるんだからね。知ってのとおり、警察は心理学的な蓋然性なんか気にとめはしない。きみと同じで、求めるのは事実だけだ。で、その事実というのが、ミセス・ストラットンは一晩じゅう自殺してしまいたいと喚きつづけていた、というものなんだからね。いうことなしさ」

「ほんとうに彼女を殺したとしても、デイヴィッドがそんな手を打ったというのは、ぼくにはどうも、まるで探偵小説みたいに思えるな。ほら、殺人者が自分から名探偵のもとに駆け込んで、事件を引き受けてほしいと頼むようなやつさ。結局、そいつが殺人犯であるのと同時に大莫迦者でもあることを証明するだけなんだけどね」

「そこが問題だ」ロジャーは考えこんだ。「しかし、この場合はあてはまらない。警察はいずれにせよ捜査に乗り出すことになっている。名探偵はそうじゃない。もっとも、きみの考え方はたしかに間違ってはいない。というのは、いままで一度もそんなことはなかったのに、今回に限ってデイヴィッドが警察署に連絡してきたのはなぜなのか、警部はすこし興味を抱いたようだったからね。ちなみに、ロナルドがあわてて割り込んで、すっかり説明してしまったよ。二人の共謀のしるしがもう一つ出てきたわけだ」話しながらロジャーはやや上の空になっていた。警察は「途方もなくばかげたこと」を疑うかもしれないと、彼に向かって不安を口にした、別の人間のことを考えていたのである。それはロジャーが殺人があったことを証明する前のことだった。しかし、彼はそれはどうかなと思い、また、おそらくそう思っていることを顔に出してしまった。この発言は鎌をかけたものだったのか。ひょっとして第二の事後従犯がいるのだろうか。ミセス・ラフロイとは今日じゅうに、しかるべき会話をすこしばかり交わさなくてはならないな。

「えっ？　もう一度いってくれないか、コリン。すまない、考えごとをしていた」

「ぼくはそんなことは一言も信じないよ」コリンは力をこめて繰り返した。「とち狂った女があういう状況にあったんだもの、潔白な人間として、デイヴィッドが警察に電話をしてはいけない理由はない。一つもないんだ。そうして、それをする理由はごまんとある」

「いや、ぼくの意見は違うな。ぼくの考えでは――警部も同意見のようだが――それは少々好奇心をかきたてる行動だね。さて、他にデイヴィッドに対する論拠はないかな」

「おいおい！」

「彼が無実だとすると、この家に戻ってきて夫人を探すのは、まったく自然なことだろうか」ロジャーは議論を誘うように問いかけた。「彼女がほんとうにここに隠れていると、デイヴィッドは考えたのだろうか。はっきりとはいえないが、少々奇妙だね。誰か友だちの家に駆け込んだか、あるいは外に――大嫌いなロナルドの家ではなく、どこか他のところに隠れているというほうが、ありそうなことじゃないか。きみはどう思うね」

「きみは物事をねじまげているだけだよ」

「いや、違うね。これは完全に正当な疑問だよ。そしてそこから必然的に導き出されることがある。実際、さらに興味深い問題だよ」

「なんだい？」

「どうしてわからないのかな。もしデイヴィッドが夫人が死んでいることを知っていたら――そしてロナルドもまた、事が起きた時かその後かはともかく、それを知っていたら——彼らはまさに実際にそうしたように、捜索隊を組織したことだろう。なぜなら、二人が死体を発見するわけにはいかなかった、または、そうしないほうが好いように思えたからだ。だからぼくたちは、誰かがそれを見つけるまで捜索を止めるわけにはいかなかった。なあコリン、実に興味深いとは思わないか」

「しかし、そんなのはまったく意味がないことだ——まったくね」

「いや、意味のないことなんかじゃない。なるほど、重要とはいえないかもしれないが、意味はある。ほんの小さな指針ではあるけれど、こうしたものはみな、無実よりも有罪を示しているように思えるんだ。もちろん、ばらばらではたいしたことはないが、まとまるとちょっと侮りがたいものになると思わないか。それに、最初の機会をとらえて、デイヴィッドが死体を自分の家に引き取ろうとしたことがある。たしかに、彼が無実だとしたらごく自然なことではある。しかし、あえていわせてもらえれば、そうでないと考えるほうが、もっとよく説明がつくんじゃないのか」

　コリンはスコットランド人ならではのうなり声で憤慨を示したが、ロジャーはそれを無視した。

「ところで、面白いことに」とロジャーは再び続けた。「警察はまったく疑惑を抱いてないようだ。さもなければ、当然、死体を死体置場に持っていったはずだ。まあ、ぼくとしては、残念というわけにはいかないけどね」

「そうだろうとも」コリンは意味ありげにいった。

　ロジャーは笑った。「さあ、これでもまだぼくを疑うのかい」

「とにかくデイヴィッド坊やよりはね」コリンはぶつぶついった。「なあ、きみは昨夜、彼とチャーマーズの二人だけは絶対に無実だといわなかったか」

「ああ。しかしそれは、死亡時刻がチャーマーズが出したものとは違うかもしれないことに気づく前のことだったからね」

「ロジャー、二股をかけるわけにはいかないよ」コリンは指摘した。「チャーマーズが犯人だと証明しようとしたときになって初めて、きみは、死亡時刻は彼が確定した時間より三十分遅かったのかもしれない、彼は我々を故意に誤らせようとしたのだ、といいだした。つまりそれは、チャーマーズが犯人だった場合にのみ、死亡時刻はデイヴィッドにも犯行が可能になるほど遅かったかもしれない、ということだ。そしてもしチャーマーズが犯人だとしたら、デイヴィッドが犯人ということはありえない。チャーマーズが犯人ではなかったら、そのときは死亡時刻は彼がいったとおりだったはずだ。するとデイヴィッド坊やは、やはり容疑から外れることになる。きみのいう論拠はまったく成り立たないよ」

「死亡時刻はそれほど厳密なものじゃない」ロジャーは切り返した。「今回のように二時間以内で、しかも事を複雑にする外の寒気にさらされていたのでは、医師たちの完全な見立て違いから三十分の誤差が生じたとしても無理はないんだ。とにかく、きみとしては、ぼくがデイヴィッドに対して十分説得力のある告発の論拠を築き上げている、ということを認めようとはしないんだね」

「ああ、認めないね」コリンは頑強にいいはった。「きみは、彼に不利な点を不自然なくらいに誇張していると思うな。そして彼に有利な点を考えようともしない」

「確かにそのとおり。考えてはいなかった。ぼくはその点には関心がない。知りたいのは、彼を告発するに足る論拠があるかどうか、ということだけだ。そしてそれはあった」

「まったくきみときたら、ぼくたちの誰に対しても、同じくらい十分な論拠を見つけることができボルドー、ブルゴーニュ、シャンパーニュ……
フランスの銘醸ワイン産地はどのように成立したのか。
ぶどう栽培に適した地中海沿岸ではなく、
より寒冷な北の地域に銘醸ワイン産地が、
集中しているのはなぜか。
フランス歴史地理学の泰斗として
再評価著しいロジェ・ディオンが、
古代から近代にかけて、
ワインにまつわるさまざまな表象を渉猟しつつ、
現代のワイン地図の来歴と、
それにまつわる人間の営みとを、
精緻に分析する大著。

フランスワイン文化史全書

ロジェ・ディオン（1896～1981）
フランスのロワール地方に生まれる。
1948年から1968年までコレージュ・ド・フランス教授として歴史地理学を講じ、アナール学派の傍流に位置する。
自然に対する人間の働きかけを「可能性」として捉え、その表れとしての「風景」について数々の論文をものした。ジャン＝ロベール・ピットをはじめとして、近年再評価が著しい。

著者＝ロジェ・ディオン
訳者＝福田育弘・三宅京子・小倉博行
Ｂ５変型・上製函入
720ページ
定価：本体12000円＋税
ISBN4-336-04257-8

国書刊行会の妖怪本

▼新刊
大江戸怪奇画帖ーー完本・怪奇草双紙画譜
尾崎久彌編・著　Ｂ５変型　上製カバー　二六〇頁　本体三八〇〇円
ISBN4-336-04341-8

北斎、英泉、豊国、国芳……。江戸の有名画家が描いた多彩な怪奇画（妖怪画、幽霊画、血みどろ画、残虐画など）一二〇余点を収載。原本発行時（昭和五年刊）は検閲によって削除されていた三〇余点の図版も復元し、完全版として待望の刊行。

▼新刊
芳年妖怪百景
悳俊彦編　Ｂ５判　上製カバー　本体四〇〇〇円
ISBN4-336-04202-0

〈血みどろ画家〉として名高い、月岡芳年の妖怪画・幽霊画をオー
…妖怪画の古典として有名な『新形三

シュヴァンクマイエルの博物館

04329-9　ヤン・シュヴァンクマイエル／くまがいマキ編　3800円

特異な映像世界で人気のチェコの作家が、映画と並行して制作してきた様々な造型作品を作家本人の構成で紹介する。シュールでユーモラスな図版の数々。カラー250点、モノクロ80点。解説＝布施英利、F・ドリエ。

シュヴァンクマイエルの世界

04200-4　ヤン・シュヴァンクマイエル／赤塚若樹・くまがいマキ編　3000円

人形や粘土を使ってコマ撮りを駆使するシュヴァンクマイエルの特異な映像世界の秘密に迫る１冊。映画のスティールやインタビュー、作家自身の文章・詩を収録。付＝年譜・フィルモグラフィー・ヴィデオグラフィー。

独立書評愚連隊　天の巻・地の巻

04322-1／04323-X　大月隆寛　天＝2000円／地＝2200円

『BSマンガ夜話』『朝まで生テレビ』などでお馴染みの民俗学者が、歴史・思想・民俗学からマンガ・演劇・芸能といったサブカルチュアまでを大書評。活字渡世のワンマン・アーミーが時代を読む、戦闘的ブックガイド。

私の文芸論

04324-8　陽羅義光　2300円

昨年、『道元の風』で第20回日本文芸大賞歴史小説奨励賞を受賞した著者の文芸論集。「太宰治再考」、「私小説私論」、文学者としての道元について語る「道元雪月花」とルノワールを熱く語る「美的人間」を収録。

原色・原寸　小さな日本画の制作

04330-2　浦上義昭　2200円

原色・原寸で色紙・短冊・扇子・団扇など初心者が取り組みやすい素材の作例を多く掲載。制作プロセスを図解することで日本画の制作が容易になるよう配慮した、絶好の入門書。

迷いの園　新しい台湾の文学

04131-8　李昂／藤井省三監修・櫻

台湾の旧家に生まれ育った現代的女性を主人公にその激しい
父の思い出とを、戦後台湾の歩みに重ね合わせて描いた長編
文学かと論議を巻き起こした新しい女性文学の試み。

台北ストーリー　新しい台湾の文学

04132-6　張系国・張大春・朱天文他／山口

張系国「ノクターン」、張大春「将軍の記念碑」、朱天文「エデン
黄凡「総統の自動販売機」ほか。現代台湾文学を代表する中短編を
都市の文学のアンソロジー。

古都　新しい台湾の文学

04133-4　朱天心／清水賢一

20年振りに友人に会うために京都を訪れたひとりの女性の記憶の
統治下の台北、現代の台北、そして現代の京都が時代を超えて重
台湾で最も注目されている女性作家による、都市の記憶を巡る

鹿港《ルーカン》からきた男　新しい台湾の文学

04135-0　王禎和・黄春明・宋沢莱・王拓／

港町からやって来た行商人の男とある夫婦との三角関係をユー
致で描いた王禎和の代表作「鹿港からきた男」。『さよなら・
よる、侯孝賢映画の原作ともなった「坊やの人形」など短

＊

タイトル下の数字はISBNコードです。
ISBNコードには全て先頭に4-336がつきます。
表示価格は消費税抜価格です。

ルカラー
をはじめとして、美と恐怖と郷愁にみちた芳年の怪異な世界。

愛読者カード

☆お買い上げの書籍タイトル

☆お求めの動機　　1.新聞・雑誌等の広告を見て（掲載紙誌名　　　　　）

2.書評を読んで（掲載紙誌名　　　　　）　3.書店で実物を見て

4.人にすすめられて　5.ダイレクトメールを読んで　6.ホームページを見て

7.その他（　　　　　）

☆興味のある分野　　○を付けて下さい（いくつでも可）

1.文芸　2.ミステリー・ホラー　3.オカルト・占い　4.芸術・映画　5.歴史
6.国文学　7.語学　8.その他（　　　　　）

本書についての御感想（内容・造本等）、小社刊行物についての御希望、
編集部への御意見その他

購入申込欄

書名、冊数を明記の上、このはがきでお申し込み下さい。
「代金引換便」にてお送りいたします。（送料無料）

☆お申し込みはｅメールでも受け付けております。（代金引換便・送料無料）
お申込先eメールアドレス: info@kokusho.co.jp

郵便はがき

1748790

料金受取人払

板橋北局承認

1008

差出有効期間
平成15年7月
31日まで
(切手不要)

板橋北郵便局
私書箱第32号

国書刊行会 行

＊コンピューターに入力しますので、御氏名・御住所には必ずフリガナをおつけ下さい。

☆御氏名（フリガナ）	☆年齢　　歳
☆御住所	
☆Tel	☆Fax
☆eメールアドレス	
☆御職業	☆御購読の新聞・雑誌等

☆小社からの刊行案内送付を　□希望する　□希望しない

鳥山石燕　画図百鬼夜行

高田衛監修　稲田篤信・田中直日編
本体七六〇〇円　B5判・上製カバー
ISBN4-336-03386-2

暁斎妖怪百景

京極夏彦文　多田克己編・解説
本体四〇〇〇円　B5変型・上製カバー
ISBN4-336-04083-4

絵本百物語　桃山人夜話

京極夏彦文　多田克己編・解説
本体三八〇〇円　B5変型・上製カバー
ISBN4-336-03948-8

好評既刊

江戸妖怪かるた

多田克己編
本体三四〇〇円　四六判・函入　札九六枚
ISBN4-336-04112-1

国芳妖怪百景

悳俊彦編・著　須永朝彦ほか文
本体四〇〇〇円　B5判・上製カバー
ISBN4-336-04139-3

妖怪図巻

京極夏彦文・多田克己編
本体三八〇〇円　B5判・上製函入
ISBN4-336-04187-3

国書刊行会
刊行案内
2001年秋

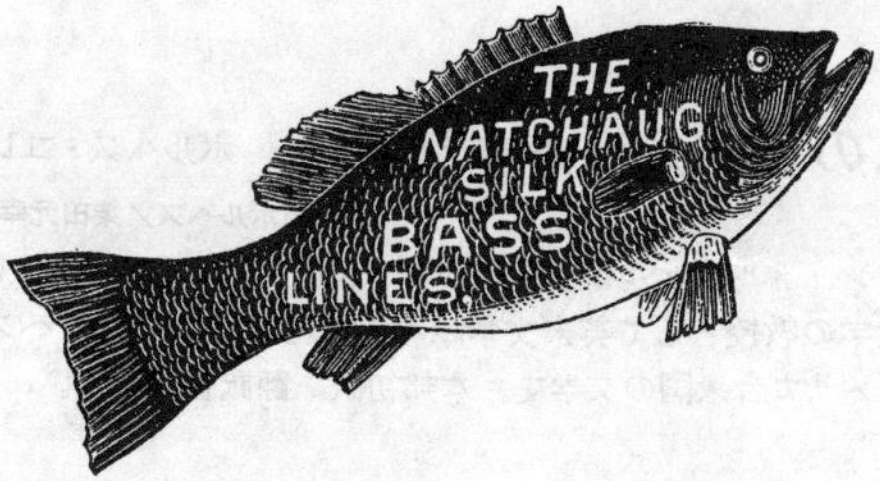

国書刊行会

〒174-0056　東京都板橋区志村1-13-15
TEL 03-5970-7421　FAX 03-5970-7427
e-mail : info@kokusho.co.jp
http://www.kokusho.co.jp

小社に直接ご注文の場合、送料は小社で負担いたします。

怪盗ゴダールの冒険　ミステリーの本棚

04245-4　フレデリック・I・アンダースン／駒瀬裕子訳　2000円

〈百発百中のゴダール〉の偉大な頭脳は全ての可能性を予測し、あらゆる不可能を可能にする。〈怪盗ニック〉の先駆ともいうべき怪盗紳士のハウダニットの魅力に満ちた冒険譚6篇。

四人の申し分なき重罪人　ミステリーの本棚

04241-1　G. K. チェスタトン／西崎憲訳　2500円

人望あつい総督はなぜ狙撃されたか、事件の意外な真相を明かす「穏和な殺人者」他、「頼もしい藪医者」「不注意な泥棒」「忠義な反逆者」の4中篇を収録。奇妙な論理とパラドックスが支配する不思議な世界。

ソルトマーシュの殺人　世界探偵小説全集28（近刊）

04158-X　グラディス・ミッチェル／宮脇孝雄訳　予価2400円

やかまし屋の牧師夫人が女中の妊娠に気づいた時、眠ったような村の平和を破る怪事件が始まった。助けを求められたブラッドリー夫人が遭遇する密輸業者、消えた死体、殺人。英国ファルス派を代表する傑作。

ジャンピング・ジェニイ　世界探偵小説全集31

04161-X　アントニイ・バークリー／狩野一郎訳　2500円

人気作家の家で開かれた仮装パーティーの席上、過激な言動で周囲の顰蹙をかっていた女性が、余興に設えられた絞首台にぶら下がって死んでいるのが発見される。本格スピリットあふれるバークリー中期の傑作。

警察官よ汝を守れ　世界探偵小説全集34

04164-4　ヘンリー・ウエイド／鈴木絵美訳　2400円

州警察本部長スコールは復讐を誓う元服役囚に脅かされていた。そしてある日、署内に一発の銃声が響きわたった。警察内で起きた前代未聞の難事件に挑む、プール警部の活躍。

ボルヘスの「神曲」講義　ボルヘス・コレクション

04295-0　J・L・ボルヘス／竹村文彦訳　2400円

「あらゆる文学の頂点に立つ作品」とボルヘスが讃える、ダンテ『神曲』をめぐる九つの深遠な随想。「第四の高貴な城」「オデュッセウスの最後の旅」他。ウィリアム・ブレイクによるカラー装画入り。本邦初訳。

無限の言語　ボルヘス・コレクション

04292-6　J・L・ボルヘス／旦敬介訳　2500円

ボルヘスが生前みずから封印していた《最初期のボルヘス》の作品。「ジョイスの『ユリシーズ』」「天使の歴史」「文学の悦楽」ほか、全19編。ボルヘスの原点を示す最初期3冊の単行本からセレクトされた貴重な評論集。

ボルヘスの北アメリカ文学講義　ボルヘス・コレクショ

04297-7　J・L・ボルヘス／柴田元幸訳　2000円

ポー、ホーソン、メルヴィルから探偵小説、SF、ラヴクラフトまで。ブエノスアイレス大学の教授として英米文学講義を担当していたボルヘスが情熱を込めて語るアメリカ合衆国の文学史。本邦初訳。翻訳書誌付き。

ザ・ライフルズ　文学の冒険

03961-5　ウィリアム・T・ヴォルマン／栩木玲子訳　3500円

カナダ北部の辺境地帯を舞台に織りなされる、キャプテン・サブゼロとイヌイットの娘リーパとの暗いラブ・ロマンス。神話と記憶と歴史の狭間を幻視する想像力の奔出。「夢の物語」7部作の第6部。

春の祭典　文学の冒険

04025-7　アレホ・カルペンティエール／柳原孝敦訳　3200円

革命にトラウマを持つロシア女性ベラとキューバのブルジョア家庭に育ったエンリケ。内戦下のスペインで交錯した二つの生は、戦争の世紀に
てゆく。ラテンアメリカ文学における『戦争と平和』ともいうべき

るんじゃないか」

「ああ、すくなくとも、きみがぼくに対して持ち出した論拠と同じくらい十分なやつをね」ロジャーは反撃した。「この二人を警部に差し出してやってもかまわないかな。ぼくはすっかりその気なんだが」

「そんなふうに泥濘《ぬかるみ》に手を突っこむようなことを、ロジャー、きみは本気で考えてるんじゃないだろうね」コリンはやや警告するように訊ねた。

「ああ、考えてはいないさ。しかし、きみは認めないだろうが、きみのその答えは、デイヴィッドを告発するに足る論拠があることを示しているよ」ロジャーは立ち上がると、伸びをした。「まあ、きみが望むなら、ぼくはもうそれを放っておくつもりだけどね」

「大いにイエスだ。それに、ぼくはこれ以上この件には関わりたくないんだ」

「では、これで片付いた」ロジャーはパイプの上に屈み込んだ。それはこの熱弁の間、すっかりなおざりにされていたのである。

「これからどうするつもりだい」コリンが訊ねた。

「ぼくがかい？　そうだな、何かすることがないかを見に、ゆっくり屋敷に戻ることにするよ。あの警部はわりと気に入ったよ。彼とおしゃべりでもしてこよう。ところで、きみは明日まで泊まっていくんだろう？　ロナルドはぼくたちにそうしてほしがってるぞ」

「いや、ぼくはそのつもりはない。彼にはもう、昼食後に発つと話してある」

「おや、そうか。ぼくは残るつもりだ。しかし検視審問はどうする」

「ああ」コリンは自信たっぷりにいった。「ぼくは召喚されないだろう。どうしてその必要がある？」

ロジャーは屋敷へ歩いて戻った。

たとえコリンを納得させることには成功しなかったとしても、自分では十分納得していた。デイヴィッド・ストラットンかロナルド・ストラットンのどちらかが、イーナの死に対して責めを負うべきであり、残ったほうの兄弟が事前か事後かはともかく共犯者であることを、彼はいまや確信していた。いずれにせよ、二人とも関わっていたのは間違いない。

だいたいにおいて、実際に行動に移した候補者としては、ロナルドのほうが有力であると思っていた。ロナルドのほうがデイヴィッドよりも決断力があるし、それにロジャーの考えでは、それが必要だと判断したら、手荒な手段に出ることも辞さない男だった。それに、彼は二重の動機を持っていた。愛する弟に対する憂慮、それから彼自身の利益のためにイーナを黙らせることだ。

その点ではしかし、デイヴィッドもまた二重の動機を持っている。夫として、そして恋人として。

「コリンと別れた後、デイヴィッドがどこへ行ったのかを突き止めたほうがいいな」ロジャーはひとり考えた。「そのとき彼は屋上に上がったのか、上がらなかったのか。ドクターたちが何といおうと、死亡時刻にはだいぶ解釈の余地がある。さて、どうやって突き止めたものかな」

この新しい解答を検討してみればみるほど、正しいもののように思えてきた。かつてはチャーマーズの捉えがたい幻に振りまわされたこともあった。しかし、先入観にとらわれない目で状況を吟味し、単純な消去法によって、ストラットン兄弟をのぞく全員を容疑から外すことができた。コリン、ウィリアムスン、そして彼自身は問題外だ。ドクター・ミッチェルが問題の時間ずっと、舞踏室または夫人のそばを離れなかったのは確かだ。同様にマイク・アームストロングもまた、マーゴットにずっと付き添っていた。女性陣は全員、犯行に必要な体力を持っていないため除外される。チャーマーズも同じ理由で消すことができる――残るのはデイヴィッドとロナルドだけだ。二人に対してはまだ他にもある。デイヴィッドのアリバイは信頼できるものではなく、ロナルドのアリバイときたら、調べられてさえいない。

そう、二人には幸運が必要だ。

屋敷に着く頃には、コリンと別れた後、デイヴィッドがどこへ行ったかを突き止めるのはやめておこうと、ロジャーは心を決めていた。実際に手を下したのが彼だったにしろ、ロナルドだったにしろ、それに干渉するつもりはこれっぽっちもなかった。殺人が正当化されることは滅多にない。しかし、イーナ・ストラットンのような病原菌を駆除することを、殺人とみなすのは難しかった。ロジャトのとるべき最善の道は、たんに、誰がやったのか、といったことを知ろうとするのをやめることだった。

とはいえ、玄関のドアを入りながら、ロジャーは微笑みがうかぶのを抑えることができなかった。彼、ロジャー・シェリンガムその人がイーナ・ストラットンを吊すという大役を買ってでた、という根強い疑惑を、コリンはいまだに抱いているのだろうか。それともあれは、たんにロジャーが行なったデイヴィッドに対する告発への、あの頑固な青年なりの仕返しなのだろうか。

いずれにせよ、ロジャー・シェリンガムが殺人事件の容疑者となるという考えは、ロジャーを面白がらせずにはおかなかったのである。

第十一章　ヘルメットの中の蜂の巣

1

ロジャーは屋上で、クレイン警部がロナルド・ストラットンと話しているところをつかまえた。背後では制服の巡査が行ったり来たりしている。

「おはよう、警部」ロジャーは朗らかに声をかけた。

「おはようございます。ちょうどいまストラットンさんに、あなたとここでお話ができないかと頼んでいたところなんですよ」

「ぼくと？　そいつはちょうどよかった」

ロジャーは興味をもって辺りを見まわした。これまで陽の光のもとで屋上を見る機会はなかったが、暗闇の中で想像していたのとはずいぶんと違っていた。ひとつには思ったよりも小さく、真ん中付近にあると思っていたあずまやは、実際にはほとんど端のほうにあった。真ん中に建てられた絞首台には、残された二体の藁人形がぶらさがっている。陽の光のもとでは、それらはたんに滑稽にしかみえず、もはやひとかけらの不気味さもなかった。

警部とロナルドは絞首台の近くに立っていた。そのロナルドからそっと目配せを送られて、ロジャーはすこし戸惑った。

「この椅子のことなんですがね、シェリンガムさん」警部はどこか弁解するように説明すると、絞首台の下に転がっている椅子を指さした。

危険を知らせる針がロジャーの胸をちくりと刺したが、とりあえずあっさり答えた。

「ええ、それがどうしたんです？」

「ご覧下さい。ロープの真下に転がっているでしょう。そこでちょっと計ってみたんですが、椅子がこの状態にあったとすると、亡くなった女性はその上に簡単に立つことができたようなんです。自分で試してみたんですが、椅子の桟は私の体重を支えてくれました。ということは、彼女の身体を支えることはきわめて容易だったはずです」

「ええ、おっしゃることはわかります。しかし、おそらく動かされたのでは？」

「それをお訊ねしようと思ったのです、シェリンガムさん。昨夜、あなたとストラットンさんが、ロープを切って亡くなられた女性を下に降ろしたとき、椅子が動かされたかどうか、ご存じありませんか」

ロジャーは思い切って問いかけるように、ロナルドのほうを見た。彼としては、ロナルドがした話と相反する答えをしたくはなかった。

「これはなかなか難しい質問ですね」彼は慎重に答えた。「ロナルド、きみは覚えてるかい？」

ロナルドは朗らかに次のようにいって、ロジャーを震え上がらせた。

「いや、わからんな。実際、いまも警部と話していたんだが、彼女を下に降ろしたときに椅子がそこにあったことすら覚えてないんだ」

この失言を前にして一瞬茫然としたあと、ロジャーは自制心を取り戻した。「そうかい？　いや、ぼくは覚えてるよ。というより、たしか邪魔になっていたような気がするよ。そうだ、警部、誰かがあの椅子を脇に蹴飛ばしたに違いありませんよ」

「ええ、それならわかります」と心配症の警部は同意した。「しかし、元の位置に戻っているのはどうしてでしょう」

「ああ、それは――おそらく誰かが蹴り戻したんでしょう。いずれにせよ、たいして重要な問題には思えませんが」

「ええ、シェリンガムさん、おそらくそうでしょう。ただそのことがどうも腑《ふ》に落ちなかっただけなんです。それで、あなたなら何か情報をいただけるのではないかと思いましてね」

「しかし警部、おわかりとは思いますが、その手のことはとても正確にというわけにはいきません。ストラットン君と一緒にここへ上がってきたとき、椅子の位置を正確に目に留めておくべきだったとは思います。しかしぼくの注意は、彼女がほんとうに死んでいるか確かめること、そして、もし息があるのならなんとかして救うことに集中していましたから」

「それは当然ですとも。ええ、すっかり腑に落ちました。むろん、すこしも重要なことではありません」

「それに、そのときこの場所は完全な混乱状態にあったことも忘れないで下さい。ストラットン君とぼく、ウィリアムスンさんとニコルスン君もいました。そのうえ完全な暗闇でした。いや、実際、その椅子が元々あった場所の近くじゃなくて、下の庭園に落ちていなかったのが不思議なくらいですよ」

「ええ、たしかにおっしゃるとおりです、シェリンガムさん」警部は同意すると手帳にメモを取った。

しかしその様子は、ロジャーの望みどおり完全に納得したようには見えなかった。

このやり取りを一見穏やかな興味をもって眺めていたロナルドが口を開いた。

「さて、シェリンガム君に質問なさりたいことはこれで全部ですか、警部」

『それはいいが、ロナルド』とロジャーは思った。『しかし、過信ということもあるからな』これで二度目になるが、ロナルドが椅子のことでとんでもない失策を犯したことに、彼は驚きを感じていた。どうやらロナルドは、その致命的な重要性に気づいていないらしい。

「ええ、そうですね、ストラットンさん。ありがとうございました」と警部は答えたが、どうやら確信がもてないようだ。

「では、これで終わりですね」

「ええ、とりあえずは」

「それなら家の中に入って、一杯ビールでもやって下さい。そろそろ十二時ですよ」

「ありがとうございます、ストラットンさん。頂戴したいのはやまやまなんですが、警視に報告に行かねばなりません。部下とすこし話したらお暇します」

警部は脇へ歩いていくと、巡査に向かって低い声で何ごとか囁いた。ロジャーもロナルドもそれを聞き取ることはできなかったし、そうしようともしなかった。

「ロジャー、きみはビールをやるだろう」ロナルドはそういったが、それは質問というより一種の宣言だった。

「ありがとう」ロジャーはいった。「いただくよ」

「警部を見送ったら、また上がってくるよ」

「いや、ぼくも一緒に降りよう」ロジャーはいった。ロナルドの低能ぶりについて、ちょっとばかり厳しい言葉を発するときには、二人ともしっかり閉じた扉の中にいたかったし、昨夜バー・ルームになっていた部屋は開放的すぎた。

　天気の話をしながら作法どおり警部を玄関まで送っていくと、ロナルドはロジャーを書斎に連れ込んだ。

「ここに一樽置いてあるんだ」彼は楽しそうにいった。「手頃な大きさのやつをね。この戸棚は酒樽にぴったりだと思わないか」

「そうだな」ロジャーはいった。「なあ、ロナルド……」

　ロナルドは注ぎかけたジョッキから振り返った。「なんだね」

「きみに話しておきたいことがあるんだ。率直にいうよ。きみはとんでもないへまをした。もうこれ以上、昨夜死体を降ろしたとき、あの椅子があそこにあったかどうか覚えてない、なんてことをいってはいけない」

　ロナルドは呑み口の栓を閉め、次のジョッキをその下に置くと、ふたたび栓を開いた。

「なんのことだ。どうしていけないんだ？」

「なぜなら」ロジャーは怒りを抑えながら説明した。「あの椅子の存在そのものが自殺を意味しているからさ、この間抜けめ。そしてそれがなければ――殺人ということだ。考えればわかるはずだ」

ロナルドは突然真っ青な顔になり、ロジャーをみつめた。ビールがジョッキからあふれて流れ落ちた。

「なんてことだ！」と彼はつぶやいた。「まったく思ってもみなかった」

彼は振り返ると、機械的に樽の栓を閉め、立ち上がった。

「なあ、ロジャー……」

「いや」ロジャーは素早くさえぎった。「何もいうな」

ロナルドは口を閉じた。

2

二人はお互いを盗み見ながらビールを飲んだ。

それからロジャーが、ごく何気ない声でいった。

「ロナルド、屋上から物を降ろすのを手伝おうか。上にはまだいろんな物が出しっぱなしじゃないか――椅子とかそういった物がさ。今は好い天気だけど、四月にはいつ雨が降るかわからないだろう？」

ロナルドはにやりと笑った。「よく気がついたね、ロジャー。うん、手伝ってもらえたらありがたいな」

二人はジョッキを飲みほすと、真面目な顔をして屋上に向かった。

まだ屋上をぶらついていた巡査にうなずいてみせると、ロナルドは一番手近な、サンルームに降りる階段《ステップ》のそばにある一組の椅子のほうに歩を進めた。しかし、彼が手を触れる前に、巡査が声をかけた。

「失礼ですが、ストラットンさん、何をなさろうとしているのですか」

「ああ、椅子とかそういった物を家の中に取り込もうと思ってね。雨が降るといけないから。四月の天気は変わりやすいからね」

「申し訳ありませんが」巡査は物々しくいった。「警部から、ここにある物が動かされないようにしろと指示されておりますので」

「警部が、かい?」ロナルドがほんとうに驚いたのか、それとも驚いた振りをしているのか、ロジャーには判断できなかった。とにかく、ひどく驚いているように見えた。「しかし、なぜ?」

「理由を申し上げることはできません。しかし、それが警部の指示です。動かしても、触れてもいけない。私が残されたのはそのためです」

「いったい何だって……」とストラットンはいいかけて、ロジャーに眉を上げてみせた。

「しかし、たしかにクレイン警部は、屋上にある物にはどれにも触ってはいけないといったのかい?」ロジャーは助け舟を出した。

「申し訳ありませんが、それが私の受けた指示です。この屋上にある物は動かしても、触ってもいけない、ということです」

「やれやれ」とロジャーは肩をすくめてみせた。「どこかに誤解があるに違いない。しかし、ロナルド、警部がそれを正してくれるのを待つしかないようだよ。きみをここに残していくとき、クレイン警部はすぐに戻ってくるといってたね」と彼は巡査に問いただした。

「半時間ほどで戻ると、おっしゃってました」

「わかった。なあロナルド、待つしかないよ。中へ入ろうか」

二人が下に降りると、ロナルドがいった。

「どうも妙じゃないか、シェリンガム」

「いや、ぼくはそうは思わない」ロジャーは答えた。「たぶん警視がクレインに、片付ける前に現場を見ておきたいといったんだよ。それでクレインは彼を呼びに行ったんだ」

「しかし、昨夜、彼を連れて上にあがったときには、屋上にある物を動かしてはいけないなんてことは、一言もいわなかったぞ」

「ああ、そのときはまだ警視と会っていなかったんじゃないのか」ロジャーはあっさり片付けた。

だが、彼は小さな不安を感じていた。たしかにこれは妙だ。

階下に降りると、ホールの暖炉の前で、コリンが『サンデー・タイムズ』を読んでいた。

「やあ、コリン。ひとりかい」ロナルドが訊ねる。「女性陣はまだ降りてこないのか」

「うん、オズバートもまだだ。あの怠け者め。ああ、そういえばロナルド、昼食がすんだら失礼するといったけど、すまないが予定が変わったよ。今夜も泊まらせてもらうよ」

「やあ、そうしてくれると嬉しいよ。結局、予定していた約束はそれほど危急のものじゃなかったということかな」

「そんなんじゃないさ。いましがたここへ入ってきたとき、警部に会ったんだがね。昼食の後出発するというのは本当かと訊かれたんだ。そうだと答えると、やつはそれはだめだとか、そういう意味のことをいったんだ」

「出ていっちゃいけないといったのか」ロジャーは信じられないというようにいった。

「いや、正確にはそうじゃない。やつの話では、ぼくは明日の検視審問でおそらく証言を求められるだろう、ここに残ってもらえると警察としては非常にありがたい、というんだ。もちろんぼくは、そうすると答えたさ。しかし、もしそれはできないといおうものなら、そうせずにはいられないようなことをいいかねかったな。そう顔に書いてあったよ」

「なんてやつだ！」ロナルドがいった。

3

三十分がゆっくりと過ぎた。そして次第にロジャーの不安も高まっていった。

彼はその徴候をよく知っていた。それに警察のやり方も承知していた。警部は満足していない、それは明白だった。しかし、いったい何が警部に不満を抱かせる元になったのだろう。もしそれがまさに椅子の位置だとしたら、それこそ、とんでもない不運というものだ。何も後ろ暗いことがなかったとしても、四人の男がそのまわりにひしめきあっていたら、誰かがちょっとその椅子を蹴飛ばしてしまうのは避けがたいことだ。警部にしたって、それがまったく触れられずにいたと考えはしないだろう。

いや、その恭しい態度にもかかわらず、クレイン警部は目立ちたがり屋なのに違いない。セッジ・パークのようなお屋敷で起きた死亡事件は、自分を売りこむ恰好のチャンスなのだ。疑惑をかきたてる些細な点をすこしでも見つけることができれば、頭の切れる男として名を上げることができる。厄介なことに、クレイン警部はそれと知らずに、マッチを火薬庫に近づけようとしているのだ。彼がほんとうに事件の裏側を探りはじめたら、どんな物に火を付けることになるか、わかったものではない。すねに傷もつ身であるロジャーは、クレイン警部のマッチが湿っていますようにと祈らずにはいられなかった。

同じ重圧が残りの人間にも同じように伸《の》しかかっているようだった。重苦しい沈黙のなか、暖炉のまわりに坐って、新聞をかさこそいわせている。しかし、三人のうち一人でも、ちゃんと読んでいる者がいるか怪しいものだった。時がたつにつれてロジャーは、次第に寮対抗試合を前にした男子生徒みたいな気分になってきた。虚ろな感覚に胸が悪くなった。彼がそう感じていたとしたら、ロナルド・ストラットンはどんな思いでいることだろう。

椅子についての警告にロナルドが見せた反応は、ロジャーの出した結論をいよいよ固めさせることになった。ロナルドの顔には本物の恐怖があった。この状況においては、恐怖は罪を認識しているところから来るものにちがいない。それが彼自身のものであるか、デイヴィッドのものであるかはともかく。ロジャーは自分にできる限りのことをするつもりだった。しかしこの後は厄介な場面と、糞の山をほじくり返そうとする悪魔のような警部が待ち構えていることだろう。もしストラットン家の人間が、イーナに対して総じてどのような感情を抱いていたか、それが明るみに出されると具合が悪かった。きわめて好ましくない事態となる。そしてそうするには、ほんのちょっとほじくるだけでいいのだ。

十二時を数分すぎたとき、目のまわりをかすかに黄色くしたウィリアムスン氏が姿を現した。彼は二言三言、おざなりな言葉を発すると、沈黙の輪に加わった。再びホールに響くのは新聞のかさこそいう音だけになった。

一度だけ、ロナルド・ストラットンが胸中の懸念をつぶやくように洩らした。

「巡査のやつ、クレインは半時間で戻るといってなかったか。彼が出ていってから、もう四十分もたってる」

十二時を二十五分すぎたとき、ロナルドのメイドが現れるとウィリアムスン氏の脇に立ち、心臓がどきどきするのを押し隠しているに違いない平板な声でいった。

「失礼します。クレイン警部が屋上ですこしお話がしたいとおっしゃってます」

「なに、私にいったのか。警部が私と話したいって?」

「もしよろしければと」

「クレイン警部がか」ロナルドが繰り返した。「イーディス、彼がここにいるとは知らなかったよ」

「はい、十五分ほど前にいらっしゃいました。ジェイミスン警視ともう一人の方を連れて」

「しかし――ぼくは誰にも会ってないぞ。ずっとここにいたんだが」

「みなさん、裏口からいらっしゃいました」

「しかし、なぜぼくに話さなかった」

「一、二分、屋上に上がるだけだから、旦那さまを煩わすには及ばない、とおっしゃったんです。それでお伝えしなくてもよいと思いました」

「わかったよ。でもねイーディス、もし今度彼らが来たら――もし誰かがそんなふうにやってきたら、ぼくに教えてくれたまえ」

「承知しました、旦那さま」

「どうしたんだ」メイドが姿を消すと、ウィリアムスンが訊ねた。「いったいどういうことだ。私に会ってどうするというんだろう。昨夜会ったときに、知ってることは全部話したんだがな。なんだってまた、もう一度会いたがってるんだ」

「さあな、オズバート。でも行ったほうがいいと思うよ」

「ああ、そうするよ。しかし、いったい私に会ってどうするというんだろうな」

ウィリアムスンは大きなホールの端にある階段を上りはじめた。

ロジャーは胸のふさぐ思いでその背中を見ていた。尋問の前にウィリアムスンにいっておかなくてはならない、何かとても重要なことがあるはずだった。すべてがうまく行くように警告を与えておかなくてはならないことが。だが、彼の心は麻痺したようになっていた。何も考えることができなかった。ある種絶望的な気分で、彼はウィリアムスンの姿が消えるのをみつめていた。

「さて」ロナルドがつぶやいた。「いったいこれをどう思うね」

コリンは読書用の大きな角縁眼鏡ごしに二人を見上げると、「なにかの策略かな」とおぼつかなげに訊ねた。

「まだわからない」ロナルドの前でそれ以上質問するなというように、ロジャーは答えた。

「ぼくも行ったほうがいいかな」とロナルドは上にあがるような素振りを見せた。

「やめといたほうがいい」とロジャーがいった。「連中がきみに会いたがっていないのは明らかだ」

「だって警視が来てるんだろう」

「ああ、そのようだね」

「もう一人の男というのは誰だろう」

「私服の刑事だよ、たぶん」

「そんなところだな。しかし、いったいなぜウィリアムスンを呼んだりしたんだ」

「死体を発見したのは彼だったろう」

「ああ、そうだった。だから警視は彼に会いたがったんだ、もちろんそうだ。お決まりの仕事というやつだね」

「そのとおり。お決まりの仕事さ」

だがロジャーは、それがお決まりの仕事だとは思っていなかった。

ウィリアムスンは二十分ほど席を外していたが、それはロジャーが経験した最も長い二十分だった。

ウィリアムスンはやましげな笑みを顔に浮かべて帰ってきた。

「拷問だってあれとは比べものにならんな」そういうと、どすんと椅子に腰をおろした。

「何と比べものにならないって、オズバート？」コリンが訊ねる。

「上で連中に受けた厳しい尋問に比べたらさ。おや、こいつは素敵な顔が揃ってるじゃないか、ロナルド。私には一杯勧めてもくれないのか。なあ、どうなんだ」

「酒なんかほっとけよ。警察の連中はまだ上にいるのか」

「ああ、確かだよ。警視に警部、巡査が二人、それから……」

「彼らは何のためにきみに会いたがったんだ？」

「うん、ばかばかしいったらないんだ。昨夜警部に話したことをそっくり警視にも聞かせてくれというのさ。いや、それだけじゃない。どうやって死体を見つけたか、顔はどっちの方を向いてたか、足はどのくらい下から離れていたと思うか、椅子はどこにあったか、あとは……」

ロジャーは思わず声を上げてしまった。ウィリアムスンに警告しておくべきことが何だったか、ついに思い出したのである。椅子だ。ウィリアムスンの意識に吹き込んでおくべきだった。ちょうど昨夜コリンに対して試みたように、椅子は初めからそこにあったという考えを刷り込んでおくべきだったのだ。今ではもう遅すぎた。

「なんだい、シェリンガム君。何かいったか」

「いや何も。ああ、そうだ。椅子については何といったんです？」ロジャーはコリンの目を避けた。

「思い出せないといってやったよ、もちろん。どうしてそんなことを思い出せるっていうんだ」

「そしたら連中は何といいました？」

「思い出してみてくれってさ。死体を発見した瞬間に頭を戻して、その光景を思い浮かべてみろ、椅子はどこにあった、ってね。それで実際思い出したよ。椅子は三つの絞首台の真ん中にあったはずはない。その間をまっすぐ歩いていけたんだからな。だから、死体の下にあったに違いないといってやったよ」

「それで？」

「そうしたら連中は、死体の下にあったはずはない、もしあったら、ミセス・ストラットンはその上に立てたはずだ、というんだ。それなら死体の向こう側にあったに違いない。そうだろう。ちがうか。すると椅子が死体の向こう側にあったことを思い出したんですねと訊くから、いささかうんざりしてきたが、そうだといってやったよ。誓えますかと訊くから、いや、宣誓するつもりはない、といった。そこまでの用意はないからな。でもそこにあったのは間違いない。なあ、ロナルド、後生だから一杯くれないか。なにしろ三重の拷問をくぐり抜けてきたんだからな。おや、わからないみたいだな。いいか、まず警察だろ、それからリリアン、そしてきみたちだ……」

「リリアン？」コリンがのんびりと訊ねた。

「階段で会ったんだ。もちろんあいつも、話を全部聞くまでは放してくれなかった」ウィリアムスン氏は夫ならではの深いため息をついた。

ロジャーはウィリアムスンの話を考えていた。ウィリアムスンは期待以上の幸運をもたらしてくれた。とにかく彼は椅子の存在をすこしも否定しなかった。そうしてもおかしくはなかったのだが。しかしウィリアムスンの話によれば、警察の質問はひどく妙なかたちで行なわれていた。それは、椅子がまったくなかった可能性を云々するのではなく、椅子の正確な位置に関するもののようだった。とすると、彼らが気にしているのは、ほんとうに、クレイン警部の指摘したばかばかしいほど些末な点だけで、それ以外の選択肢は結局思いつかなかったのだろうか。もしそうなら、彼らはロジャーが考えていたよりもずっと愚かだ。しかし、その愚かさには感謝しなければならない。

ウィリアムスンは供されたシェリーのグラスを一口すると、話を続けた。

「さて、他に何か話すことはあったかな。やつらはそういったことを質問しつづけ、警部はそれをすっかり書きとめた。どこでだって？　ああ、我々はサンルームにいたんだ。いわなかったかな。そう、とにかくそこにいた。警部と警視、それに私だ。サンルームだよ。

そうだ、何か他にも訊かれたな。ああ、思い出したよ、ロナルド。連中はきみの義理の妹さんをめぐる事情はすっかり知ってた。まったくいまいましい奴らだ。きみも気をつけたほうがいいぞ。

つまり、あの連中は一騒ぎ起こすつもりかもしれないからな。自殺に駆り立てられた哀れな女性、その原因は冷たくあしらわれたせい、とかいったことさ、わかるだろう」

「事情って、どういうことだね」ロナルドが問いつめた。

「ほら、きみがあの女を蛇蝎《だかつ》の如く嫌ってた、とかいうようなことさ。どうだい、そのとおりだろう。うん、連中は全部知ってたよ」

「どういう意味だね」

「なぜって、やつらの質問ときたらずっと、こんな具合だったんだ。昨夜、ミセス・ストラットンと夫の家族とのあいだに漂うよそよそしさに気づかなかったか。敵意とかそういった類のものに気づかなかったか。ミセス・ストラットンがこの家ではお気に入り《ペルソナ・グラータ》どころじゃなかったのを知ってるか。昨夜、ミセス・ストラットンと夫の口論を聞かなかったか」

「それで?」ロナルドは鋭くいった。「きみは何といったんだね」

「おいおい、私はきみたちを売り渡すような真似はしないよ。大丈夫だ。もちろん、そいつは初耳だ、何も気づかなかった、といってやったさ。私が見たかぎりでは、きみの弟と奥方は心から愛し合ってるカップルに見えた、きみたちは誰も、彼女を片付けることができるような人間には見えない、とね。それはもう大丈夫だよ」とウィリアムスン氏は胸を張った。「たっぷり、強力な薬をばらまいといたからな」

「なるほどね」ロジャーはいった。「それで警察はまだ上にいるのかな。ウィリアムスンさん、連中は何をしていると思います?」

「うん、そうだな」ウィリアムスンは陽気にいった。「まだ写真を撮ってるよ。ずっとそうしてたからな。警部ときたら、一度に二つのことをやろうとして、びっくり箱の人形みたいにサンルームの中に入ったり飛び出したりしていた」

「写真を撮っているといいましたね」ロジャーの声にはいくらか緊張の色が走った。

「そのとおり。ウェスターフォードからプロの写真屋が来ていた。日曜の朝というのに、どうやってつかまえたのかは知らないがね。とにかく上に来ていて、屋根や絞首台、そういったものを、いろんな角度から写真に撮ってたよ。私にいわせれば、いささか不必要にも思えるがな。でも連中の考えは違うんだろう。ロナルド、なかなか抜け目のない奴らだね、あの警官たちは」

「とてもね」ロナルドはにべもなかった。

「思うんだが」ロジャーは考えた末にいった。「この部屋は階段が吹き抜けになっているし、ウィリアムスンさんの声は少しばかり大きくはないかな」

そういっている間に電話のベルが鳴った。ロナルドが席を外して、書斎へ受けに行った。

ロジャーとコリンは顔を見合わせた。コリンは眼鏡越しに眉を上げてみせた。お返しにロジャーは肩をすくめた。二人とも不安げな顔をしていた。

「なあ」ウィリアムスン氏が真面目な顔でいった。「なあ、シェリンガム君」

「なんです?」

「なあ、こいつはほんとにいいシェリーだ。きみは試してみたかい。ぜひ飲むべきだよ。ロナルドのやつ、いったいどこで仕入れてきたんだろうな。きみは知らないか、コリン。どうだい?」

「黙ってろよ、オズバート」とコリン。

ウィリアムスン氏は驚いたようだが、たいして気を悪くはしなかった。

ロナルドが書斎の戸口に姿を現した。

「シェリンガム。すこし、こっちで話せないか」

「いいとも」ロジャーはぱっと立ち上がると、ホールを急いで横切った。

ロナルドが書斎のドアを閉めた。

ロジャーは不安を隠そうともしなかった。「また悪いニュースかい?」

ロナルドがうなずく。「電話は弟からだった。たったいま警察が来て、イーナの遺体を持っていったそうだ。死体置場に運んでいるところだ。なあ、こいつはゆゆしき事態だと思わないか」

「そうかもな。まあ待てよ、ロナルド。もう一度弟さんに電話して、昼食をとりにこっちへ来るよう話すんだ、すぐにだよ。来るのが遅くなっても気にするな。それが彼をここへ呼ぶ一番いい口実なんだから。それから、ぼくと会うまでは、誰の、どんな質問にも答えるなと伝えてくれ」

「ああ、わかった。助かるよ。デイヴィッドはすこしばかり……。こいつはいったいどういう意味なんだろうな、ロジャー。警察は満足していないということか。なぜかはわからんが、きっとそういうことなんだろう。連中の帽子の中には蜂が一匹入っている(「何かに取りつかれている」「隠し事をしている」という意味の慣用句)ということかな」

「蜂が一匹だって?」ロジャーは憂鬱そうにいった。「巣がまるごと一つ入っているのさ!」

4

昼食の銅鑼《どら》が鳴ると、御婦人たちが下に降りてきた。

さいわいなことに、引きつづき警察が邸内に留まっていることは、通常の手続きの一部として受け入れられ、お世辞にも賑やかな食卓とはいいがたい昼食のあいだにも、不安な様子などはいずれにせよ見られなかった。途中でデイヴィッドが到着したが、げっそりとやつれ、憮然とした表情の彼の存在は、当然のことながら、一同にさらなる気兼ねをもたらした。

まもなく食事が終わると、ロジャーはロナルドに合図を送った。ロナルドはデイヴィッドに小声で話しかけて外に連れ出し、すぐに戻ってくると、ロジャーに声をかけた。

「弟は書斎にいるよ。ぼくも一緒に行こうか」

「いや結構だ」ロジャーはそういうと、ひとりで書斎に向かった。

昼食の間ずっと、彼はどうやったらデイヴィッドに正しく警告を伝えられるか、考えを練っていた。すべてを知っていることを気取られてはならないし、なおかつ危険を見くびらせてもいけないのだ。彼がたどり着いた妥協案には、妥協案特有の弱点があった。しかし、これ以上の策は見つけることができなかった。

「いいかい、デイヴィッド」遠回しな言い方はやめにした。「もちろんきみは、奥さんの遺体が死体置場に運ばれたことが何を意味するか、わかってるはずだ。警察の連中がやってるように、屋上をかぎまわることが何を意味するかもね。つまり、彼らは満足していない。きみの奥さんの死が、最初そう見えたように単純なものではないかもしれないと思ってるんだ。教えてもらったわけじゃないから、警察が何を問題にしてるのかまでは、ぼくにもわからない。ただ、推測するなら、昨夜、この家には強力な動機、ある特別な事件または騒ぎがあったのでは、と勘ぐっているんだと思う。彼女が命を絶つことにつながった、まだ知られていない喧嘩のようなものがあったんじゃないか、とね。その種のことがあったかどうか、ぼくは知らないし、また知りたくもない。死の瞬間、彼女がどんな状況にあったかなんてことも、知りたいとは思わない。しかし、もしそういうことがあったとして、それが明るみに出たら、事件をめぐって大変な泥仕合になることは避けられない。だからぼくは、ぼくたちみんなのためにそれを防ぎたいんだ。

　それで、ぜひきみに認識してほしいのは、警察に対して申し分のない単純な話を用意しておくことが、とりわけきみにとってはとても大事だということなんだ。他で簡単に裏付けのとれる話だよ。そうすれば、きみの奥さんが舞踏室を飛び出していったとき、きみは彼女を追いかけて屋上へは上がらなかったし、そこで喧嘩もしなかった、そういったことは何もなかったと、彼らにもはっきり理解させることができるだろう。ぼくのいってること、わかるね？」

「まったく単純な話なんです」デイヴィッドは簡単にいった。「ぼくは……」

「ちょっと待って。ぼくに話をさせてくれ。ぼくは、きみが屋上に行かなかったことを知っている。すくなくとも十分間は、きみと一緒にバーにいたんだからね。覚えてるかい。ぼくたちはテスト・マッチの話をしていた。我らが代表がオフスタンプ（クリケットの三柱門で打者から一番遠くの柱）ではなくレッグスタンプ（三柱門の打者側の柱）めがけて投球したもんだから、オーストラリアの連中が大騒ぎしたこととかね。その時間については、ぼくがきみのアリバイになる。それからコリンが加わった。ぼくは一、二分、屋上にぶらりと上がっていった――いっておくが、きみの奥さんの気配はまったくなかった。サンルームにいたに違いないんだが」

「どうして？」デイヴィッドがそっけなく訊ねた。

「どうしてって？」ロジャーは繰り返した。

「どうして、イーナがサンルームにいたに違いないんです？　十分か、それ以上たっていた。彼女にはあれを行なう時間が十分にあったはずだ」

「それはそうだ」ロジャーはあわてていった。最初に立てた仮説ではその十分間のためにデイヴィッドを容疑から外したのを、すっかり忘れていた。もちろん、デイヴィッドにとっては何よりの弁護だ。死亡時刻に関するドクターたちの所見は、確かなものと考えなければならない。それがわかっているとはデイヴィッドは頭がいい。

「それはそうだ」と彼は繰り返した。「どうしてぼくは、彼女はたぶんサンルームにいたなんていったんだろうな。すでに死んでいたというのが一番ありそうなことだ。それでも、きみの安全をより確かにしたところで、害はないだろう。だからそこのところをはっきりさせておきたいんだ。ぼくはその場を去り、きみはコリンともう三、四分のあいだ一緒にいた。それから」とロジャーは意味ありげにいった。「きみは彼の後についてまっすぐ舞踏室に入った。そこでお兄さんはもちろん、他の人たちと会った。そうだろう」

「すぐにじゃない」デイヴィッドの反応は鈍かった。「まずバスルームに降りていったんです」

「いや、そうじゃない」ロジャーはやや苛立って反駁した。「きみはバスルームには近寄ってもいない。ニコルスンのあとからまっすぐ舞踏室に入ったんだ。実際には、ほとんど同時にといってもいいくらいだ。彼は覚えていたよ」

ごくかすかな微笑みがデイヴィッドの蒼白い顔に浮かんだ。「ああ、そうだった。思い出しましたよ。お知りになりたければいいますが、ぼくはまっすぐアガサのところへ行って、ダンスを申し込んだんです。それまでは彼女と踊ることができなかったのでね」デイヴィッドは無感情な声で付け加えた。「妻は彼女を好いていませんでした。どうしてかは知りませんが」

「そのとおりだ。彼女も覚えてたよ。それから、もちろん、きみは彼女としばらく一緒にいて、そのあとはロナルドに見送られて屋敷を離れるまで、ひとりでいたことはなかった」

「ロナルドは見送りはしませんでした。ぼくは……」

「いや、彼は見送った」

「ああ、わかりました。こんなことは全部不必要だと思いますけどね」デイヴィッドはうんざりしたようにいった。「でも、あなたが正しいんだろうな」

ロジャーは鼻で笑った。

5

書斎を出ると、ロジャーは急いでミセス・ラフロイを探しに行った。客間で彼女を見つけると、一座から引き離し、部屋の外に連れ出した。時間がない。上品ぶっている暇はなかった。

「ぼくがデイヴィッドを一杯やりに連れ出したときのことを覚えてますか。彼の奥さんが舞踏室を飛び出したあとのことですが。ええ、ぼくは彼と一緒には戻らなかった。そうしたのはコリン・ニコルスンです。あなたは二人が入ってくるのを見ましたか」

「いいえ」ミセス・ラフロイはいぶかしげに答えた。「私が覚えてるのは、デイヴィッドが入ってきて、私のそばに坐ったことよ。でも、それはすこし時間がたってからのような気がするけど」

「正確には、ぼくが彼を連れ出してから十三分後です。でもあなたが知るはずはない。あなたが知ってるのは、彼を見たこと、コリンが一緒に舞踏室に入ってきたこと、そしてデイヴィッドがまっすぐあなたのところにやって来たことです」

ミセス・ラフロイは類まれな女性だった。「ええ」と即座にいった。「すっかり思い出したわ」

「ありがたい」とロジャー。「ロナルドはどこです？」

ロナルドはデイヴィッドと一緒に書斎にいた。二人とも口を閉ざしていた。

「家に帰りたまえ、デイヴィッド」ロジャーはいった。「これ以上ここにいちゃいけない。我々が一味だろうがなかろうが、口裏を合わせているようには見られたくないからね。帰って、自分の話にしがみつくんだ。そうすれば大丈夫だ」

デイヴィッドは出ていった。

「警察の連中は出ていったよ」ロナルドが口を開いた。「ぼくらも……」

「いまいましい奴らめ」とロジャー。「すぐに戻ってくるよ」

「ああ、残念ながらそうだろうな。ところで、連中は検視審問の場所を変更したよ。ここではなくウェスターフォードになった」

ロジャーはうなずいた。「そうなると思った。ところで、ぼくの話を聞いてくれ、ロナルド。よく考えて話すつもりだから」彼はすでにデイヴィッドに対して用いた仕掛け《ギャンビット》を繰り返した。

「ああ。ぼくは完全に理解している。しかし、きみがそうしているとは思わないな」

「それで十分だ」ロジャーは急いでいった。「きみにしてほしいのは、自分のアリバイに気を配ることだけだ。ぼくには時間がないし、きみが弟さんと一緒に玄関まで降りていって、彼が屋敷を出るのを見送ったことを証言する用意はもうできてるんだ」

「ぼくのアリバイなら大丈夫だ」ロナルドは慎重にいった。「イーナが舞踏室を出ていってから、デイヴィッドが帰る直前まで、ぼくはあの部屋を一度も離れなかった。デイヴィッドが家へ帰るといいにきたときには、きみと一緒にバーにいた」

「ほんとうかい？」

　ということはやっぱり、やったのはデイヴィッドなのだ。

「ああ。それには大勢証人がいるよ。しかしねロジャー」ロナルドは心配そうに訊ねた。「デイヴィッドのアリバイはほんとうに大丈夫なのか。鋳鉄みたいに堅固といってもいいのかな」

「ばかをいうな。鋳鉄？　そんな柔なもんじゃない、練鉄だよ」といってロジャーは微笑んだ。「ぼくはそれを鍛えてただけさ」

「よかった。じゃあロジャー、聞いてくれるか」ロナルドはゆっくりといった。「ぼくもよく考えた上で話すつもりだ。ぼくはデイヴィッドには一言もいわなかったし、弟もぼくに何もいわなかった。何も知らないほうがいいという点には、ぼくもまったく同感だ。きみの方針は理解できるし、それが正しいとも思う。しかし、ロジャー、これだけはいっておきたい。あの女は——ふさわしい報いを受けたんだ」

「それはわかってる」ロジャーは何の感情も見せなかった。「だから、ぼくは何も知ろうとは思わないのさ。しかしロナルド、これだけはいっておこう。すべてうまく行くよ」

「ほんとうかな」

「ほんとうさ。だって、結局何の証拠もないんだ。とりたてていうような証拠はね」

　それ以上胸の内を明かすことなく、ロジャーは急いでコリンを探しにいった。警察はいずれ戻ってくるだろう。そのときにはすべてが申し分なく、単純なかたちで、彼らの前に差し出されるようにしておきたかった。

コリンは屋敷の正面の芝生で、ウィリアムスンと一緒にパイプをふかしていた。

ロジャーは彼を脇へ呼ぶと、もう一度繰り返しはじめた。

「コリン、昨夜、ぼくがきみとデイヴィッドを残して屋上に上がった後のことだが、きみは一人では舞踏室に戻らなかった。デイヴィッドが一緒だった」

「しかし、もう話しただろう、ぼくは……」

「コリン、あまり時間がないんだ。よく聞けよ。デイヴィッドはきみと一緒だった。ミセス・ラフロイが、きみたち二人が入ってきたのを覚えている。それに」と強調して、「デイヴィッド自身が、きみと一緒だったことを思い出した。デイヴィッドがそれを覚えているんだよ、コリン」

「そうか！」コリンはゆっくりといった。

「そうだ、きみは間違ってた、残念ながら。しかし、これであの青年はすっかり安全だ。きみが思い出しさえすればね」

「もちろん、覚えてるよ。ぼくらは一緒に部屋に入ったんだ」コリンは断言した。「そういわなかったかな」

「やれやれ、これで片付いた」ロジャーは眉をしかめると、ほっと息をついた。

「しかしなあ、ロジャー。警察はいったい何をしているんだろう。何かきな臭さを感じているとでもいうのか。屋上で写真を撮ったり、何をしていたんだろうな」

「ぼくにもわからない」とロジャーは認めた。「しかし、それを探るのが、ぼくの次の仕事らしいな。警察がすでに探り出したことを探偵するまでに、名探偵が落ちぶれるとは思ってもいなかったよ、まったく」

「深刻な事態だと思うか」

「いや、そうは思わないな」屋敷に向かって引き返しながら、ロジャーはいった。「もちろん、警戒は必要だ。しかし、どう考えても深刻な話には思えない。漠然とした疑惑以上のものがあるはずがない。何の証拠もなしに、疑惑だけでは誰かを逮捕することすらできないよ。まして絞首刑にはね。とにかく、見張りがいなくなってたら、連中が何をしていたかわかるかもしれない。見にいってみよう」

屋上に見張りはいなかった。大柄な巡査もすでに引き上げていた。

ロジャーは安堵の声をもらすと、辺りを見まわした。

一見したところでは、何も変わったところはなかった。

「相変わらずあの椅子のことを気にしているんじゃなかったら、連中はいったい何をしようとしていたんだろう」といいながら、ロジャーは絞首台に向かって歩き出した。

「おや」彼はびっくりして大声を出した。「椅子がないぞ!」

彼はふたたび辺りを見まわした。間違いなくあの椅子は持ち去られていた。三つの椅子が屋上に残されていた。しかし、以前にあった場所とまったく同じではなかった。四番目の椅子、絞首台の下にあった椅子は姿を消していた。

「サンルームにあるか、見てみよう」ロジャーはいった。

サンルームにも椅子はなかった。

「いったい何のために椅子を持ち去ったんだろうな」同じく面食らったコリンが訊ねる。

「さあね」ロジャーは不安を感じはじめていた。それは説明しがたい不安であった。「さっぱりわからないな。彼らにとってあの椅子の重要性とは、絞首台との位置関係だけだ。位置のことを除けば、あの椅子自体に興味を引くようなところはないはずだが」椅子を持ち去るという単純な行為が、はやくも不吉な様相を帯びはじめていた。ロジャーは相手側がとった手で、その狙いが判明しているものに対しては、まったく互角に戦っていると思っていた。しかし、今度の指し手はわからなかった。そんなものと、どうやって戦ったらいいのだ。

コリンが気休めをいった。「なに、奴らもちょっととち狂ったのさ。利口に見せようとしているんだ、それだけだよ」

「いや、そんなはずはない。何か理由があるはずだ」ロジャーは考えをめぐらした。

屋根の上の椅子があったところを、じっとみつめる。

突然、大声を上げると、四つんばいになり、平屋根の上の一点を凝視した。

「何か見つけたのか」コリンは勢いこんで訊ねた。

ロジャーは平屋根の表面にそっと息を吹きかけた。もう一度。それから立ち上がると、コリンの顔を見た。

「どうして連中が椅子を持ち去ったか、わかったよ」彼はゆっくりといった。「コリン、かなり面倒なことになりそうだよ」

「どういう意味だい」

「ぼくはさっき、警察は疑惑にもとづいて行動しているだけだ、それを裏付ける証拠は何もないといったが、それは間違ってた。証拠はあったんだ。そこに灰色の粉の痕がかすかにあるのが見えるか。指紋検出用の粉だ。彼らはあの椅子から指紋を検出しようとした。そしてそこに指紋が一つもないのを発見した――イーナの指紋さえもね」

第十二章　名探偵の破廉恥な行為

1

「ここはひとつ落ち着かなくては」とロジャーは口ではいったが、ちっとも落ち着いてなんかいなかった。「冷静さを失ってはならない。ぼくらはいま窮地に立っている。だがコリン、落ち着かなくては」

「こいつは厄介だぞ」コリンは弱々しい声でつぶやいた。

「まずは連中の手を読まなければ」ロジャーは少し抑えて言葉を継いだ。「そうすれば機先を制することもできる。ぼくが何でも話せるのはきみだけだ、手を貸してくれるだろうね」

「ぼくはきみの味方だよ、ロジャー」

「そのほうがいい」ロジャーは真顔でいった。「本当のことがわかったら、二人そろって、とっちめられるんだからな。まったくどうかしてたんだ、他の誰かさんを守るために、ぼくは事後従犯の立場に身を置くことになってしまった（ところで、誰がその犯罪を犯したかまったく知らなくても、事後従犯ということになるのかな。こいつは興味深い問題だ）。そしてきみは、ぼくを守るために同じ立場に陥った。いってること、わかるかい」

「残念ながらきみのいうとおりだ。とにかく、ぼくは従犯の従犯というわけだ。そういうものがあるとしてだが。しかしロジャー、明るい面を見よう。あの椅子からきみの指紋を拭き取っておかなかったら、もっとひどいことになっていたかもしれない。きみにとって、ということだが」

「あるいは他の誰かさんにとっては、もっとひどいことになっていたかも。ぼくのことは別にしてもね」とロジャーも切り返した。

二人はサンルームに坐っていた。ロジャーの屋上での発見の後、いくばくかの不安を胸に、事態を相談するためにここへ退却していたのである。ロジャーはさらに五分ほど、四つんばいになって絞首台のまわりを這いまわり、平屋根の表面に何か見つからないかと探してみたが、燃え尽きたマッチが一、二本のほかは何もなかった。警察もまさに同じことをしたんだな、と彼はコリンに説明した。そして同じように、ここで格闘が行なわれたことを示す引っ掻き傷や何らかの痕跡を、アスファルトの表面に見つけることはできなかったようだ。もっとも、連中が何か別の物、持ち去ることができる証拠を見つけたかどうかまではわからなかった。

ロジャーはパイプに再び火をつけると、だいぶ落ち着いて話を続けた。たいていの人間と違って、彼は議論が気持ちをしずめることを知っていた。

「そう、間違いないよ、コリン。きみがもし、ぼくの指紋を拭い去らなかったら、警察は何を見つけていたと思う？　あのお節介な警部は、いずれにせよ、あの椅子の指紋を調べるつもりでいたことだろう。そしてぼくの指紋と、おそらく椅子を屋上に運び出した人たちの指紋、それからたぶん、他にも何人かの指紋が見つかっていたはずだ。しかし、彼が探していたイーナ・ストラットンの指紋は見つけることができなかっただろう。事態は今よりもずっと厄介なことになっていたかもしれない。ところで不思議なのは」とロジャーはあいまいにいいたした。「四つの椅子の中でぼくが選んだあの椅子が、どうしてあそこに、通り道の真ん中にあったんだろう。もちろん、きみがひっくり返した椅子のことをいってるんだけど」

「ぼくは椅子をひっくり返してはいないよ」コリンが反論した。「ひっくり返りそうになったのはぼくのほうさ。椅子は横倒しになっていた。それで気がつかなかったんだ」

「横倒しになっていた。絞首台と屋内に入るドアのちょうど中間ぐらいにか」ロジャーは考えこんだ。「もちろん、もっと早い時間にぼくがそのドアのすぐ外に立っていたときも、そこにあったのかもしれない。しかし、そうだとしても思い出すことができないな。パーティの初めのころ、絞首台を見せにロナルドが連れてきてくれたときには、確かにそこに椅子はなかった。二人並んで、戸口からまっすぐ歩いていったんだからね。誰かが、後になって椅子をそこに置いたのは間違いない。これにはどういう意味があるんだろう」

「つまりそこにあった椅子こそ、自殺の情景に欠けていた椅子というわけだね」コリンが指摘する。

「そのとおりだ。では、情景を完璧なものにするために、椅子を持って絞首台に向かっていた殺人者が、何かに驚いたか取り乱したかして椅子をその場に落とし、逃げ出した、なんてことがあるだろうか」

「いかにもありそうな話じゃないか」

「ああ。しかし、ある事実について、いかにもありそうな説明を考えることくらい簡単なことはないんだ。それが正しいかどうかを少しも気にしなければ。あるいは同じ事実に、どれほど多くのいかにもありそうな説明が可能かを知らなければね。それが旧式の探偵小説の困ったところだよ」すこしばかり教訓を垂れるようにロジャーはいった。「一つの推理は個々の事実からのみ引き出される。そしてそれは常に正しい。過去の名探偵にツキがあったのは確かだな。現実には、一つの事実からは百のもっともらしい推理を引き出すことができるし、そしてそれは全部同じように間違っているんだ。しかし、今はそんなことを議論している場合じゃない」

「椅子のことを話してたんじゃなかったか」コリンが口をはさんだ。

「そうだ。その椅子がそこにあったのは妙だが、それが実際の犯罪と何らかの現実的な関係があるのかはわからない。といっても、ぼくの説明が正しいとしたら、警察はその椅子に殺人者の指紋を見つけていたことだろう。イーナ・ストラットンのじゃなくてね。ところで、唯一可能な方法でついにあの女にやり返してしまった可哀想な人間に、いつまでも〝殺人者〟という言葉を使いつづけるのは気の毒だな。しかし、他に好い言葉もないようだし。死刑執行人というのも堅苦しいしな」

「デイヴィッドは」コリンは慎重に訊ねた。「実際にそれを認めたのかい」

「いや、まさか。彼は認めようとはしなかったし、もしそうしようとしても、ぼくがいわせやしなかったよ。暗黙の了解で話を進めただけだ。でもロナルドは認めたよ」

「デイヴィッドと二人でやったと、ロナルドがいったのかい」

「そうじゃない。ロナルドはどうやら手を貸してはいないようだ。自分のアリバイについてはすこしも心配していなかったからね。しかし、デイヴィッドがやったのは知っている。かなり気をつかいながらぼくに話してくれたよ、デイヴィッドは一言もいわなかったし、自分もいわなかったってね。それでも彼はすべてを了解してるし、デイヴィッドのほうでも、彼が知ってることをわかっててると思う。しかし、ロナルドとぼくは、すこし時間をかけて、二人とも何も知らないし、知るつもりもないということを、お互い念入りに説明しあった。これで万事解決というわけさ」

「それじゃあ警察も知らないのか」

「ああ、ぼくらにとっては、そいつが大いなる慰めだよ。それを当てにして、事に取りかかったんだもの。殺人が行なわれたということすら知っているはずがない。ましてや誰がやったかなんてことはね。なんとなく疑ってはいるだろうが、実際に知っているのは、ここで何かごまかしが行なわれたということだけだ。誰か利害関係のある人間が、あの椅子から指紋を拭き取った。背の部分だけじゃなく、横の方から座部まであらゆるところをね。ところで座部は拭いただろうね」

「座部もすっかり綺麗にしたよ、ご丁寧なことにね」コリンはうなるようにいった。

「そう腐りなさんな。きみは善いことをしたんだ。ああいう木製の座部なら、指紋だけじゃなくて足跡も見つかるはずだったのがわからないのか。自殺説では、ミセス・ストラットンは椅子の上に立ったことになっている。そう、現代の調査法をもちいれば、屋上で誰かが最近あの椅子の座部に足をのせたか、のせなかったかを調べるのは、ごく簡単なことなんだ。アスファルトの表面は細かい燧石《すいせき》で覆われている。誰かが椅子にのれば、少なからぬ量が座部の上に運ばれ、その人間の重みによって、表面のニスにしっかりと押しつけられる。木にめりこむ物だってあるだろう。椅子が倒されたら、はずみで少しは落ちてしまうだろうが、全部じゃない。その痕跡ははっきりと見ることができるはずだ。顕微鏡で座部を調べれば、今きみに話したみたいなことがはっきりわかるんだ。

といっても、すっかり確信があるというわけじゃない」ロジャーは不安げにいいたした。「きみが拭った後でも、顕微鏡検査によって、ミセス・ストラットンが結局椅子の上にあがらなかったことが明らかにされるかもしれない。その点はよくわからないんだ。ああいう専門家たちの正確さときたら大したものだからね。でも、これでわかっただろう、あの椅子を拭いたほうが、拭かなかったよりもずっとよかったんだ」

「なるほど、そういうことか」とはいったが、コリンもやはり不安は隠せないようだった。

「それで、これからどうなるかだが、警察では、犯罪的な動機があるかどうかはさておき、誰かがあの椅子をいじったことを知っている。そしてミセス・ストラットンが一度もあの椅子の上に立たなかったことについても、かなり確信を抱いていることだろう。だとすると、こいつは大変なことになるぞ。それはつまり、殺人があったことを示しているんだからな。それでも希望的なことをいえば、殺人を立証するのと、殺人者を立証するのは別物だ。しかし、そうはいっても一騒ぎあるのは避けられないだろうし、不愉快なこともたくさん起きるだろう。デイヴィッドの首は本当に危ないのか、結局、実際のところはぼくにもわからない。たとえ警察の連中が、デイヴィッドがやったことに、それこそ絶対の確信を抱いていたとしても、この事件には実質的な証拠はほとんどないし、それを証明するのは困難を極めるだろう。

しかし、それは最悪の場合で、そこまではいかないと思う。だから今はそういう可能性は考えから外して、確かなことに集中しよう。さて、ぼくの考えでは、ここまでのところ絶対に確実なのは、この事件にはさらに調査を進めるだけの根拠があると警察では感じている、ということだ。彼らは屋上の様子を写真に撮り、さらに尋問が必要になった場合に備えて、我々をここに引き留めた。こういうことは皆よくあることで、とりたてて恐れるにはあたらない」

「それを聞いて嬉しいよ」とコリンはいった。

「しかし気に入らないのは、遺体を死体置場に移したことだ。警察が納得していないときにはお決まりの処置だが、それは検死解剖を意味している――何が見つかるか、わかったものじゃない」

「だけど、死因は完全に明白じゃないか」

「ああ、死因はそうさ。しかし、探しているのはそれだけじゃない。ほら、傷痕の問題がある。昨夜チャーマーズには、死体の傷を探したかどうか訊かなかったが、たぶん探さなかったと思う。ミッチェルも同じだろう。死因が明白な場合には、医者は普通そんなことはしないものだ。しかし今回、検死解剖にあたる人間はもちろんそれを探すだろう――そしてちょっとばかり困ったことになるかもしれない」

「しかし、どうして死体に傷痕があるかもしれないというんだい」

「どんなふうに殺人が行なわれたかを考えてみろよ。ミセス・ストラットンが素直に説得に応じて、デイヴィッドが優しく彼女を持ち上げているあいだに、自分から首を絞首台の輪の中に突っ込んだとは思えないだろう。どうやったら、そんなことが実際に可能になるかわからない。もし可能だとしたら、ありったけの策略が用いられたのは間違いない。しかし、それにしたって最後の瞬間には、すこしは格闘らしきものがあったはずだ。そう長いものではなかった。なぜなら、わかっているかぎり、彼女は一度も悲鳴をあげなかったからね。もし叫んでいたら、誰かが耳にしていたと思う。不思議なのは」とロジャーは考えこんだ。「どうやったら、そんなふうに静かに片付けることができたんだろう。しかもあんなにすばやく。ぼくの計算では、長く見積もっても三、四分以上はかけることができなかったはずだ。彼がいつ舞踏室に戻ってきたか、正確なところは少々はっきりしないんだけどね」

「きみはいつもいってるね」とコリンは遠慮がちにいった。「殺人者の心理学が犯罪の再構成には非常に役に立つって。犠牲者の心理学にも同じことがいえないかな」

「コリン、なかなか鋭いじゃないか」ロジャーは身を乗り出した。「そいつは面白いな。昨夜、ぼくがイーナ・ストラットンについていったことを思い出させるよ。そのときは深みのある意見だと思ったんだけど、口に出してみると、我ながら真面目な考察には値しないような気がした。あるいは自分が思っていたより、ずっと深い意味があったのかもしれない。実際のところ、たしか、きみに向かっていったんだと思うよ、コリン。きみは覚えてないかな、これまでミセス・ストラットンの身に起きたことばかりか、これから起きるかもしれないことをも暗示している何か——ちょっと度忘れしてしまったんだが——について、ぼくが話したことを」

「ああ、よく覚えてるよ。その時は、きみが何をいってるかさっぱりわからなかった」

「実をいうと、ぼくもそうだったのさ。しかし、何かをいおうとしていたのは間違いない。きっかけは何だったか、思い出せないかな」

「できるとも。彼女の自己顕示さ」

「ああ、そうか。彼女の自己顕示は、これから彼女の身に起こるかもしれない何かを暗示していると、ぼくはいったんだ。そして、何が起こったかといえば、殺人だった。では、彼女の自己顕示がその原因だったのだろうか。ぼくには何ともいえない」

「きみがそういったのは、あの女が梁に登ったときだったよ。そこから何かつかめないかな。彼女が絞首台の上に登ったとする。そしてその後をデイヴィッド坊やがよじ登ったとか」

ロジャーは笑った。「そいつは、ぼくの言葉を少々文字どおりに取りすぎてるよ。だが、ありえない話じゃない。そこが困ったところだ。ミセス・ストラットンに関しては、その手の途方もない思いつきも、けっしてありえないことじゃない。しかし、きみの仮説が正しいとして、絞首台の下ではなく上で、デイヴィッドが奥さんの首にロープの輪をはめたとしよう。そうしたら首の骨が折れていたはずだ。それは疑問の余地がない。彼女の死は絞殺によるものだ。ロープは絞刑吏がふつう使うものよりずっと太くて堅かった。手のひらの擦過傷は、彼女がそれを摑もうとしたことを示している。つまり、おそらく彼女はゆっくりと死に至ったんだ。しかし、もがいているうちに、まもなくロープが彼女の首を締めあげることになった。

それでもコリン、きみはそんなに的を外してはいないかもしれないよ。もし、ごく短い格闘以上のものはなかった、ということを認めるならば――ぼくは受け入れることができると思うんだが――ある種の策略が用いられたのは確かだ。そしてミセス・ストラットン自身、おそらくは彼女の自己顕示欲が、策略の性質を決定づけているのは間違いないように思う。でも問題はそこじゃない。厄介なのは、何らかの暴力が用いられたに違いないということだ。最後の瞬間に至ってのことかもしれないが。そして、暴力は必ず痕跡を残す。

もしそうした痕跡があるとしたら、警察の疑惑は確かなものとなり、明日の検視審問は、形式的な開廷の後、さらに証拠を集めるために延期されるだろう。後で大変なことになるだろうな」

「まったく！」コリンは憂鬱な声をもらした。

「そこでだ」とロジャーはいった。「ぼくらは何をすればいいのか、だが」

2

まず最初にロジャーがしたことは、階下に降りてロナルドに、いつ検死解剖が行なわれるのか、そして誰がそれを行なうことになっているのか調べてくれるよう頼むことだった。

ロナルドはチャーマーズに電話をかけて、今日の午後、ウェスターフォードのブライスという医師が検死を行なうことを聞き出した。チャーマーズとミッチェルも立ち合うとのことだった。

「ちょっと待って」というと、ロジャーは受話器を受け取った。「チャーマーズさんですか。シェリンガムです」

「やあ、なんですか」ドクター・チャーマーズの朗らかな声がした。

「このブライスという人ですが、腕は確かですか」

「もちろんです。年配の、経験を積んだ医者ですよ」

「ちょっと変じゃありませんか」ロジャーは慎重に切り出した。「つまり、こういう明白な事件で警察が検死解剖を求めるのは、すこし妙だとは思いませんか」

「いや、そうは思いませんね。この辺じゃいつものことです」

「検視官がやかましいとか？」

「まさか、違いますよ。しかし、この辺の警察にはたいしてすることがないのはご存じでしょう。だから、何かあるとなると、どうしても張り切ってしまうんです」

「なるほどね。ほんとうにそれだけだと思いますか」

「ええ、それ以上の意味がないのは請け合いますよ」ドクター・チャーマーズは励ますようにいった。

ロジャーは受話器をロナルドに手渡した。「解剖が終わったらすぐに、何か見つかったか電話で教えてくれるよう頼んでくれないか。少々掟破りかも知れないが、彼ならやってくれるだろう」

ロナルドはその頼みを先方に伝えた。そしてロジャーにうなずいてみせ、ドクターが同意したことを示した。

誰かが電話しているとき、ついそうしてしまうように、ロジャーは音を立てないよう、すり足で部屋を出た。

検死解剖の結果が出るまでは、もうこれ以上打つ手はなさそうだ。

彼はぶらりと庭へ出ていった。

無為の時間は彼を苛立たせた。コリンに話したのより、ずっと大きな心配を抱えていたのである。イーナ・ストラットンの殺人者が愚かにも見逃した点を修正してしまった、あの無考えな行動が、不愉快なことに重大な結果をもたらすかもしれないのだ。ロジャーが考えていたのは、処罰を受けるかもしれないということよりも、この一件が自分の趣味に与える影響のほうだった。自分のしたことを認めざるをえない状況にまで追い込まれたら、警察の信頼は永久に失われてしまうだろう。今後は公式な立場で捜査にあたることは二度と望めなくなる。それでも彼は、自分のとった行動を後悔してはいなかった。気も狂わんばかりの絶望に駆られて犯した行為のために、盲目の正義がデイヴィッドに下すであろう判決を見るくらいなら、ロジャー・シェリンガムの名がスコットランド・ヤードの要注意人物リストに載ることぐらい、何でもないことだった。

しかし、ロジャーがうまく防ぐことができれば、事態はそこまで進まないだろう。ほんとうに重要なのは、検視審問が延期されるのを防ぐことだ。このような状況で検視審問が延期されるということは、英国中の新聞記者の耳を一斉にそばだたせることを意味する。お決まりの中傷が投げつけられ、評判には泥が塗られ、パーティの他愛ないジョークは、おそろしくばかげた当てこすりに都合のいいようにねじ曲げられる。パーティとその参加者は全員、煽情的な記事の恰好の「ネタ」となるだろう。できることなら、それを阻止しなくてはならない。

だがどうやって？

あまりにも時間がなかった。今日のうちに、なんとかして警察に、これ以上調査の必要はないこと、第一印象どおり実際に単純な事件であることを確信させなければならない。しかも、彼らが持ち去ったあのいまいましい椅子については、どうしたら警察を納得させることができるか、ロジャーにもさっぱりわからなかった。

一方、自分でも十分承知していたが、厄介なことに彼自身も容疑者の一人かもしれなかった。だとしても、それは当然の報いでしかなく、しかもそこにはロマンティックな要素はかけらもなかった。警察に対して自分がどんな態度をとっていたか、また彼らが自分に対してどんな態度を見せていたか、ロジャーは思い出そうとした。たとえば、今朝、椅子の位置のことをたいして重要な問題ではないかのように片付けたとき、いかにも口裏を合わせているように見えはしなかっただろうか。しかも、しゃくにさわるのはそれが結局、すこしも重要ではなかったことだ。昨夜、警部を誘導しようとしたやり方は、あまりにあからさますぎなかっただろうか。

ロジャーは薔薇園のまわりの一段高くなった遊歩道に通じる石段をのぼった。両手はポケットに突っ込み、頭を物思いに垂れながら。

そう、たしかに警察の態度には変化があった。昨夜警部は、ロジャーに会えて嬉しいといい、しきりに彼の助言を求めては、それに耳を傾けていた。今朝、屋上では、ロジャーの言葉は明らかに警部を納得させることはできなかった。のちほど、彼にはおなじみの場面が演じられたときには、相談さえされなかった。それどころか意図的に締め出されたのだ。警察が裏口から入り、メイドに屋敷の主人には知らせないよう口止めしたのは、ロナルドではなく、ロジャーのことを考えてのことだったのだろう。

疑われていると感じるのはぞっとしなかった。いままで多くの獲物を楽しみのために追いつめてきたロジャーだったが、いまや自分自身がその獲物であるという考えに、小さな、おそろしく冷たい指にとんとんと背筋を叩かれるような思いがした。警察が彼を殺人犯として疑っている、などということが実際にありうるだろうか。変なことを考えてはいけない。だが、どうだろう？　もしそうだったら、そして彼があの椅子を動かしたという事実が明らかになり、決定的な時間に彼が一人で屋上にいたという事実が明らかになったとしたら――そうだ、昨夜コリンは、彼に対するきわめて厄介な告発の論拠をあげてみせた。その論拠が法廷で、被告席からではどんなふうに聞こえるだろう。

いや、ばかばかしい。ぼくはロジャー・シェリンガムなのだ。

しかしそれでも……

「こんにちは、シェリンガムさん」彼の肘のところで声がした。「さっきから見てたんですけど、檻の中のライオンのように歩いてらしたわね。お考えのお邪魔でしたらごめんなさい。でも、私、いったいどうなさったのか、知りたくてたまらなかったの」ミセス・ラフロイは遊歩道の傍らの小さなあずまやで、日向ぼっこをしていたのだった。

「では、いいますまい」ロジャーはかろうじて態勢を立てなおした。「あなたのおかげで、ぼくの心臓は喉元どころか頭のてっぺんまで跳び上がりました。実際、殺人事件の被告席にいる人間には、そんなふうにいきなり話しかけてはいけませんよ」

「あなた、殺人事件の被告席に立ってたの？」ミセス・ラフロイは詮索するように訊ねた。

「さっきまではね。今は、ありがたいことに違います」ロジャーはベンチの彼女の隣りに腰をおろした。ミセス・ラフロイがいて好かった。くよくよ考えても何の役にも立たない。「よかったら話してくれませんか」と慎重に切り出した。「その――パンケーキについて。そう、パンケーキだ。パンケーキはとっても心なごむものですからね」

「パンケーキですって！」ミセス・ラフロイは戸惑ったように繰り返した。「パンケーキのことは、私、あまり知らないのよ。でも、トゥールーズ風の鶏料理なら教えてあげられるわ」

「教えて下さい」とロジャーはせがんだ。

3

四時十五分前、せっかちなロジャーにせきたてられて、ロナルド・ストラットンはドクター・チャーマーズに電話をかけた。しかし、ドクターはまだ戻っていなかった。

ロジャーはなんとか二十五分我慢した。だが、それ以上は待てなかった。

「三時に始めたはずなんだ」うなるようにいった。「ロナルド、もう一度電話してみてくれ」

ロナルドはもう一度電話をかけた。

今回はもっとついていた。「チャーマーズ先生はいま戻ったところ？　じゃあ、ぼくが話したがってると伝えてくれないか。こちらはストラットンだ」

間があいたところで、ロナルドはロジャーを手招きした。「頭を受話器に寄せれば、きみも一緒に聞くことができると思うよ」

ロジャーはうなずくと、頭を受話器にくっつけた。

ロナルドの心臓の音まではっきりと聞き取れた。おそらくロナルドのほうも、彼の心臓の音を聞いていることだろう。

そこへチャーマーズの常に変わらぬ朗らかな声がした。

「やあ、ロナルドかい。いま電話するところだったんだ。うん、帰ってきたばかりでね」

「検死解剖は終わったのか」

「ああ。簡単だったよ。もちろん死因には疑問の余地はなかった」

「いや、しかし……」

「いったいどうしたんだ」

「いやその、他に何か見つかったものはなかったかい。死体の傷とか、そういったようなものは」

「ああ、あったよ。死体にはひどく傷がついていた。両膝の皮膚が破れ、打撲傷が右の腰と臀部に見られた。後頭部にも小さな傷があった。これは昨夜、我々が見落としていたものだと思う。これで全部だ」

「わかった」ロナルドは沈んだ声でいった。

問いかけるようにロジャーを見ると、彼は首を振った。もうこれ以上訊ねることはなかった。

「これできみが知りたいことは全部かい。あとはただ正式な所見を出すだけだ。実際の話、こういったことは全部、形式上のことにすぎないんだがね。ああ、ではまた、ロナルド」

ロナルドは受話器を戻すと、ロジャーの顔を見た。

ロジャーも彼を見返した。

後頭部の傷か、とロジャーは考えていた。それでは彼もまた医師たちと同様、それを見落としていたに違いない。というのは、昨夜彼は、こぶのようなものが見つかりはしないかという、まさにその目的で、イーナ・ストラットンの後頭部を探ってみたのだが、何も見つけることができなかったのだ。上の方にあったので帽子の下に隠れていたに違いない。いずれにせよ、これによって、なぜ格闘の痕跡や悲鳴がなかったのか、その理由が十二分に説明される。デイヴィッドは彼女を気絶させたのだ。何を使ったんだろう、そしてその凶器はいまもしっかり隠されているのだろうか。デイヴィッドが夫人を気絶させ、彼女は膝から崩れ落ちて、アスファルトの粗い表面で皮膚が破れた。他の傷はどうでもいい。後頭部の傷こそが致命的な証拠なのだ。デイヴィッドがどうやって殺人を行なったか、それでわかる。

ロジャーは自分がまだロナルドを、そしてロナルドも彼を見ていることに気がついた。そして、いま自分が胸の中で追いかけていたのとまったく同じ考えを、ロナルドもまた追いかけていたことを確信した。

彼は口に出していった。

「ちょっと困ったことになったな」

「そうだな」とロナルドが応じた。

4

ドクター・ミッチェルの家は心地好いモダンな赤煉瓦造りで、小さな前庭には花でいっぱいの灌木を配し、芝生の端からは裏庭の薔薇の茂みが垣間見えた。家は気持ちのよい、緑の多い通りに建っていて、ロナルドから教えられていたロジャーは、難なく見つけることができた。ウェスターフォードの四つ辻でロナルドの車から降ろしてもらい、そこからドクター・ミッチェルの家まで歩くことにした。家までロナルドに送ってもらうのは得策でないと考えたのである。いまやロナルドが警察の嫌疑の対象となっているかもしれないということは、誰もが知っている。証人の医師を買収しようとしているように見られることは慎むべきだ。

同じことはロジャーにもあてはまるのだが、ウェスターフォードの人々は、ロナルドや彼の車と違って、ロジャーのことは知らないはずだ。

彼はわりと簡素な部屋でドクター・ミッチェルを待った。一方の隅には仕事用と思われる机が、もう一方の隅には、少々場違いなことにピアノが置かれている。

「やあ、シェリンガムさん。これはこれは、よく来てくれましたね。部屋を移りましょう、お茶でもどうですか」

ドクター・ミッチェルはもはや切り裂きジャックではなく、背広を着た、どこからみても立派な開業医だったが、心から彼を歓迎していた。

ロジャーにはしかし、お茶を飲んでいる時間はなかった。それでも、隣りの部屋で待っている若い女性から医師を引き離すことになるのに、彼の良心はいささか痛みを感じないわけではなかった。これから十五分ほどのあいだ、夫人はきっと彼のことをいまいましく思うことだろう。

「ありがとう、でもぼくはひどく急いでいるんです。二分ほど時間をもらえませんか。もしかしたらお茶の途中でしたか」

「かまいませんよ。さあ、坐って下さい。お身体のことで相談にいらしたわけではありませんよね」

ドクター・ミッチェルは仕事用らしき机に腰をおろし、ロジャーも適当な椅子に坐った。

「いえ、そういうわけじゃありません。ミセス・ストラットンのことで、一、二、お訊きしたいことがあるだけなんです」

「おや、それで?」ドクター・ミッチェルはいたって愛想よく、しかしいたって曖昧にうながした。

「ご存じだと思いますが」とロジャーは切り出した。「ぼくはこれまでにも何度か、警察と仕事をしたことがあるんです」

「もちろん知ってますよ。しかし、そういう観点から、ミセス・ストラットンの死に興味を持たれているわけではないでしょうね」

「いや、違います。つまりこういうことです。何度も警察と仕事をしてきたので、ぼくは彼らが示す徴候をよく知っています。ここだけの話ですが」ロジャーはずばりといった。「警察がミセス・ストラットンの死の原因に満足していないのは確かです」ロジャーはドクター・ミッチェルに話を持ちかける一番好い方法を慎重に考えておいた。

かすかな懸念が相手の顔をよぎった。「ええ、シェリンガムさん、本当のことをいうと、ぼくもそうなんじゃないかと思ってたんです。彼らの胸の内まではわかりませんがね。でも検死解剖に呼ばれたり、そういったことを考えると……」

「ぼくには、彼らの胸の内がわかる気がします」ロジャーは打ち明け話をするようにいった。「こういうことです。警察では、何かが彼らの目から隠されていると疑っています。検視官が知っておくべきことが、何か隠されているんじゃないかとね。あらゆることが陽気で楽しくあるべきパーティで、ミセス・ストラットンが命を絶ったのは、かなり不自然なことだと考えているんです。それに……」

「アルコール性抑鬱だ」ドクター・ミッチェルが口をはさんだ。

「それは貴重なご意見です」ロジャーは感謝するようにいった。

「ぼくは所見の中で、そのことを寄与的誘因として示唆しておくつもりです」といいながらも、医師はやや落ち着かない様子だった。「これは完全にここだけの話ですよね」

「そりゃもう。それで、ここはひとつ率直な意見を出しあったほうがいいと思うんですよ。すぐに理解しあえると思います。そこでまず、ぼくからいわせてもらうと、警察が不審を感じている点がもう一つあって、これは警部が自分から話してくれたんですがね」とロジャーはぬけぬけとでたらめを並べて、「いままでそんなことは一度もなかったのに、事が起きる前にデイヴィッド・ストラットンが、夫人が自殺するかもしれないと警察に連絡してきたのは、話がうますぎるんじゃないか、ということなんです。その辺の事情はご存じですよね」

「ああ、昨夜、そのことは聞きましたよ。しかし、どうもお話がよく見えませんね」

「つまりですね」ここでロジャーは、取っておきの切り札を出した。「警察では、ミセス・ストラットンがああいう行動を取るにいたった直接的原因が、一般的な抑鬱や鬱病以上のものが何かあるんじゃないかと疑っているんですよ。そしてそれを押し隠すために、ぼくたち全員が口裏を合わせているのでは、と考えているんです」

「しかし、直接的原因といっても、いったいどんな?」

「彼女と誰か他の人間、おそらくは彼女の夫との間にあった激しい喧嘩。なにかそういったことでしょうね」

「しかし、そんな事実はなかったことは、みんなが証言するでしょう」

「その機会があればね」ロジャーは声を高めた。「警察が疑惑を抱いているとき、どういう手続きが取られるかは、あなたもご存じでしょう。遺体の形式的な身元確認が終わるとすぐに、検視審問はさらに証拠を集めるために延期される。それからどうなるかは知ってますね。新聞がそれに飛びつくんです」

ドクター・ミッチェルはうなずいた。「どうやら見えてきましたよ」

「そうです。あれは誰にとっても、触れてまわりたいようなパーティじゃありませんでした。本物の死で終わったわけですからね。無責任な噂がどれくらい飛びかうか、想像がつくでしょう。参加した者はひとりもそれを免れるわけにはいきません。我々全員の関心は、明日の検視審問が延期されることなく、すべてが円滑に、滞りなく終わることにあるのです。そしてそれについては、あなたとチャーマーズさんも、同じように関心を寄せられることと思うのですが」

ドクター・ミッチェルはため息をついた。「ねえシェリンガムさん、どんなに小さな、ばかげたことが、医者にとっては躓きのもとになるか、あなたにはわからないでしょうね。ええ、たしかにそれは、ぼくたちにとっても関心事です」

「よかった。で、ぼくはいま、なんとか警察の疑惑を一掃できないものかと動いているんですが、ドクターの全面的な協力をあてにしてもよろしいですね」

「できることは何でもしますよ。職業上の倫理から離れすぎなければですがね」

「結構です。そのことでチャーマーズさんに相談に行こうと思ったんですが、そのとき、彼とは昨夜おしゃべりしたことを思い出しましてね。あなたとはまだでした。それに、チャーマーズさんは、ある非常に重要な問題で証言を行なう用意があるというんですが、あなたの意見はどうでしょう。チャーマーズさんは、ミセス・ストラットンは自殺の衝動を抱えていたと考えているんですが、あなたはどう思いますか」

「ええ、間違いありません」

「なるほど。しかし、自殺を口にする奴にかぎって自殺しないと、よくいいますよね」ロジャーはあえて異を唱えてみた。

「正常な人間ならそうでしょう。しかしミセス・ストラットンは正常じゃなかった。ちなみに、その点については、フィルの証言を裏付ける用意がぼくにもあります。そう、はっきりしています。つまり、ミセス・ストラットンがそうした常套句の例外にあたるのは間違いありません。彼女はきわめて無責任で、激しい衝動に身をゆだねがちな人間でした」

「ええ、それで完全に納得がいきます。ところで死亡時刻についても、チャーマーズさんと同意見ですか。彼は午前二時頃といっていたと思います。とにかく、夫人が舞踏室を出ていってから半時間以内ということですね」

「そう、ご存じのように、死亡時刻は非常に難しい問題です。特に突然死で、冷たい夜気という複雑な条件がある場合にはね。しかし、彼女が舞踏室を出ていってから一時間以内であることは確かです。おそらく半時間以内といってもいいでしょう」

「早ければ早いほどいい」ロジャーは快活にいった。

ドクター・ミッチェルは不審そうな顔をした。

「舞踏室を飛び出したときの夫人の精神状態を見ましたね。つまらないことで大騒ぎをしたあと、彼女が途方もない怒りにとらわれていたことを警察に説明するのに、多くを述べる必要はありません。そのとき、どんな衝動が彼女の胸の中にあったかはわかりません。死亡時刻が遅くなれば、それだけ考える時間が長くなり、衝動は弱まります」

「おっしゃることはわかります」ドクター・ミッチェルはゆっくりといった。「そう、ぼくがいった一時間というのは、ちょっと大げさでしたね。なんといっても、チャーマーズのほうがぼくよりは経験を積んでいますからね。彼が半時間といったのなら、まず間違いないでしょう」

「長くて半時間、です。すぐに行動に移したと考えてもいいですね」

「ああ、そのとおり。まず間違いないでしょう」

「よし、これでいい。さて、もうひとつの問題です。昨夜、警部に所見を出されたと思いますが、警視とはもう話されましたか」

「ええ。今日の午後、会いに行くつもりだったんですが、昼食後すぐ、警視のほうが自分からやって来ました。検死解剖のこともそのとき聞いたんです」

「そうですか。で、どんな報告をしたんです？」

「実際には、警部に話したことに付け加えることは何もありませんでした。警視にはずいぶんたくさんの質問をされましたが……」

「警視が、ですか」

「そうです。しかし、検死解剖がすむまではこれ以上お話しできることはない、というしかありませんでしたが」

「当然ですね。ところで、今日の午後、遺体にたくさんの打撲傷を見つけられたというふうに聞いているのですが、特に後頭部のある場所に」

「ええ、たしかに。そんなにひどい傷ではなかったし、髪の毛に隠れてました。頭蓋の真後ろの部分です。昨夜、ぼくたち二人ともあれほどショックを受けていなければ、見落とすことはなかったと思うんですけどね」

「なるほど」

ロジャーはここで一息いれた。いまやこの会見のきわめて重大な部分にさしかかっていた。どうやって進めたらいいか、完全な自信を持っているわけではなかった。なんとかしてあの打撲傷のことで、ドクター・ミッチェルから適当な説明を引き出さなくてはならないのに、彼はまだその理由をほのめかすことさえできないのだ。しかし、警察がそこから彼とまったく同じ推理を導き出すことになるのは間違いなかった。死体の打撲傷はそれだけで十分のっぴきならないのに、それが気絶させるような打撲なら致命的だ。なんとかしてその傷に納得のいく説明を見つけなくてはならない

――是が非でも見つけなければ――なにか少しでも手を打つ望みのあるうちに。

「なるほど」彼はついに口を開くと、難局にぶちあたった。「では、この頭部の打撲傷にはどういう理由が考えられますか」

「そうですね」ドクター・ミッチェルはあっさり答えた。「誰かが殴ったんじゃないかな」

ロジャーは困惑して相手を見た。これでは最悪だ。

「それが唯一考えられる説明ですか。というのは、それだと、なかったことがわかっている喧嘩が、まるであったように見えますよね」と力なく付け加える。

「ああいう打撲傷ができるには、頭を強打されたにちがいない」ドクター・ミッチェルは、ごくもっともな指摘をした。

「それはそうですが、彼女が自分で打ったということはありえませんか」

「ああ、むろん、それはできましたよ。しかし、人は自分の後頭部を打ったりするものですかね」

「ぼくがいうのは、つまり、低い戸口とか、そういうことですが」

「彼女が後ろ向きに通り抜けようとしたのでなければ、ありえませんね」

事態はロジャーの手にあまりはじめていた。

本当の目的を表に出すことができないというハンディキャップを、ロジャーは背負っていた。たんに自殺の状況がわかりにくいというより、それ以上の重大な疑惑を抱いている警察が、後頭部にまさにそうした暴力の痕跡があるのではと疑っているのはほぼ間違いない、ということを説明するわけにはいかなかった。その痕跡があれば、アスファルトの表面に格闘の跡がなかったことにも説明がつく。というのはアスファルトは傷がつきやすいし、もし格闘があったのなら、必ずその跡が残るはずだからだ。そして、まさにその手の暴力の痕跡があったのだ。

「では、その打撲は他の人間に加えられたと考える以外に可能性はないんですね」彼はやけになって訊ねた。「だとすると、身体の打撲のほうも同じですか」

ドクター・ミッチェルは真面目な顔をした。「おっしゃりたいことはよくわかりますよ。でも他の可能性はありません。彼女はまるで少しばかり小突きまわされたみたいでした。ブライスもそういってましたし、きっとそれを報告書に書くでしょう。こんなことをいってましたよ。『やあ、誰がイーナを小突きまわしたんだい』とね」

「なんてことだ」ロジャーは元気なくいった。

そして突然、彼の顔が興奮に輝いた。

「ミッチェルさん！　ストッキングの膝は破れてましたか」

「ストッキングの膝？　どうだったかな。いや、たしか破れてはいなかったですね。乾いた血のしみで膝頭にぴったり貼りついていましたが、それを折り返して脱がせたときには、そんな様子はありませんでしたよ。どうしてです？」

「なぜなら、それですべて説明がつくんですよ」ロジャーは嬉々として答えた。「すべての打撲傷がね。どこで彼女がその打撲の痕をつくったか、教えて差し上げましょうか。グランド・ピアノですよ」

「グランド・ピアノ？」

「そうです。舞踏室のです。まったく、なんてぼくは間抜けだったんだろう。もちろん、彼女の膝が屋上で傷ついたはずはありません。もしそうだったら、アスファルトが彼女のストッキングを破っていたでしょうから。しかし、薄い絹の下の皮膚は破くが、なおかつ絹には傷をつけない、そんな物があるでしょうか。磨き上げた木材による適度な摩擦です。いいかえると、ぼくたちは二人とも、ミセス・ストラットンが膝に傷をつけるところを、一部始終目にしているんです――たまたま見ていればですが。さあどうです、わかりましたか」

「あのアパッシュダンスだ、ロナルドと踊った！」

「そのとおり」ロジャーは生徒に向かって微笑みかけた。この生徒が明白な結論を自分からいいだすほうが好ましかった。そうすれば彼はやがて、このことを誰から吹き込まれたのでもなく、自分で思いついたように考えるようになり、その結果、その意見にしがみつくことになるだろう。

「そうだ」ロジャーはさらにたたみかけた。「いま思い出したんですが、彼女が一度、ピアノに頭をぶつけて飛び上がったのを見ましたよ。あなたは見てませんか」

「いや、ぼくは見てないようですね」

「そうですか」とロジャーはうきうきといったが、自分だってそんなものは見ていなかった。しかし、ミセス・ラフロイも、ロナルド自身も、それからコリンも、見ていたことにさせようと、彼は心に決めていた。「彼女は頭をぶつけたときにいってました。『もう、ひどくぶつけちゃったわ。ねえロナルド、もう一度よ』というようなことをね」

「うん、これで説明がつくな。間違いない」と同意しながら、ドクター・ミッチェルも同じくらいほっとしていた。

「そうですね。それからこれはぼくの考えですが」ふと突然、不安をおぼえながらロジャーは付け加えた。「他の打撲傷も全部これで説明できるんじゃありませんか」

「ええ、たしかに。彼女は一、二度ひどく倒されましたから。そのときぼくは、怪我をしたにちがいないと思ったんですが、彼女はそれを喜んでいるようでした」

「たしかにそうでした。それにこれは、検視陪審にとってはもう一つのポイントになりますね。怪我をするのを喜ぶような人間は自殺という思いつきに楽しみを覚える、ということを受け入れるのは、彼らもやぶさかではないでしょう。そして、その点では、彼女はまさにそういう人間でした。そう、これでもう十分です。ところでさきほど、お茶がどうとかおっしゃってませんでしたか」

ドクター・ミッチェルはいそいそと立ち上がった。

5

ストラットン家の玄関ドアを再び通り抜けながら、ロジャーはほとんど踊りだしたいような気分だった。すべてが申し分なく進行していた。まだ障害が一つだけ残っていたが、それは警察ではなくコリン次第だった。

しかし、朗報をロナルドに伝えるその前に、ロジャーはまっすぐ階段を上って、人気のない舞踏室へ急いだ。そこで彼はある遺憾きわまる行動をとった。

ドアを慎重に閉めると、彼はグランド・ピアノの下端の繰型から手頃な突起を選び、四つんばいになって頭を注意深くそれにこすりつけた。どんな頭髪にも一定の脂分というものがある。つやつやと輝くワニスの上に自分がつくったかすかな曇りを、ロジャーは満足げに見つめた。素敵な黒髪を一本、そこに付け加えたかったが、残念ながらそれは手に入らなかった。

たぶんそれを探すことになる警察に、ちょっとした証拠を与えて喜ばせてやらなければ気の毒だ、とロジャーは考えたのである。

それから彼は、ロナルドとミセス・ラフロイを探して、二人が何を見たことを思い出したのかを教えるために、階下へと降りていった。こういうことすべてに対する倫理的疑問は、まったく彼の胸中には生じなかった――同様に、イーナ・ストラットンはほんとうに頭をピアノに打ちつけたかもしれない、などという考えは、思いつきもしなかったのである。

第十三章　拭きなおし

1

五時四十分、もはや歯止めの効かなくなったロジャーは、目の前の骨の折れる仕事に取り組むために、コリン・ニコルスンとロナルドの書斎に閉じこもった。

「ほかの問題はすべて片付いた」ロジャーは論じたてた。「最後の一つまでね。あとはあの椅子だけだ。あの椅子のことさえ片付いたら、あとはもう何もない。疑惑が生じる余地は完全になくなるんだ」

「それできみは、ぼくに警察に行って、自分が椅子を拭ったことを認めてこいというのか」

「そうだ」

「ぼくは何もしないよ」コリンはきっぱりといった。

「しなきゃだめだ」

「できるわけがない。ぼくがあの椅子から指紋を拭ったのは、きみを困った立場から救うためだ。それだって、きみ自身のばかげた不注意から出たことだ。それと引き換えに自分が困った立場に陥るつもりは毛頭ないね」

「でも、わからないのか……」

「わかっているのは、きみは自分で指紋を拭っておくべきだったたってことだ。だからきみが自分で警察に行って話したらいいさ、この悪党め」

「ぼくじゃだめなんだ」ロジャーは嘆いてみせた。「証拠隠滅みたいなことをするには、ぼくは経験を積みすぎてる。ぼくがそんなことをしたと話したら、連中はたちまち変だと気づくだろう」

「ばかをいうな」コリンはやりかえした。「きみは責任を取ることを恐れているんだ。それだけさ。そんなことをしたら、今後は警察との関係が悪くなる、そう思ってるんだろう」

「たしかに、そうなるだろうな」

「じゃあ、ぼくにはどうすることもできない。きみはくちばしを突っこむ前に、そのことを考えておくべきだったよ。いいやロジャー、こいつはきみの仕事だ。ぼくには何の関係もない、何もだ」

「いいかい、コリン」ロジャーはやけになっていった。「もしきみが男らしくすっかり白状しないのなら、きみがあの椅子を拭いたことを、ぼくが警察にいうことになるよ」

「わかった。そしたらぼくは、きみがあの椅子を動かしたことを話してやろう」

「そんなことできるわけないだろう。そうしたらデイヴィッドを見捨てることになる。ぼくたち二人して、なんとかして彼を救おうとしてきたんじゃないか」

「だったら、きみが自分で指紋を拭き取ったといえばいいさ」

ロジャーはうめいた。コリンはあまりにも頑固なスコットランド人だった。しかし、コリンのいうことに理があるのは認めないわけにはいかない。彼がとった行動は、ロジャーが自分でしておくべきことだったのだ。どうしてロジャーではなく、彼がその責めを負わなくてはならないのか、釈然としないのは当然だ。

そうはいっても、コリンの理屈を認めるわけにはいかない。そんなことになったら、ロジャーと警察の関係は永遠に断たれてしまうだろう。

「いいかい、コリン。もしぼくが、きみが椅子を拭いたことに何か適当な理由を考え出すことができたら、そうしたらきみも……」

「いや、ぼくはやらない。絶対にだ」

「えい、まったく！」とロジャーはいった。

ドアにノックの音がした。

「どうぞ」ロジャーはむっつりと声をかけた。

ミセス・ラフロイの顔がドアの隙間からのぞいた。

「シェリンガムさん、警察がまた訪ねてきたとあなたに伝えてくれって、ロナルドから頼まれたの。ロナルドは警察の人たちと一緒に上にいるわ。舞踏室よ」

「ありがとう。いや、行かないで下さい、ラフロイさん。入って、立派に振る舞うようコリンを説得してくれませんか。ぼくはもうお手上げなんです」

「あらコリン、あなたならきっと立派に振る舞うでしょうよ」

「ぼくをたぶらかそうとするなよ、アガサ。その手のことなら、さんざん試されたところなんだから」

「どうもそのようね、シェリンガムさん。彼に何をさせようとしているの？」

「ただ真実を話してもらえばいいんです」

「あら、私たちにとっては、素敵な方針転換じゃない」とミセス・ラフロイは快活にいってのけた。

「私、こんなにたくさん嘘をつくのを引き受けたことって、いままでなかったのよ」

ロジャーは熱心に彼女の顔をうかがった。「もう一つだけ、引き受けてはくれませんか」

「もう一つって何でしょう。つまり、どんな嘘ですの?」

ロジャーはためらった。何を考えているにしろ、ミセス・ラフロイは本当のところは何も知らないのだ。実際にはどんなに深刻なことなのかを、彼女に教えてもいいものだろうか。

「黙ってろよ、ロジャー」

ロジャーは決心を固めた。女性をこれほどまでに信用したことはなかったが、ミセス・ラフロイは確かに例外的な女性だった。

「ラフロイさん、昨夜、屋上にあった椅子の背を拭いて、指紋を偶然拭き取ってしまったといってくれますか。絶対そんなことをしなかったのは十分承知の上で、ですが」

「おいロジャー、やめないか。きみにそんなことを頼む権利はない。自分でやれよ」

「それは大事なことなの、シェリンガムさん?」

「命がかかっている、といってもいいくらいです」

「で、コリンはやらないといってるのね」

「ええ」

「でもアガサ、そんな必要はないんだ。ロジャーが自分でいえばいい。これは彼の問題で、ぼくたちが面倒なことに首を突っこむ必要は少しもないんだ」

「ぼくの問題じゃない」ロジャーはぴしりといった。「きみだって、よくわかってるはずだ」

「シェリンガムさんが自分ではやらないとおっしゃるのには、しかるべき理由があるはずよ、コリン」

「もちろん理由があります。しかし、コリンはわかろうとしないんです。ぼくがやったら、警察はすでに抱いている疑惑をさらに深めるでしょう。彼らは、ぼくが自分が何をやってるかも知らずに、そんなふうに証拠をだいなしにするはずがないことを知っています。そして、その結果ぼくは、まさに彼らに一番してほしくないことを、させてしまうことになるでしょう。つまり、ぼくがどういう役割を演じていたか、警察に自問させることをです。ぼくが求めているのは、誰かが名乗りでて、自分がそれをやった、それが重要なこととはすこしも思わなかった、といってくれることなんです。どうです、わかってもらえましたか。コリンはわからないみたいなんですけどね」

「いや、わかってるよ。だけど、ぼくが自分が何をやってるか知らなかったといっても、やっぱり連中は信じないだろう。ぼくは知ってた、完璧にね」

「おや、いうことがさっきと違うな」

「でも本当のことだ」

「とにかく、二人とももう喧嘩はやめて」ミセス・ラフロイはなだめるようにいった。「私が話しますから。ちょうど都合のいいことに、私ならできるんです。昨夜、イーナが発見されたすぐあとに、私、実際に屋上にいたんですから」

「あなたが?」ロジャーは驚いて口走った。「知らなかった」

「ええ、いたんです。昨夜はそのことを警部には話しませんでした。だってたいして重要なこととは思えなかったんですもの。でも、コリンが下に降りてきて、私たちに舞踏室から出ないようにいったとき、あいにくと、私、そこにいなかったんです。私は……」とミセス・ラフロイは言葉を切って、「とにかく、私は階段の上の騒ぎを耳にしました。それでまっすぐ屋上に上がってみたんです。オズバートがそこにいて、何が起こったかを話してくれました」

「オズバートはそんなことは一言もいわなかったな」

「あの人がちゃんと覚えているとは思えないわね。でも、私が話したら、たぶん思い出すでしょう」

「そいつはすばらしい」

「そうね。で、正確なところ、私は何を告白すればいいの？　椅子がどうしたとかいってませんでした？」

「こういうことなんです、ラフロイさん」ロジャーはそそくさと説明した。「絞首台の下に椅子が一つ倒れていたのは知ってますね。ストラットンの奥さんが使ったはずの物です。ここでは触れる必要がありませんがある理由から、コリンはその椅子をハンカチーフで拭きました——それによって、偶然ではありますが、そこに付いていたかもしれない指紋も拭き取ってしまったのです。ミセス・ストラットン自身のものも含めて、です。警察では、椅子が拭かれていることを発見し、事実に不吉な解釈をほどこすことを考えています。ここで必要なのは、誰かが椅子を拭いたことを白状して、それが重大なこととは考えもしなかったと笑い飛ばしてやることです。つまり、これがあなたにしてもらいたいことなんです」

「なるほど、簡単そうね」ミセス・ラフロイはいった。

「不必要な質問をしない女性は大好きです」ロジャーは心からいった。

「ええ、でも一つくらいはする必要がありそうね。私はなんのためにそんなことをしたの？」

「なんのために、ですか？」ロジャーは考えこむようにいった。「そう、実際にもっともらしい理由は必要だな」

「それに背だけじゃなくて、座の部分も拭いたわけだからね」コリンが付け加える。

「そう、座部もだ。ぼくの考えでは……そうだ、思い出したぞ。ちょっとばかり運が向いてきた」

「なんだい」

「ほら、ぼくは座部のことをちょっと心配していたじゃないか。でも大丈夫だよ。ぼくはその上に立ったんだ。きみがすこしくらい拭いたって、その痕がまったくわからないということはないはずだ。それでいま、そのことを考えてみると、椅子をすっかり拭いたのはまったく好都合だった。足についた砂の痕はすこしは残ってるだろうが、平たい踵とハイヒールの厄介な相違は判別不能になっているはずだ。うん、そうだ。こいつはちょっとした幸運だ」

「ぼくのしたことも、すこしは役に立ったと聞いて嬉しいよ」コリンはそっけなかった。

「シェリンガムさん、私がどのくらい不必要な質問をしたくて死にそうになってるか、あなたご存じ？」ミセス・ラフロイが口をはさんだ。「あなたにはぜひ知っておいてほしいわ。だって、私、一つも訊ねないつもりなんですからね」

「ロナルドにには、あなたがどんなに素晴らしい女性か話しておきますよ」ロジャーは請けあった。

「彼だってすこしはわかってるだろうが、十分だとは思えない」

「アガサは見上げた女性だよ」とコリンも同意して、「しかし、彼女が椅子を拭いた理由はどうするんだ？」

　二人は顔を見合わせた。ミセス・ラフロイがどうして椅子を拭いたのか、その理由をひねりだすのはきわめて難しい仕事だった。

「ジャムか何かがついていた、っていうのはどう？」ミセス・ラフロイはそう口に出してはみたが、とても見込みがありそうにはなかった。

「小鳥の糞とか」コリンも案を出す。

　ロジャーはうなった。

「きみはあの椅子をすっかりきれいに拭いている。誰にせよ、屋上の椅子をすっかり拭こうなんて考えたりするだろうか」

「汚れがつくから」ミセス・ラフロイがすかさず答えた。「ほら、私、白いドレスだったでしょ」

　ロジャーはすっかり感心して彼女を見た。それから顔を伏せた。

「しかし、あなたがあの椅子に坐ろうと思ったはずがない。ひとつには椅子は倒れていたわけだし、それにあなたが、よりによってあの椅子を選んで坐ろうとしたというのにも無理がある」

「そうね。じゃあ、急に気分が悪くなって、いちばん手近な椅子に坐るしかなかった、というのはどう？」

「もし急に気分が悪くなったのなら、椅子を拭こうとか考えてる余裕はないでしょう。それに何で拭いたんです？　白いドレスのすそですか。あまり説得力のある話じゃありませんね」

「そうだ、アガサは椅子を拭いたりしなかった。オズバートが拭いてやったのさ。彼女のために、自分のハンカチーフでね。やつはひどく酔っぱらってた。昨夜、五十脚の椅子を拭いたとしたって、覚えてやしないだろう」

「コリン、なかなか冴えてるじゃないか。でも、ちょっと待てよ。オズバートは椅子を拭いて倒れたままにしといたのか。ちゃんと起こしてあげるのが普通じゃないか」

「それはそうね」とミセス・ラフロイ。「でも立ち上がるときに、私がまた倒しちゃったっていうのは？」

「では、椅子にオズバートの指紋がついてないのはなぜ？」

「ああ、もう。じゃあ、彼が拭く前に、私が自分で椅子を起こしたことにするわ。それで私の指紋がついてないのはなぜかといえば、それは私がビロードの手袋をしていたから」

「確かにそうでした」ロジャーは嬉しそうにいった。「そしてあなたは、オズバートに椅子を拭いてくれるように頼んだ。なぜなら椅子を起こしたときに、あなたの白いビロードの手袋に汚れがついてしまったから」

「それなら自然ね。そして気分は悪かったけれど、オズバートが椅子を拭いてくれているあいだ、なんとか立っていることはできた。それで全部きれいにあてはまるわ。だって、私はほんとうにオズバートと屋上にいたんですもの、あなたとロナルドがイーナの死体を階下に運んでいたときにね。そんなにすぐ絞首台を見に行ったなんて、ちょっと病的に思われるかもしれないけど、でも、恥ずかしいことなんてないわ」

「とてもよくできた話だと思いますよ」とロジャーはいった。「細かいところをきちんとさせるために、リハーサルを一回しておこう。それからオズバートに話をしにいく。さあ、ラフロイさん、あなたはご自分の役で、ぼくがオズバートをやります。コリンはそこにはいない。絞首台があって、ここに椅子がある。ぼくたち三人が降りていくとすぐ、あなたが上がってきて、取り憑かれたような顔をしたオズバートを見つける。彼は何が起きたかを話し、あなたは絞首台のほうへ歩いていく。そう、ここにロープがある。あなたはそれを見る」

「ぞっとするわね」ミセス・ラフロイはつぶやいた。「彼女はほんとうに……ねえ、オズバート、私、ひどく眩暈《めまい》がするわ。坐らなきゃ」と椅子を起こす。「あら、手袋を見て。ねえオズバート、あなた、ハンカチーフを持ってない？　椅子をちょっと拭いてくれると助かるんだけど」

　ロジャーは椅子を拭いた。「これでどうかな」

「ありがとう」ミセス・ラフロイは腰をおろした。「ほんと、大変なことになったわね。いいえ、私は大丈夫よ。ありがとう、すぐに治るわ。ええ、もうずいぶん良くなったもの。でも、もう下へ行ったほうがよさそうね。誰が他の人に知らせに行ったの？　もう、まったく、昔の人はこんなスカートをどうしてたんでしょうね。椅子を倒しちゃったわ。でも、そんなことどうでもいい。オズバート、私たちも下に降りたほうがいいわ。何かできることがあるか、見に行かなくちゃ」

「お見事」ロジャーは手を拍いた。「ええ、これならまったく自然に見えますよ。コリン、ウィリアムスンを見つけて、ここにうまく連れてくることができるか」

　コリンはうなずくと、任務を果たしに出ていった。

「あらあら」とミセス・ラフロイはいった。「こういうのって、私、とっても不道徳なことだと思うんですけど。どう思います、シェリンガムさん？」

「まったくです」ロジャーは朗らかに答えた。

2

ウィリアムスン氏は当惑しているようだった。

「どうしたんだ。私が警察を混乱させてるって？　いったいどういう意味だ。私は警察を混乱させてなんかいないぞ。え？　私がか？」

「ぼくが間違っているのかもしれませんが」ロジャーはさらりといってのけた。「あなたがすこし心配してるんじゃないかと思ったんです。昨夜、ラフロイさんのために、あの椅子を拭いたことでね。とにかく、警察にそのことを話したほうがいいですよ」

「椅子を拭いた？　どういうことだ？　私は昨夜、アガサのために椅子なんか拭いてないぞ」

「オズバート！」ミセス・ラフロイはひどく傷ついたように声をあげた。

「じゃあ、いつ私がきみのために椅子を拭いたというんだね」

「まったく、オズバートったら。私が屋上であなたを見つけたときよ、ロナルドたちがイーナを下に降ろしたあとのことだけど。あなたも覚えてるはずよ」

「きみのために椅子を拭いたことをか？　そんなことするもんか。いったいどうしたっていうんだ。きみは何がいいたいんだ？」

「じゃあ、私が屋上に上がったのは覚えてるわね」

「覚えてるかって？　ああ、確かにきみは上がってきた。うん、覚えてるよ」

「そしてあなたは、何があったか教えてくれた」

「ああ。それで？」

「それから、私は急に気分が悪くなった」

「きみが？　きみがか？」

ミセス・ラフロイはロジャーを振り返った。「ねえ、オズバートが自分のしたことも覚えてないというんじゃ、具合が悪いわね」と、さも憤慨したようにいう。

ロジャーは真剣な表情でいった。「ほんとうに覚えてないんですか、ウィリアムスンさん」

「アガサが屋上に上がってきたことなら覚えてるさ。少なくとも、なんとなくな。だが、私が何をしたかまではわからないな。つまり……とにかく、何か問題があるのか」

ロジャーの真剣さはいやました。「相当厄介な問題になるんじゃありませんか。つまりあなたは、あるきわめて重要な証拠をだいなしにしてしまったわけですから」

「私がか？　いったい私が何をしたというんだ」ウィリアムスン氏はあきらかに恐慌をきたしていた。

ロジャーはその恐慌状態に油を注ぎはじめた。「いいですか、これは相当に厄介な事態なんです。あなたは昨夜、ひどく飲みすぎてましたね」

「私にいわせれば、飲みすぎてた、どころじゃなかったわよ」とミセス・ラフロイがたたみかける。

「私は酔っぱらってはいなかった。もし、きみたちのいいたいことがそういうことなら」ウィリアムスン氏は憤然として異議をとなえた。

「そうです」ロジャーはここぞとばかりに声を高めた。「あなたは酔っぱらってはいなかった。どんなことがあっても、あなたが酔っぱらっていたなんて考えを、警察に許すわけにはいきません。

もし、いったんそういうばかげた考えを吹き込まれてしまったら、世間の人々は、ぼくたち全員が酔っぱらっていたものと考えるでしょう。それから酔っぱらって乱痴気騒ぎをしていた、その最中に死人が出たことを取り沙汰しはじめます。そして、おそらく我々のほとんど全員が、殺人の罪で被告席に立たされることになるでしょう」

「なんてことだ!」ウィリアムスン氏は金切り声をあげた。「なあ、シェリンガム君。きみはほんとうにそう思ってるのか」

「確かです。だから、あなたにとって最善の道は、昨夜、自分が何をしたかをはっきり思い出し、男らしく警察に白状することなんです。結局、ごく簡単なことなんです。それに、警察が形式的な叱責以上のことをするとは思えません。あるいは、それすらしないかも」

「しかしねえ、私は何をしたんだ?」ウィリアムスン氏はやけになって訊ねた。

ロジャーは教えてやった。

「どう、思い出した、オズバート?」ミセス・ラフロイが訊ねる。

「うん、すっかりというわけじゃないが」ウィリアムスン氏はみじめな気持ちで答えた。「ぼんやりとはね。もう一度教えてくれないか、アガサ。きみが私にハンカチーフを持ってないかと訊いたんだったね……」

ミセス・ラフロイはもう一度話した。

そして確認のために、さらにもう一度話した。

それからロジャーが、もう一度最初から話した。

ついにウィリアムスン氏は、すべてを完璧に、自分の力で思い出したのだった。

3

ロジャーは舞踏室のドアの外でしばし立ち止まると、迷わず聞き耳をたてた。中からは、ぶっきらぼうな声と、それにつづいてロナルドのもっと軽い調子の声が聞こえてくる。あきらかにある種の取調べが進行していたが、何が訊かれ、どんな答えが返されたのかは、一言も聞き取ることができなかった。

ロジャーはドアを開け、部屋に入った。おどおどした様子のウィリアムスン氏があとに続く。中にいたのは、ロナルドと、彼と応酬していた人物。すこし離れたところに、ひどく心配そうなシーリア・ストラットンと、こちらは弁解するような顔のクレイン警部が立っていた。

「やあ、シェリンガム君がきた」ロナルドが明らかにほっとしたようにいった。「彼なら、ぼくのいったことを裏付けてくれますよ。なあロジャー……」

「失礼ですがストラットンさん」とぶっきらぼうな声の持ち主がさえぎった。少々肥り気味の大柄な人物で、ロジャーはすぐに地元警察の警視と当たりをつけた。「失礼ですが、この方には私が自分で訊ねます。ロジャー・シェリンガムさんですね」

「そうです」ロジャーは朗らかに応じた。「そしてあなたは、もちろん警視さんですね……？」

「ジェイミスンです。お会いできて嬉しいです」と大柄な男はいったが、言葉とは裏腹に、そこには感激など微塵もなかった。「いまストラットンさんに、ミセス・ストラットンがこの部屋を出ていく前にあった口論について、お訊ねしていたところです。そういう口論があったことは、すでにミス・ストラットンから伺っています」警視は厳しい顔をくずさずに、心痛の色が濃いシーリア・ストラットンに視線を投げかけた。「あなたのお話も伺えると助かります」

「シーリアは大げさにいったのさ」ロナルドがすかさずロジャーに話しかけた。「いま警視にも話してたんだが……」

「ストラットンさん！」警視は大声を出した。あんまり大きな声だったので、クレイン警部はますます謝るような顔になった。「どうです、シェリンガムさん？」

「しかし、口論なんてありませんでしたよ」ロジャーは落ち着いていた。

警視は太い眉をひそめた。「ではシェリンガムさん、ミス・ストラットンが口論があったと認めたことについては、どうお考えですか」

「私、認めてなんかいません」シーリアは気色ばんだ。「あなたはまるで、私が証人席に立ってたみたいにおっしゃるのね。私が話したのは完全に自分の意志で……」

「どうか、お嬢さん」警視はパン皿のように大きな片手をあげて制止すると、「シェリンガムさん？」とうながした。

「どこで混乱が生じたのか、よくわかりませんが」ロジャーはにこやかに口を開いた。「何が起こったかは単純明快です。口論はもとより、それに似たようなこともありませんでした。ロナルド君とデイヴィッド君がちょっとした悪ふざけに興じていると、ミセス・ストラットンはいきなり何の兆候もなく怒りだし、部屋を飛び出してしまったんです。口論にせよ何にせよ、そんなことをしている時間はまったくありませんでした」

警視はがっかりしたように一声うめいた。あきらかにこの情報は、警視が他から仕入れたものとぴったり一致していたらしい。落胆の理由は、その情報をもっと重要視すべきであったことが、はっきりしたからだ。「それでは」と、警視はいきなりロナルドに向きなおった。「どうしてあなたは、不愉快な出来事があったことを否定したりしたんですか」

「えいくそっ」ロナルドはかっとなった。「警視、そんなふうに突っかかるのはやめてくれないか。ぼくの答えが聞きたいのなら、せめて当たり前の礼儀は守ってくれ」

「よせ、ロナルド」ロジャーは思わず叫んだ。すでに興奮で赤らんでいた警視の顔に、暗褐色の斑点がみるみる広がっていくのに気づいて、ぎょっとしたのである。

「なんならバーケット少佐に電話して、ここに来てもらってもいいんだ」ロナルドは不満げにいった。

　バーケット少佐というのは州警察本部長だろうと、ロジャーは見当をつけた。

「バーケット少佐には、すでに連絡済みです」警視の声にはどこか不吉な響きがあった。

「うん、とにかく、これがほんとうに起こったことなんです、警視」ロジャーはなだめるようにいった。「ミセス・ストラットンは何でもないことにひどく腹を立てて、部屋を飛び出していった。あの場にいた人間なら、誰に訊いても確かめることができますよ。むろんこれは、警視もご存じのように、きわめて重要な問題ですからね」

「何がきわめて重要な問題だというんですか、シェリンガムさん」

「つまり、屋上へ上がっていったときの、彼女の精神状態のことをいってるんです。ひじょうに示唆的だとは思いませんか。実際には、こいつはぼくの領分とはいえませんがね」この問題についてドクター・ミッチェルにかけた暗示を思い出して、ロジャーは抜け目なくいいたした。「その一件が、彼女が直後にとった行動に影響をおよぼしたということがありうるかどうか、ドクターの一人に訊いてみるべきですね」

「ご協力には感謝します」警視は憮然として答えた。何をドクターたちに訊かなくてはならないか、何を訊く必要がないかは、自分がよく知ってるといわんばかりだった。愉快な人物とはいえなかったが、ジェイミスン警視も、すべてのトラブルのもとになっていたのが誰なのかは、理解しはじめているらしい。

ロジャーは、いまこそ目標へ向かって話を導くチャンスだと考えた。

彼は警部のほうへぶらりと歩み寄ると、「ところで警部」とさりげなく声をかけた。「今朝は、絞首台の真下にあった椅子の位置に関心を持たれていましたね。ぼくはその経緯をたどってみたんですが、なかなか面白かったですよ。まだご興味がおありでしたら、どんなことが起きたのか、お話ししますが」

ロジャーは意図的に、警視ではなく警部に話しかけていた。まるであの椅子の問題とそれに関係することはどれも、この重要人物の興味を引くには、あまりにも取るに足らないことであるかのように。しかし、彼の背後で、注意を集中しようとしてその大きな図体をこわばらせている警視の身体のきしむ音が、いまにも聞こえそうな気がした。

「ほんとうですか」警部は意気込んだ。「ぜひお聞かせいただきたいですね」

「ええ、ラフロイさんのドレスのすそが、彼女が立ち上がるときに引っかかり、椅子を倒したんです。あのひとが昔風のふくらんだスカートを身に着けていたのはご記憶でしょう」

「ミセス・ラフロイがあの椅子に坐ったんですか」ロジャーの背後で喉の詰まったような声がした。

「彼女が坐ったと？」

　ロジャーは振り返った。「なんです？　ああ、おっしゃりたいことはわかります。汚れと、あのひとの白いドレスのせいなんですよ。しかし、もちろん彼女は、椅子がきれいに拭かれるまで、腰をおろしはしませんでした」

「椅子が——きれいに——拭かれる——まで？」一語一語に意味深長な間をおきながら、警視が繰り返した。

　ロジャーは驚いてみせた。「あなたもご存じのはずでしょう」その声には若干蔑むような調子が混じっていたが、それは鞭なしで相手を駆り立てる十分な効果があった。「ウィリアムスン氏がラフロイさんのために椅子を拭いたのは、警視もご存じのはずでは？」

　警視がいきなり振り返ったので、ウィリアムスン氏はぎくりとして飛びすさった。「あんたがあの椅子を拭いたのか」警視はどなった。

「そ、そうだ。私は、つまり、その——どうしていけないんだ？」自分がまだ生きていることに気づいて、勇気を取り戻したウィリアムスン氏はいい返した。「え？　私が何か悪いことをしたのか？　彼女のドレスを駄目にするわけにはいかんだろう、ちがうか？」

「そもそも何のために彼女は坐ろうとしたのかね」

「急に気分が悪くなったんだ」ウィリアムスン氏は勿体をつけていった。「眩暈《めまい》がしたのさ。あん？　別に不思議はないだろう。あれはひどく神経にこたえる出来事だったからな。眩暈を感じて、何の不思議があるというんだ。え？　そうじゃないか」ウィリアムスン氏はたたみかけた。

　ジェイミスン警視は警部に向きなおった。「クレイン、下へ行ってミセス・ラフロイを連れてきたまえ」

「警部！」ロナルド・ストラットンが穏やかに呼びかけた。

「何でしょう、ストラットンさん」

「ミセス・ラフロイに、ジェイミスン警視からよろしくとお伝えして、もしよろしければ、すこしお時間をいただけないか聞いてみてくれませんか」

ロジャーは首を振った。警察を怒らせてもいいことはない。

「ところで、ウィリアムスンさん」今のやり取りを気にも留めていないというように、警視は険しい顔でいった。「もしよろしければ、あなたがあの椅子にいったいどんなことをして、我々に厄介な問題を背負いこませることになったのか、教えていただけませんか」

「問題？」何も知らないウィリアムスン氏はびっくりした。「何が問題なんだね。いったい何を……」

「あなたは何をしたんです？」警視はどなりつけた。

ウィリアムスン氏は事情を話した。

話は上出来だった。生徒の話を感心しながら聞いていたロジャーは、満点をつけた。自分の話を盲目的に信じこんでいることほど、人を納得させるものはない。ウィリアムスン氏は、自分がした話に微塵も疑いを抱いてはいなかった。ご婦人のために椅子を拭いてあげるという当然の行為に、どうして警察は目くじらをたてるのだ、というごく真当な憤りは、とても装えるものではなかった。

ミセス・ラフロイも巧まざる話術でこれを援護した。

「いったいこの騒ぎはどういうこと？」彼女はシーリアに訴えた。「私が眩暈をおこしちゃいけないの？」

「私に訊かないで」とシーリアが応じる。「私にもわからないんだから」

「指紋ですって？」警視の胸元をもう一度ちらっと見たあと、しばらく置いてからミセス・ラフロイは驚いたように繰り返した。「そんなこと考えてもみなかったわ。どうしてその必要があるの？それとも足跡のことかしら」

「ああ、そうだ、足跡といえば」とロジャーが屈託なく割り込んだ。「警視、椅子の座部に付着していた砂を確認することはできましたか。それともラフロイさんのドレスのことしか考えなかったウィリアムスン氏が、それもきれいに払ってしまったとか」

「いや、かろうじて一つ二つは残してくれたようだね」警視は不機嫌に答えた。

ウィリアムスン氏は、おそろしく勿体ぶった態度で要約した。

「もし私が、何かするべきでなかったことをしてしまったのなら謝る。しかし実際のところ、何が問題なのか、さっぱりわからんのだが」

ロジャーにしてみれば、これはしかし、とどめの一撃だった。少々意地の悪い、卑怯な一撃ではあった。というのも、それは犯人がすばらしく精巧な作品と考えていたはずのものを、傷つけるどころか、出来損いのがらくたに変えてしまおうというのだから。

「あなたがたが椅子を持ち去ったことには気づきましたが」ロジャーは快活にいった。「その理由は思いつきませんでした。自分で調査に乗り出してみて、どうして椅子が拭かれることになったのかを聞いてはじめて、椅子に指紋がなかったことが警察を悩ませているのかもしれないと、思い当たったんです。しかし、そのときでさえ、ほんとうにそんなことが問題になっているとは信じられませんでした。だったら、警察でもぼくがしたのと同じような基本的な質問をして、何が起きたか探り当てていたはずですからね。こいつはぜひ、スコットランド・ヤードのモーズビーに話してやらなくては。やつもさぞ面白がることでしょう。ねえ、警視」とロジャーは軽やかに笑って、「もうひとつ白状してくれませんか。死体の打撲傷がどこでついたのか、あなたがたはご存じないんでしょう？」

警視は打ちのめされたように押し黙っていたが、クレイン警部のほうには、こう訊ねる余裕があった。

「シェリンガムさん、あなたは死体に打撲傷があることを予期してたんですか」

「予期していた？　グランド・ピアノの下に後頭部を打ちつけたら、どうなると思います？」ロジャーは問題のピアノを慈しむようにこつこつと叩いた。「誰かがあなたを持ち上げて、床の上に思い切り投げ出したら、どうなります？　打撲傷ができるかできないか——まして、もしあなたが女性だったとしたら。どうです、警部？」

最後の一縷の希望の光が、つかのま警視の暗い顔に射しかかった。

「どういうことです？　では、格闘のようなことがあったというんですか」

「格闘？」ロジャーは、ほとほと呆れかえったというようにいい放った。「とんでもない。アパッシュダンスですよ！」

4

警察はようやく出ていった。そしていま、ロジャーは書斎でロナルドに向かって首を振っていた。日曜日の晩、パーティの顔ぶれに変化はなかった。ほかの人々は客間でカクテルを供されている。ロジャーはしかし、屋敷の主人を連れて書斎へ向かった。彼のことをどう思っているか、話して聞かせるためである。

「なあ、ロナルド。警視にむかって癇癪《かんしゃく》をおこしたのはまずかったな」と沈んだ声でたしなめる。

「きみはあの男を敵にまわしてしまった。警察は敵にまわすもんじゃない――今回のように、微妙な事件の場合には特にね」ロジャーは意味ありげに付け加えた。

「ぼくだってそう思うよ」ロナルドはうなずいた。「しかし、どうしようもなかったんだ。威《おど》しつけようとする奴らには我慢ができない」

「まったく！」ロジャーは嘆いた。

「あれのせいでまずいことになるとは、きみだって思わないだろう？」ロナルドが訊ねる。

「そうだといいがね。しかし参ったのは、きみをある程度援護しなくてはならなくなったことだ。その結果、あの警視を味方になりうる人間ではなく、敵として扱ってしまった」

「でもそれが何か？」

「いや、なんでもない、大丈夫だよ。全部うまくいってるよ」

「確実というわけではないようだね」ロナルド・ストラットンには不安のかけらもなかった。

「警察に対して、確実ということなんてありえないよ」思い出させるようにロジャーは答えた。「でも、いまではもう自殺について、警察にもたいした疑惑は残ってないと思う。すくなくとも、ぼくにはそうとしか思えない。しかし、そうはいっても」と考えこむように付け加える。「できることなら、すこしでも我々の主張を補強しておくのは、悪い考えじゃない」

「どうやって？」

「うん、ちょっと思いついたことがあるんだ。ミセス・ストラットンが一晩じゅう自殺について話していたのには、たくさんの証言がある。しかし、まだ警察が疑惑を抱いているとすると、我々の証言はすべて疑わしいものと考えるかもしれない。その点について、何か疑問をさしはさむ余地のないものを提出できないだろうか。たとえば手紙のような。書かれた物のほうが、たんに聞いただけの話より説得力があるのは、きみも知ってのとおりだ」

「たしかにそうだ」ロナルドはうなずいた。「しかし、彼女がぼくにそんな手紙を書いて寄越したことはないと思う。でも、シーリアにならあるかもしれない」

「急いで妹さんに訊いてくるんだ」ロジャーはうながした。

ロナルドはすぐに戻ってきた。

「だめだ」と報告する。「シーリアもそんな手紙を受け取ったことはなかった。でも、デイヴィッドはどうだろう」

「電話して訊いてみたまえ」とロジャー。

ロナルドは弟に電話をかけた。

デイヴィッドもやはり、何も提供することはできなかった。しかし、彼の考えでは、もしその手の手紙があるとすれば、ジャネット・オルダズリーという人物に宛てて書かれているはずだ、という。

「ウェスターフォードに住んでいるイーナの親友だ」ロナルドが説明する。「卑しむべき夫の野蛮な振る舞いや不正全般についての秘密を打ち明けられる、無二の親友さ」

「車を出してくれ」ロジャーはきびきびと命じた。「ディナーまでまだ三十分ある。彼女に会いにいこう」

「そうしよう」ロナルドは気圧《けお》されたようにうなずいた。

ミス・オルダズリーはウェスターフォードの反対側にある大きな屋敷に住んでいた。ロナルドはオルダズリー家の両親をわずらわせることなく、彼女との会見をお膳立てすることに成功した。ミス・オルダズリーは涙もろい女性で、自分が人の役に立つかもしれないという考えに、深く心を動かされた。

ロジャーは訪問の目的を説明した。

「もしあなたがそういう手紙をお持ちでしたら」言葉がすらすらと口をついて出る。「検視審問の手続きを短縮することができるでしょう。いずれにせよ我々としては、そうすることは当然、騒ぎを小さくすることにもつながると考えているのです」

「恐ろしいことですわ」とミス・オルダズリーは涙ぐんだ。ふわふわした感じの美人で、いかにも亡くなった友人の芝居がかったしぐさに感銘を受けそうなタイプだった。「かわいそうなイーナ。彼女があんなことをするなんて、とても信じられません」

「そうでしょう。しかし、彼女がその手の話を、手紙に書いてきたことはありませんでしたか」ロジャーは我慢づよく訊ねた。

「ええ、それはもう、しょっちゅうでしたわ。でも、ほんとうにあんなことをするなんて、思ってもみませんでした。ああ、私、自分を許すことができませんわ、けっして。私にはあのひとを止めることができたとお思いになりません？　シェリンガムさん、どうお考えです？」

ロジャーは如才なく、手紙を手に入れにかかった。

ミス・オルダズリーもついに、その手紙を手渡すことが亡き友への一番の供養になることを納得し、たいした面倒もなく同意すると、手紙を取りにいった。

ロジャーはその手紙を持って意気揚揚と引き上げた。

「警察には渡すなよ」一分後、車の中でそれをロナルドに手渡しながら、ロジャーはいった。「連中は信用できない。ディナーがすんだら、きみが自分で直接、検視官のところに持っていくんだ。彼もきみと内々の話をする機会が持てて喜ぶだろう。なんといっても、きみとは親しい仲なんだからな」

そうした細々したことをいいながら、ロジャーは満足げに、これで備えは万全だ、と自分にいいきかせていた。

しかし、その夜ベッドに入る前に、コリンを呼びとめておやすみをいおうとしたとき、ロジャーはいまだ胸の中に巣くっている不安に気がついた。

「これですっかり話の辻褄をつけることができた」彼はベッドに腰をかけて、コリンが髪を梳《と》かすのを見ながらいった。「しかし、予期せぬ事態にも準備しておく必要がある。今となっては、明日の審問で警察が延期を要請するとは思えないが、ロナルドの態度のことがあったからね。もし万が

一、連中が何か切り札を隠し持っているとしたら、これまで以上に、それを大事に取っておこうと考えたことだろう」
コリンが化粧テーブルから振り返った。「だけど、連中が何を隠しているというんだい？」

「さてね。しかし、もうちょっと如才なく警視をあしらっておけばよかったよ。まあ、ぼくらとしては、ひたすら冷静に、何も知らないという態度を崩さなければいいんだがね。あとはただ、デイヴィッドが期待に背くようなことをしなければ……」

第十四章　卑しき死体の検視審問

1

検視官が書類をめくった。

「それではみなさん、証人の喚問に移ることにしましょう。ミスター・ストラットン、あなたは……いや、ミスター・デイヴィッド・ストラットンと申し上げるべきでした。そうです。さて、ミスター・ストラットン、今回のことが、あなたにとって非常に痛ましい事件であったことは十分承知しております。まったく痛ましい事件でした。我々としても、必要以上にあなたをわずらわせるつもりはありません。しかし、あなたにいくつかの質問をすることが私の務めなのです。えーと、そうですね、まずはこの悲惨な出来事にいたった過程を正確にお話しいただくのが一番でしょうな」

ロジャーは固唾をのんだ。

心配は無用だった。デイヴィッドはよどみなく明快に証言した。ぶっきらぼうで、まるで突っかかるような口調は、最初にクレイン警部の質問に答えたときとほとんど変わらなかったが、今はそれも緊張を押し殺しているようにしか見えなかった。

検視官はデイヴィッドに対して精一杯の思いやりを示して話を導き、ロジャーのみたところでは、ある意味でそれは、疑り深い警視に痛棒を加えることになったようだ（昨夜ロナルドに検視官を訪問させたのは、我ながら好い手だった）。話を終えると、デイヴィッドは自身の行動について、いくつか質問を受けた。しかし、それはたんに、細君が舞踏室を飛び出したとき彼が後を追わなかったのはなぜかを明らかにし、そして、もしすぐにそうしていたとしても悲劇を防ぐことができなかったかどうかを、はっきりさせるためのようだった。それに対してデイヴィッドは率直に答えた。妻の突拍子もない行動には慣れっこになっていたので、とくに今回の一幕が重大な結果を呼ぶとは夢にも思わなかった。あとになって警察に電話したのは、妻は自分の行動にいつでも責任を持てるという状態にはなく、もし彼女が失踪するようなことがあったら、用心のためにこういう手を打っておくのが一番だ、とずっと以前にドクター・チャーマーズにいわれていたからだ。いままで一度もそうしたことがなかったのは、そういう事態が生じなかっただけのことだ。全体的に見て、もし彼が潔白だったとしても、これ以上の説得力はもち得なかっただろう、とロジャーは舌を巻いた。

「なるほど、よくわかりました」年配の小柄な検視官はうなずいた。「ミスター・ストラットン、これがあなたにとって、非常につらい質問となるのはわかっていますが、お訊ねしなくてはなりません。あなたのいう、夫人が時々とった行動に関してですが……」

デイヴィッドは手短に、あきらかに気の進まない様子で実例をあげていった。ミセス・ストラットンは深い憂鬱の発作にしばしば襲われていた。よく人前で、芝居がかった効果を狙って酒を飲んだ。それでも大酒飲みというほどではなかった。しばしばつまらないことで癇癪をおこして喚きちらし、その荒れ狂うさまは完全に常軌を逸していた。些細なことを何日もくよくよ悩んでいた。といったことだ。

ついにデイヴィッドは放免となり、ロジャーは一番の難所は切り抜けたと感じた。どうやら警察も延期を要請してはいないようだ。結局、不意打ちはなさそうだった。

ロナルド・ストラットンが弟に続いたが、彼も馬脚を露わしはしなかった。パーティでのイーナの言動や、自分たちの悪ふざけに彼女が癇癪をおこしたことについて、デイヴィッドの証言を裏付け、悪ふざけの件では、ああいう怒りっぽい対象を選ぶべきではなかったと、男らしく過ちを認めた。そして、彼女の失踪が不安をかきたて、大がかりな捜索が始まったこと、死体を発見したことを語った。彼は誠実かつ率直に語り、あきらかに陪審にひじょうな好印象をあたえていた。

検視官の質問をうけて彼は、故人の精神的な不安定さに関するデイヴィッドの判断に、たんに同意するだけでなく、あからさまに口には出さなかったが、デイヴィッドは夫人の名誉のために、その精神的バランスの欠如を相当控えめにいっている、実際には、デイヴィッドの話よりずっとひどいものだった、という意見をほのめかした。そして彼女の奇矯な言動について、さらに実例を付け加えた。

シーリア・ストラットンもこれを確認し、さらに付け加えて、デイヴィッドの家に泊まったとき、気違い女のような金切り声で夫を罵るイーナの声が、しばしば午前中いっぱい二人の寝室から聞こえてくるのに悩まされたことを語った。

「気違い女のような?」検視官はたしなめるように繰り返した。「それはきつすぎる言葉だとは思いませんか、ミス・ストラットン」

「いいえ、すこしも」シーリアはきっぱりいい返した。「彼女の声をお聞きになっていたら、あなたにもおわかりになるでしょう。まるで遠吠えのようでした。なんなら、こういいかえてもかまいません。彼女は自分をまったく抑えることができないようでした、と」

「なるほど」検視官は嘆かわしげにこう洩らした。「なんとも痛ましいことですな」

ロジャーは内心では、シーリアは少々やりすぎた、と思った。しかし、イーナ・ストラットンが正常ではなかったという認識が、陪審に十分理解されることになったのは間違いなかった。

シーリアが証人席を離れようとしたところで、検視官がもうひとつ質問をした。

「義理のお姉さんがそのように精神の安定をひどく欠いていることを、あなたがよく知っていたとすると、そのことを精神科医に相談するよう、お兄さんに勧めなかったのは不思議ですね」

「したんです！」シーリアは憤然といい返した。「もちろん、私は勧めました。ロナルドも私も、兄がそうすることを望んでいました。すると兄は、もうドクター・チャーマーズに相談している、といったんです。ドクターのアドバイスは、彼女はたしかに精神の安定を相当欠いてはいるけれど、いまのところ入院させるほど深刻なものとはみなすことはできない、今後のことはわからないが、というものでした」

「いや、わかりました」検視官はあわててうなずいた。「その件については、ドクター・チャーマーズ本人からお話を伺えると思います」

ロジャーは微笑を浮かべて、検視法廷の慣習に感謝した。法廷では伝聞証拠を禁じる証言規則が適用され、シーリアのいまの発言は最後までたどり着くことさえ許されなかった。これは便利な規則である。しかし、おそらくドクター・チャーマーズにとっては、そううまくは運ばないだろう、とロジャーは思った。職業的怠慢の件で厳しく咎め立てされることになりそうだ。

また、多大な関心をもって注目していたのだが、これまでのところ、椅子については一言も触れられていなかった。

次は彼が証言する番だった。

求められるままに彼は、死体が発見されてから自分が現場で果たした役割を、すらすらとよどみなく説明しはじめた。

「ミスター・ウィリアムスンからの通達をうけて、私はミスター・ロナルド・ストラットンをそっと隣室に呼び出し、一緒に屋上に上がりました。ミスター・ウィリアムスンがあとに続きました」

「ちょっと待って下さい、ミスター・シェリンガム。その、ミスター・ウィリアムスンからの通達とは何ですか」

「ミセス・ストラットンの死体を発見した、ということです」ロジャーは具体的に説明したが、自分では、お役所言葉をうまく使いこなしたつもりだった。

彼は話に戻った。

「それから、検視官殿、これは申し上げておきたいのですが」と気取ってみせた。「警察が到着する前に死体を下に降ろしたことについては、私にすべての責任があります」

「なるほど。もちろんあなたは、死亡を確認していたわけですからね。なるほどわかりました、ミスター・シェリンガム。それからどうしました？」

ロジャーは続けた。

椅子については一言も触れなかった。

「たしかに、あなたの経験――もちろん我々はよく存じ上げています――はひじょうに役に立ちました。あらゆる点で、規則どおりの適切な処置がとられたことは間違いありません。わかりました。では、ミスター・シェリンガム、あなたはミセス・ストラットンの精神状態に関する証言をお聞きになったと思います。あなたご自身では、夫人の言動に何か異常な点をお認めになりましたか」

「はい。あの夜の早い時間から、私の注意はミセス・ストラットンに引き付けられていました。それはミスター・ウィリアムスンがミスター・ロナルド・ストラットンにもらした言葉を偶然耳にしたからです」ここでロジャーは、挑発するように言葉を切った。

「その言葉の内容を教えていただけますね、ミスター・シェリンガム。この場合は、証言規則を厳密に適用する必要はありません」

「ミスター・ウィリアムスンはこういいました。『きみの義理の妹はいかれてるんじゃないのか、ロナルド』」

廷内に笑い声があがった。

検視官も思わず声をあげはしたが、そこには笑いは微塵もなかった。「なるほど、これはひじょうに興味深いお話ですな。その件については、ミスター・ウィリアムスン本人から伺えるでしょう。それで、その言葉がきっかけで、あなたはミセス・ストラットンをよく観察することにしたというわけですね」

「そうです。その結果私は、ミスター・ウィリアムスンの問いかけは、少々大げさな表現ではありましたが、根拠がないどころではないと考えるに至りました」

「何を見て、あなたはそういう結論に到達したのですか」

「ミセス・ストラットンには、あきらかに軽い自己顕示症の傾向があると私は気づきました。夫人はつねに周囲の関心の的であることを望んでいたのです」ロジャーは、夫人の梁登りのことや、彼が話したくてたまらなかったアパッシュダンスのことを話し、さらに屋上でミセス・ストラットンとかわした会話に触れて、そのなかで夫人が自殺するといって脅したことを語った。

「私はしかし、この脅しを真面目に受けとめませんでした。これもまた、人に強い印象を与えたいという、夫人の漠然とした欲求の一部だと思ったのです」

「いまもそうお考えですか」

「いいえ、いまでは自分が間違っていたと思っています。あとで実際にああいうことが起こったから、というだけではありません。いまでは私も、ミセス・ストラットンは私が思っていた以上に精神のバランスを失っていて、自分を重要人物にみせたいという強迫観念がいつ限界を超えてもおかしくない状態にあったことを、確信しているからです」

「それでは、その限界を超えてしまった夫人が自殺にいたった、とお考えなのですね」

「十分すぎるくらい、絵になる状況でしたからね」ロジャーはにこりともせずにいった。「ええ、私はそう考えています」

彼は証人席を降りることを許された。

椅子のことはまだ一言も出なかった。

ロジャーはかなり驚いていた。死体を下に降ろしたときの椅子の位置について、あるいは、すくなくとも椅子をめぐって、質問の一つや二つはあるものと覚悟していたのだが、そういう質問はなかった。

不安が戻ってきはじめた。やはり警察は、あの椅子のことで何か切り札を隠しているのだろうか。ウィリアムスン氏が次の証人である。ロジャーは気遣わしげに彼を見守った。今朝はウィリアムスン氏にもう一度自分の役をリハーサルさせる時間はなかった。椅子を拭いた件で思い出せないようなことがあったら、どんな細かいことでもミセス・ラフロイにあとを任せるよう、あわただしく指示を出しておいたが、それ以上のことは、昨夜からしていなかった。ウィリアムスン氏までそのことを訊かれることなく退席を許されるとは、とても期待できなかった。

ロジャーはいま、この指示に対するウィリアムスン氏の答えが、少々風変わりなものであったことを思い出した。何といったんだっけ？　たしか、大丈夫だ、リリアンと話を付けておいたから、とかいってなかったかな。ロジャーの不安はさらに大きくなった。いったいウィリアムスン氏は何がいいたかったんだ？　すぐ明らかにしておかなかったのは、彼の不注意だ。ことによると致命的な不注意かもしれない。ミセス・ウィリアムスンは夫のことならすっかり把握している。彼がミセス・ラフロイのために椅子を拭いたことなんかないことを教えて、折角苦心して作り上げた話を、振り出しに戻してしまったかもしれないではないか。しかし、その件に限っていえば、ミセス・ウィリアムスンに、どうして夫がやらなかったことがわかるだろうか。

そのあいだにもウィリアムスン氏の証言は進められていた。

「どうやって死体を見つけたか、だって？　そう、知ってのとおり、我々は全員で彼女を探していた。で、考えたんだ、誰か屋上を見にいったやつはいるのか、とね。それで私は見にいった。そして彼女を見つけたんだ」

「しかし、どうしてあなたは彼女に気がついたんです？　ほかの方々もすでに屋上を探していたようですが」

「ああ、いや、その連中は彼女にぶち当たらなかったんだろう。つまり、こういうことだ。私は彼女にぶつかったんだ。うん、そうだ。そうしたら、どうも藁人形にしては少々重すぎるような気がした——そしてそれが」とウィリアムスン氏はいった。まさに適切な言葉づかいというものだった。

「私の疑惑をかきたてたんだ」

検視官は手短に、そのあと氏が急を知らせに走り、救急処置が試みられたことを確認し、それからミスター・シェリンガムが偶然耳にしたという、ロナルド・ストラットンに投げかけた言葉に立ち戻って、どうしてそんなことをいったのか、ウィリアムスン氏に訊ねた。

「それはつまり、私は彼女と話をしたばかりだったんだ」ウィリアムスン氏は落ち着かないふうだった。「というより、彼女が私に話をしていたわけだが」

「どんな種類の会話だったのですか」

「ああ、彼女は自分の魂のことを話していた」とウィリアムスン氏は説明した。かすかな気後れは憤りに変わっていた。「ダブルのウィスキーをのべつ流しこんでは、自分の魂のことを話してたのさ。それから、頭をガス・オーヴンに突っ込んで、すべてを終わりにしたほうがいいんじゃないか、とかいってた。まったく、なんて女だ」

わきあがった笑い声にまぎれて、ロナルド・ストラットンとコリンの間に坐っていたロジャーは、後者にささやきかけた。

「いい調子じゃないか。リハーサルしたって、これ以上うまくはやれなかっただろうな。説得力があるよ」

「あとは彼が習ったことをきちんと暗誦してくれることを祈ろう」コリンがささやきかえした。

検視官は笑い声を穏やかにしずめると、さらにそのときの会話についてウィリアムスン氏に質問を加え、ミセス・ストラットンが舞踏室の一幕の前にも自殺のことを考えていたという、疑問の余地のない事実をさりげなく強調した。

「検視官はすっかり肝《はら》を決めているようだ」ロナルド・ストラットンが嬉しそうにロジャーにささやいた。「昨夜のうちに決めてたと思うな」

ロジャーが待ち受けていた質問が始まったのはそのときだった。

「それではミスター・ウィリアムスン。死体を下に降ろしたあと、あなたが屋上の見張りに残ったときのことですが、誰かそこへ上がってきた人がいましたか」

「ああ、いたとも」ウィリアムスン氏は愛想よく答えた。「ミセス・ラフロイが上がってきた」

「なるほど。それからどうしました？」

「それからどうしたって？　そうだな、まず何があったかを話して、絞首台を見せてあげた。それからロープの端とか、そういったものもね」

「それで？」

「あん？　そうだ、彼女は気分が悪くなった。訊いてるのはそういうことだろう？　すこし眩暈《めまい》がするようだった。御婦人が時々そうなるようにね」ウィリアムスン氏はご丁寧に説明した。

「ええ、よくわかります。するとミセス・ラフロイが眩暈を感じたわけですね」

「そうだ。彼女が椅子かなにかを起こしたんで、ハンカチーフでそれを拭いてあげたんだ」とウィリアムスン氏は胸をはった。

「どうしてそんなことをしたんです？」

「彼女に頼まれたからさ。しちゃいけないことだなんて、夢にも思わなかった」ウィリアムスン氏は罪を悔いるように、もごもごといった。「申し訳ないが、そういうことなんだ」

「それがミセス・ストラットンがその上に立った椅子かもしれないとは、思わなかったんですね」

「ああ、思わなかった。そうだ、そんなことは思いもよらなかった」

「まあ、そうした状況では、あなたをそう責めることはできないでしょうね。こうした急死の場合には、周囲にあるものには、何であれ手を触れないというのは鉄則なのですがね」

「そうか、わかった。いや、その、よくわかりました」

「ともかく、ミセス・ラフロイが引き起こしたとき、その椅子はどこにありましたか」

「どこにあった？」ウィリアムスン氏は自信なげに繰り返した。「ああ、屋上のどこか真ん中へんにあったんじゃないかな」

ロジャーは身じろぎもしなかった。全身にはしる筋肉のわずかな緊張だけが、心中の激しい感情を示している。まるで廷内のすべての目が自分に注がれていて、たとえ顔色や動きに出なくても、尻尾を出してしまうに違いない、という気がした。

コリンはそれほど神経質ではなかった。これでは廷内中に響きわたってしまうと、ロジャーが思わずぞっとしたような声で、ささやきかけてきた。

「大莫迦野郎め、これですっかりぶちこわしだ」

結局のところウィリアムスン氏は、教わったことを覚えていなかったようだ。

2

ミセス・ラフロイとシーリアは法廷の反対側に並んで坐っていた。ミセス・ラフロイとロナルドは一緒には坐らないほうがいいと、シーリアが主張したのである。いまロジャーは、そう決めたことに舌打ちしていた。これではロナルドをはさんで向こう側にいる相手に新しい指示をささやくわけにはいかない。彼にできることは、ミセス・ラフロイの目をとらえようと躍起になることだけだった。

しかし、ミセス・ラフロイの目をとらえることはできなかった。彼女は一心にウィリアムスン氏のほうを見ており、その顔には知的関心以外のものは浮かんでいない。ロジャーは、その関心が十分に知的であることを、心から願うしかなかった。もしミセス・ラフロイが、ウィリアムスン氏が犯したとんでもない大失敗に矛盾したことをいわず、その証言を守り通すことができれば、自殺の評決がぐっと近づくことになる。

ウィリアムスン氏にはまだいくつか質問が残されていたが、ロジャーはほとんど聞いていなかった。それでも、検視官が椅子の位置に関して如何なる種類のコメントも差し控えただけでなく、それ以上質問すらしなかったことには、ぼんやりと気づいていた。ずばり切り込まれたほうがずっとましだった。沈黙はきわめて不吉だ。それが意味することはただひとつ、そのポイントについて検視官は前もって警察から情報を提供されており、検視審問は結局延期になるということだ。しかし奇妙なのは、ロジャーはふと思い出したのだが、警視もまたあの椅子の位置については、ウィリアムスン氏に何も訊ねようとしなかったことだ。昨日、舞踏室で彼が関心を持っていたのは、椅子を拭いたことに限られていたようだった。それよりはるかに重要な問題である位置のことは、おくびにも出さなかった。警察はいったい何をたくらんでいるんだろう。

それでも公平に考えると、ロジャーにはウィリアムスン氏を一方的に責めることはできなかった。昨日の話では、椅子が絞首台の下に倒れていたということには、さりげなく触れただけだったから、自分で推察しなければ、ウィリアムスン氏にはその重要性を認識できたはずもなかった。しかし、たとえさりげなくではあっても、ロジャーはそのことに何度も触れていたので、ウィリアムスン氏もすっかり理解しているものと思いこんでいたのだ。そう、理解してはいなかったのだ。いまや、すべてがミセス・ラフロイにかかっていた。いずれにせよ彼女は、結局のところ自分に暗に求められているのは何かを悟るだけの知性は持っているだろう。

「ミセス・ラフロイ」どこかでそう呼ぶ声がした。

ロジャーは息をのんだ。

3

検視官はノートに目をやった。すぐ後ろの椅子に坐っていたジェイミスン警視が、身を乗り出して何ごとか耳打ちした。検視官はうなずいた。

「さて、ミセス・ラフロイ。死体が発見された場所で、ミスター・ウィリアムスンに出会ったあと、何があったか、お話しいただけませんか」

ミセス・ラフロイはあの夜の主な出来事については、ごく手短な確認をすませていたが、パーティの間、一度もイーナ・ストラットンに話しかけなかったので、より個人的な問題については何も提供するものがなかった。

「はい、承知しました」彼女は静かな、はっきりした声でそういうと、婚約者の弟のために雄々しく偽証に取りかかった。

「それはもう大変なショックで、私はひどく動揺してしまいました。気分が悪くなり、腰をおろしたくなりました。近くに椅子が倒れていましたので、それを起こしました。そのとき私は白いビロードの手袋をしていたのですが、見ると椅子の汚れがついていました。屋根の上の埃だろうと思います。白いサテンのドレスを着ていましたので、腰をかける前に、ミスター・ウィリアムスンに椅子を拭いてくれませんかと頼んだのです。彼は拭いてくれました。いまでは椅子に手を触れるべきじゃなかったとわかっています。でもあのときは、そんなこと考えもしなかったんです」

「なるほど。その点については、さきほどミスター・ウィリアムスンにお話ししたことを、おそらくお聞きになったことと思います。違った状況では、実際、きわめて由々しきことになったかもしれないのですよ」

「ええ、よくわかりました」ミセス・ラフロイは罪を悔いるようにうなずいた。

「では、あなたが引き起こしたこの椅子ですが、それは横倒しになっていたのですね」

「そうです。屋根の上に横倒しになっていました」

「屋上のどの辺ですか」

ミセス・ラフロイは屈託なくいった。「屋上の真ん中あたりだと思います」

「南無三《まいった》！」思わずロジャーは声にならないうめきをもらすと、両手で顔を覆った。

4

「もしきみが呼ばれたら」ロジャーはあわててコリンにささやいた。「屋上に上がったとき、椅子は絞首台の下にあったというんだ。説明は気にするな。そういえばいい！」

「いわないよ」コリンがささやき返す。「ぼくたち全員、偽証罪で困ったことになるのは目に見えてるじゃないか。いや、ぼくはいわないぞ」

「ミスター・ニコルスン！」運命の声がした。

5

「それであなたは救急処置をほどこしたが、何の反応もなかったのですね」

「ええ、ありませんでした」

「なるほど。それでどうしました？」

「私は階下へ行って、女性陣に舞踏室から出ないようにいいました。ミスター・ストラットンとミスター・シェリンガムが死体を下に運ぶさいに、それを目にすることがないようにです」

「いや、よくわかりました。見事な配慮ですな。では、ミスター・ニコルスン、あなたが屋上に上がっていったとき、椅子が倒れているのにお気づきになりましたか」

「はい」

「それはどこにありましたか」

「絞首台と屋上に出るドアを結ぶほぼ線上にありました。おそらく、やや絞首台寄りだったと思いますが」

「なるほど。あなたがそれに目をとめたのには、なにか特別な理由があったのですか。それともただ何となく気づいたのですか」

「最初は気がつきませんでした。私はそれにつまずいてしまったんです。それで、その椅子がどこにあったか、覚えているというわけです」

「ほんとうですか。その椅子につまずいたんですね？」

「はい。実をいうと、向こうずねを擦りむいてしまいました」

「それはほんとうですか。では、その場所を見せていただいてもかまいませんか。ご存じのように、私も医師です。ですから……」

「しかし、たいした傷じゃありませんよ」コリンはテーブルをまわると、大真面目な顔でズボンのすそを引っぱりあげた。検視官もまた大真面目な顔で、あらわになったかすかな傷を調べた。

「結構です。たしかにおっしゃるとおり、たいした傷ではありませんな。それでも、たとえ軽いように見えても、傷にはきちんと手当てをしておいたほうがよろしいですよ。いや、この椅子の件ですが――絞首台からどのくらい離れていたとお考えになりますか」

「十二から十五フィートといったところです」

ついに検視官は核心に触れてきた。

「それだと絞首台から離れすぎているとは思いませんか。つまり、ミセス・ストラットンが、その——息を引き取ったときに蹴ったにしては」

「そうですね」

「ありがとうございました、ミスター・ニコルスン。これで終わりです。えっ、なんです？　どうしました？　ドクターたちが……ええ、わかりました。結構です。では次に医学的証拠を取りあげることにしましょう。ドクター……えーと、そう、まずはドクター・チャーマーズからお願いします」

　コリンは席に戻ると、落ち着き払ってロジャーの隣りに坐った。

「きみにはわかってるんだろうね」ロジャーのささやく声には怒りがこめられていた。「きみがいま、デイヴィッド・ストラットンを縛り首にした——いや、縛り首にしたも同然なことを」

6

　三人の医師の証言は完璧だった。

　ドクター・チャーマーズとドクター・ミッチェルは、死亡時刻はミセス・ストラットンが舞踏室を出ていった直後、おそらく数分以内で、三十分以上たっていないのはほぼ確実である、ということで一致していた。ドクター・プライスは、死体の打撲傷は、ミセス・ストラットンがミスター・ロナルド・ストラットンと踊ったという、きわめて荒っぽいアパッシュダンスによって生じたことは十分考えられると断言した。ドクターは実際にそれを原因とみなしているようだった。むっつりと耳を傾けていたロジャーには、三人の医師が昨夜、協議を行なったのが、手にとるようにわかった。彼がドクター・ミッチェルに骨を折って植え付けた考えが、全員一致という実を結んでいた。「病的な自己中心癖」「アルコール抑鬱症」「急性鬱病」「自殺症患者」「死斑」といった愉快な語句が、感嘆する廷内を満たした。

ミセス・ストラットンは完全に狂っていたのだ。医師たちはそれを口にするのをためらわなかった。しかし残念なことに、彼女を精神異常者として認定し、本人の同意を得ずに拘束することは不可能だった、という点でも、三人は完全に意見を同じくしていた。たしかに狂ってはいたが、そこまで狂ってはいなかった、ということだ。優秀な医師たちの説明には一点のほころびもなかった。

しかし、ロジャーは自分の先見の明にささやかな慰めを見出していた。ウィリアムスンとミセス・ラフロイとコリンが、彼が見事につくりあげた自殺説の論拠を取り上げて、その鼻先でずたずたに引き裂いてしまった今となっては、それもほとんど役には立たなかったが。

そう、彼はデイヴィッド・ストラットンのために全力を尽くしたのだ。この男は第二のチャンスを受けるに値する人間だったし、ロジャーがそれを与えた。これから何が起きようとも、それはデイヴィッド自身の責任なのだ。

検視官が何かぶつぶついっていた。

「……警察の証言の前にもうひとり証人があります。それでこの審問を締めくくることにしましょう。ミセス……ええ、ミセス・ウィリアムスン、お願いします」

ロジャーは顔をあげた。ミセス・ウィリアムスンが喚問されるとは思ってもみなかった。この事件で彼女が演じた役は、それほど大きなものではない。警察は何のために彼女を呼んだのか。きっとパーティの状況について確認するだけだろう。その件については、すでに十分わかったと思っている向きもあるだろうが。

「ミセス・ウィリアムスン、あなたにはあの晩の早い時間のことをお訊ねするつもりはありません。それについては、すっかり明らかになったと思います。ひとつだけお答えいただきたい。あの夜、ある時間に、あなたはミスター・ストラットンの屋敷の屋上に上がりましたか」

「はい」

ロジャーは身をこわばらせた。「なんてことだ」彼は思わずぞっとした。「彼がやるのを見てたのか！」

「それはいつのことですか」

「ドクター・チャーマーズとドクター・ミッチェルが出ていった、すぐ後のことです」

ロジャーはコリンに向きなおると、「いったい何を……」とささやきかけた。コリンは肩をすくめた。

「なるほど。すると、ミセス・ストラットンが舞踏室を出ていってから、ちょうど一時間ほど後のことですね」

「だと思います」

「屋上に上がったのは、何か特別な理由があったのですか」

「いいえ。ちょっとみんなから離れたかっただけです。一人になって、夜風にあたりたかったんです」

「なるほど。もちろん、よくわかりますよ。ではミセス・ウィリアムスン、よろしければ、屋上であなたが何をなさったか、よくお考えになった上で説明していただけませんか」

ロジャーとコリンは再び驚きの視線をかわした。

「私は一、二分そこに立って、冷たい風にあたっていました。それから上の平屋根に通じる梯子段をのぼって……」

「ちょっとお待ち下さい、ミセス・ウィリアムスン。みなさんにご説明しておいたほうがいいと思います――あとでジェイミスン警視の証言でも明らかにされると思いますが、ここでみなさんに、ストラットン邸の屋上の特別な構造をご説明しておいたほうがいいでしょう。これまで我々が問題にしてきた大きな平屋根とは別に、もうひとつ別の小さな平屋根があって、これは大きな平屋根の端に突き出た二つの切妻のあいだに渡されています。屋上へ出るドアに近いところに短い鉄製の階段があり、上の平屋根に通じています。証人がいっているのは、この階段のことです。ではどうぞ、ミセス・ウィリアムスン」

「階段をのぼり、上の屋根に上がると、私はそこでしばらく立ちつくしました。遠くに見えるロンドンの灯に見とれていたのです。あんまり素晴らしい夜景だったので、私は椅子を持ってきて、しばらく一人で坐っていようと考えました。邪魔をされたくなかったので、ここなら誰にも見つからないだろうと思ったのです。椅子を取りに再び下に降りると、絞首台の下にひとつ転がっているのが目に入りました。それを持って階段のほうに戻ろうとしたところで、夫の呼ぶ声が聞こえたんです。それで私は椅子を下に置くと、家の中に戻りました」

「なるほど。どこに椅子を置いたか覚えていますか」

「絞首台と鉄の階段の間だったはずですが、正確には覚えておりません」

「鉄の階段は家に入るドアのすぐ隣りにあります。みなさん、ここが重要な点ですが、我々が確認しなくてはならないのは、三人の証人が屋上の真ん中に転がっていたのを目撃した椅子が、ミセス・ウィリアムスンが絞首台の下から動かしたと証言された椅子とまったく同じ物かどうか、ということです。それによって、あとになって椅子がその場所になかったのはなぜか、という点に説明がつきます。よろしいですか、ミセス・ウィリアムスン。あなたは椅子を下に置いたとおっしゃいましたね。気をつけて置いたのですか、それとも放り出したのですか」

「とくに気をつけてはいませんでした。後ろで椅子が倒れる音が聞こえましたが、わざわざ戻って置きなおしたりはしませんでした」

「なるほど、よくわかりました。さて、医学的証拠から、あなたが椅子を取り上げたとき、そのすぐかたわらでミセス・ストラットンがすでに死亡していたことは間違いありません。それには気がつかなかったのですね」

「ええ」ミセス・ウィリアムスンが震えるのは無理もなかった。

「実際には、あなたはそのとき、夫人が姿を消したことも知らなかったのですね」

「ええ」

「あなたは、椅子は絞首台の下に転がっていたとおっしゃいました。もっと限定することはできますか。たとえば、ある特定の絞首台の横木の下だった、といったふうに」

「いいえ。私が覚えているのは、ただ、三つの絞首台の真ん中へんにあったということだけです」

「あなたのお考えでは、ミセス・ストラットンは自分が首を吊るのに使った椅子を、その場所に蹴飛ばすことができたと思いますか」

「ええ、簡単にできたでしょう」

「ありがとうございます、ミセス・ウィリアムスン。これで終わりです」

ロジャーはコリンの腕を猛烈な力でぎゅっとつかんでいた。

「コリン！　わかるか。あれは自殺だったんだ。結局、彼女は自殺したんだ」ミセス・ウィリアムスンが席に戻るのと同時に沸き上がったざわめきにまぎれて、ロジャーは興奮してささやいた。

「あれほど苦労したのに、全部無駄骨だったんだ」

「可哀想なデイヴィッド坊やがやったなんて、ぼくは一度だって信じてなかったよ」コリンは無表情に応じた。

7

実際のところ、評決にはまったく何の問題もなかった。

検視官の要約は簡潔にして懇切なものだった。たいていの同業者ならこの機会に喜んで飛びついたはずだが、彼は、ロナルド・ストラットンが著名なゲストに相応しいと考えた病的な歓迎のあいさつのことで、この紳士に訓戒を与えるのは、自分の務めとは思わなかった。もっとも、それが不安定で感じやすい精神に与えた暗示の問題を無視するわけにはいかないことは、指摘する義務があると感じてはいた。しかし、そういったことをすべて胸に収めて、検視官は証拠の要約を進め、自分の見解をはっきりと示すとともに、このように単純な事件では、他の見解は取りようがないことを示唆した。これまでの証言を聞くかぎりでは、確かにそのとおりだった。故人の精神状態が、明白な結論をいやがおうでも強調していた。

「要するに、みなさん」と検視官は締めくくった。「あなたがたに求められているのは、まず第一にミセス・ストラットンの死が絞扼によるものであるか否か、もしそうだとしたら、それが完全に彼女自身の行為によるものであるか否か、という点について確信を得ることであります。その二つの点で納得されたら、あなたがたに答申できる評決は、事実上一つしかありません」

陪審はその一つしかない評決を答申した。

第十五章　最後の一瞥

1

ロジャーとコリンはウェスターフォードからセッジ・パークまで、昼食をとりに歩いて戻った。ウィリアムスン夫妻の車には、二人が乗る余裕は十分あった。しかし、法廷の外での短い、しかし強烈な会話の後では、歩いて頭を冷やしたいことが、ロジャーにはたくさんあった。コリンが手を貸してくれるはずだ。

「彼女は昨日の朝、警察に話したんだ！」ロジャーは熱弁をふるっていた。「ご主人が屋上に何しに行ったのか見にいったときに、警視に直接話していたんだ。でも、そのことを、ぼくに一言でもいってくれようとしたか？　いや、断じて否だ」

「どうしてそうしなくちゃいけない？」もっともな意見である。

ロジャーはしかし、とても筋の通った話ができる気分ではなかった。「なあ、せめてロナルドか、それとも誰かにいってくれたらよかったのに。『重要なことだとは思ってもみなかったんです』だと！　まったく！」

「まあロジャー、そう熱くなるなよ」

「ああ、でも考えてみろよ。ぼくらはとんでもない大失態を演じてたかもしれないんだぞ。今朝の審問でぼくが、死体を降ろしているとき椅子はずっと絞首台の下にあった、なんていい出さなかったのは、神の恵みとしか思えない。もし訊かれていたら、きっとそう答えていたに違いないからな」

「そして偽証罪に問われていただろうな」コリンは冷静に指摘した。

「いや、それはないよ」

「どうして?」

「ぼくは宣誓なんかしなかったからね――ちゃんと目を開けていたら、きみにだって、いや誰にだってわかったはずだよ。興味があるならいうけど、ミセス・ラフロイもしてなかった」

「おい、言い逃れはよせよ」

「言い逃れなんかじゃないさ。まあ、ここでそんなことを議論しても始まらない。要はリリアン・ウィリアムスンが、その重大きわまる事実を話してくれてさえいたら、ロナルドも弟が殺人犯だと思ったりはしなかっただろうし、ぼくにしたって、無用の骨折りで右往左往せずにすんだだろうし、多くの人間の良心が、不愉快な痛手を受けずにすんでいただろうに」

「いずれにせよ、きみは別だよ、ロジャー。ありもしないものが痛手を受けるわけはないからな」

「結局、自殺だったんだ。とにかくほっとしたよ」

「おまけに警察では、昨日の朝からずっと、そのことを承知していたんだからな」

「ああ。それに連中の大騒ぎはみんな、きみがあの椅子を拭いたせいなんだからな。いまとなっては、不必要どころか余計なお節介だったことがわかったわけだが」

「ぼくが椅子を拭いた理由のことは、いわぬが花ということか。とにかくあのときは、きみの手抜かりを指摘したと思ったんだけどね」

「ああ、そうだった」ロジャーは鷹揚に認めた。「殺人犯を見つけたと思ったのと、同じくらいのどじだったな。しかし、なんともありがたいことに、正真正銘のお節介のおかげで、ぼくはあの警部の手にゆだねられることになってしまった。まったく、ああいう明らかに自殺と証明された事件で、指紋検出器であそぼうとするんだからな。まるで玩具を手にした子供みたいにさ。ところで、いまではいっきりしたが、次の朝ロナルドとぼくが屋上に上がったとき、警部は椅子の位置のことをひどく気にしているようなふりをしていたが、あれはただの目くらましだったんだ。彼はすでに指紋検出器をあの椅子に使っていて、当然のことだが、その結果にすっかり興奮していた。そしてそのぞっとするニュースを警視に伝えるまで、ぼくたちを遠ざけておきたかったんだ」

「するとやつは、死の原因にはまったく疑問をもっていなかったが、何らかのごまかしがあったことを知って、真相を見きわめようとしたんだな」

「そのとおり。そしてぼくたち全員に、不安と落胆の種をたっぷりと撒き散らしはじめたわけだ。まあ、やつにしてみれば、それが自分の務めだと思ったんだろうね」

「運がよかったのは」とコリンは考えこむようにいった。「椅子は最初から絞首台の下にあったといえ、ときみにいわれたとき、耳を貸さなかったことだな」

「いまとなっては、確かにそうだ」ロジャーはそっけなかった。

「それから、これも運がよかったと思うのは、なあロジャー、きみが拵えあげた、アガサが気分が悪くなって、オズバートがハンカチーフでサー・ウォルター・ローリー（エリザベス一世時代の探検家・政治家。女王のために路上の水たまりにマントを広げたという逸話が有名）もどきの一幕を演じたというばかばかしい話が、何かとんでもない事態を招かずにすんだことだ」

「たしかに、いまとなってはね」ロジャーはますますそっけなかった。

「もうひとつ運がよかったのは」とコリンはさらに続ける。「オズバートのやつが、昨夜寝室でリリアンにその話をして、そして混乱を整理して、そして今朝それをミセス・ラフロイに話すだけの分別を持っていたことだな。そのおかげで、彼女は自分の証言を二人の話に合致するよう修正することができた。アガサはたいした女性だ。要点を即座に見抜いた」

「誰もそのことをぼくに話そうとはしなかったのも、運がよかったんだろうな」ロジャーの声はおそろしく冷たかった。

　コリンはそのことを考えてみた。

「ああ、それでこれ以上、話が紛糾するのが避けられたんじゃないか、ロジャー？」

　彼は期待するように道連れに目をやった。

　しかし、ロジャーは凍りついたように冷ややかな沈黙を守った。

　いずれにせよ、彼にはたいしていうべきこともないのだった。

2

　居間では、シーリア・ストラットンとアガサ・ラフロイとリリアン・ウィリアムスンが、興奮しておしゃべりしていた。

「ねえ、私、二度とああいうことは御免こうむりたいわ。ほんとに怖かったのよ。席に戻ったとたん、ものすごく気分が悪くなったわ」

「あら、あなた立派だったわよ。ねえ、私の帽子、ほんとに曲がってなかった？　どうも片方にずり落ちてたような気がするんだけど」

「あら、あなたちゃんとしてたわよ。それにとっても落ち着いてた。とにかく帽子はだいじょうぶ。それより、私、とんでもないお莫迦さんに見えなかった？」

「あら、あなた素敵だったわ。でも私……」

「あら、あなた……」

「あら……」

3

書斎ではロナルド・ストラットンとデイヴィッド・ストラットンが、シェリーのグラスを次々に飲みほしていた。

「さあ乾杯だ、デイヴィッド」

「乾杯」

「やれやれ、これで終わったな」

「ああ」

「気分はどうだ、大丈夫か？」

「上々さ」

「万事順調といったところか」

「申し分ないね」

「ああ、これで全部片付いた。結局、自殺ということで何の疑問も出なかったな」

「結局？」

「シェリンガムはいっとき、おまえがやったんじゃないかという、とんでもない考えを持っていたみたいなんだ」

「ぼくがやったって、何を？」

「イーナを吊したってことさ。おまえ、気がつかなかったのか？」

「えっ、そんなことを考えてたのか。不思議には思ってたんだ」

「やつは気高くも、おまえを絞首台から救おうと全力を尽くしていたのさ」

「もしそう考えていたのなら、何ともご親切な男だな」

「だが、ばかばかしい考えだ」

「ああ、それはどうかな。ぼくだって、そういうことはよく考えたことがある。でも、その勇気はとうていぼくにはなかった」

「まあ、とにかく彼女はおまえのために手数を省いてくれた。もう一杯どうだ」

「ありがとう、もらうよ」

「乾杯しよう」

「ああ乾杯だ」

4

庭ではウィリアムスン氏が倫理的問題と格闘していた。自分は思い出せなかったが、他の誰かが彼の代わりに思い出したものを、固い信念のもとに宣誓証言したとしたら、それははたして偽証したことになるのだろうか。

それともならないのだろうか。

ウィリアムスン氏は大いに悩んでいた。

5

医院ではドクター・チャーマーズがクロロホルムの広口瓶を下ろして、手にした薬瓶を満たしていた。彼をいらだたせていたのは、調剤師がひどい風邪をひいて休みをとったちょうどその日に、検視官が一同をあんなにも長い時間宙ぶらりんの状態においたことだった。そのおかげで、彼の仕事はおそろしく滞っていた。

とにかく、検視審問はすべてうまくいった。ドクター・チャーマーズはうまくいかないことなど予想もしていなかったが、それでも決着したのは喜ばしいことだった。

検死解剖はあぶなかったが、それは避けて通るわけにはいかなかった。

実際、これは手際のいい仕事だったのだ。ドクター・チャーマーズは一瞬たりともそれを後悔したことはなかった。しかし、良心の呵責も、恐怖による不安も、すこしも感じることがなかったのには、自分でも少々驚いた。彼はつねづね、殺人者というものはこそこそと現場から逃げ出し、誰かに話しかけられるとぎくりとするものだと思っていた。ところがドクター・チャーマーズが感じていたのはただ、自分に対する満足だけだった。彼は自分にそうした天晴れなふるまいができるとは思ってもいなかったので、それができる人間であることを知って、いくばくかの満足をおぼえていたのである。

しかし、もちろんこれっぽちも危険はなかったのだ。

彼はクロロホルムの広口瓶に栓をすると棚に戻し、薬瓶にコルクの栓をしてラベルを貼り、白い紙できちんと包んだ。

「フィル！」辛抱づよい声が廊下の端から聞こえた。

「なんだい？」

「あなた、今日はもう昼食はいいの？」

「いま行くよ」

ドクター・チャーマーズは昼食に向かうと、旺盛な食欲でそれをたいらげ始めた。ドクター・チャーマーズは想像力に富んだ男ではなかった。

6

その晩六時半にマイク・アームストロングは、ブルームズベリーのマーゴット・ストラットンの小さなフラットの小さな居間に姿を現した。

「あら、ダーリン」マーゴットは飛び上がるようにいった。

「やあ」

「どう、今日はいい日だった？」

「悪くはなかったね。夕刊を持ってきたよ。イーナの検視審問のことが載ってる」

「まあ、見せてよ。どこに出てるの？」

マイク・アームストロングがその記事を指し示すと、マーゴットはそれを急いで読んだ。

「『一時的錯乱による自殺』。ええ、これでいいわ」彼女は目に見えてほっとしたようだった。

「『一時的』どころではなかったけどね」

「そうね」

マーゴットは膝の上に新聞を投げ出すと、婚約者の顔をまじまじと見た。

「これで全部片がついたってこと？」

「そうさ」

「当局はこれですっかり納得したの？　つまり、自殺ってことで？」

「ああ、確かだよ」

「ねえ、ほんとうにもうこれ以上取り調べはないと思う?」

「そんなふうに考えちゃだめだ。そんなことあるはずないだろう?」

マーゴットはそれには答えなかった。かわりにこういった。

「ダーリン、あなたにはいわなかったけど、私、昨日の夜、あの男がここにやって来たときには、ほとんど死ぬ思いだったのよ」

「あの警部がかい? どうしてまた? ただのお決まりの調査だって、彼もいってたじゃないか。あの家にいた人間にはすべて聞いてまわらなくてはならないんだって」

「それはわかってる。でも、今日またあの男が、証言を求めにやって来るんじゃないかとびくびくしてたのよ」

「でも、きみにできるような証言はもうないじゃないか。ほかの人がまだ話してないようなものはね」

「そうじゃないのよ!」

「それはどういう意味?」

「ダーリン、誰かに話さないと、私、爆発しそうだわ。あなた、秘密は守れるわね?」

「大丈夫だよ」

「そうね、あなたなら大丈夫。いいわ——イーナは自殺なんかしていないの」

「なんだって?」

「いったでしょ。彼女がしなかったのを私は知ってるの」

「どうしてきみが知ってるんだ?」

「誰にも、一言も洩らさないって誓える？」

「ああ」

「いいわ——フィル・チャーマーズが彼女を殺そうとしたの」

「なんだって！」

「私、たまたま、彼がそうしたのを知ってしまったの」

「どうやって？　いったいなぜ？」

「彼女が国王代訴人に、ロナルドとアガサのことを密告しようとしていたから、そしてこのところずっと、デイヴィッドを地獄のような目にあわせていたから」

「でも、どうしてきみはそれを知ったんだい？」

「これから話すわ。チャーマーズ夫妻が帰るちょっと前に、私があなたのこと探していたのは覚えてるでしょ。そう、私、屋上にも上がってみたのよ」

「それで？」

「ダーリン、どうかこのことは黙っててね、お願いよ」

「もちろんさ」

「私、ドアのすぐ外に立って呼びかけたの。最初、そこには誰もいないと思った。それから誰かが詰まったような声で、『マーゴット！』っていうのが聞こえたのよ。あたりを見まわしたんだけど、やっぱり誰も見えなかった。そうしてついにイーナが目に入ったの。最初は彼女だとはわからなかった。でもイーナだったの。ねえあなた、彼女はどこにいたと思う？」

「想像もつかないな」

「ロープに吊されてたのよ！　ほんとうにあそこに吊されてたの」

「なんだって？」マイク・アームストロングは疑わしげな顔でいった。「ねえきみ、彼女が吊されていたというのなら、声を出したりはできなかったんじゃないかな」

「でも、首を吊されていたわけじゃないのよ。頭の上のところでロープをつかんで、体重が首にかからないよう支えていたの。彼女はロープにしがみついてた――なんだかぞっとする言い方ね、でも、ほんとうのところは、あのひとったら、ぶらさがった猿みたいだった」

「なんてことだ」

「もちろん、私は彼女に駆け寄ろうとした。そうしたら彼女はやっぱり詰まった声で、椅子を持ってきてと叫んだの。見まわしたら、ドアのそばに椅子が一つ転がってた。私、それを持って彼女の足元に置いてあげたの。彼女はそこに足を下ろしたのよ」

「よかったじゃないか」

「あの男がここに来たとき、私が死ぬほどふるえたのはそういうわけよ。私、彼女が舞踏室で自力で梁によじ登ることができたのを誰かが思い出して、そして当然ロープでも同じことができたはずだと気がつくに違いないと思ってたの。でもありがたいことに、誰も思いつかなかったみたい」

「なるほど。じゃあ、何が起こったんだい？」

「ええ、彼女はそこに立って、ロープをまだ首の回りにまいたまま、しばらくぜいぜい息をきらしてたの――それから罵りはじめたわ」

「罵る？」

「ええ、彼女は真っ青な顔をしてた。怒りでね。それは恐怖も少しはあったんでしょう、でも大部分は怒りのせいだった。まったく、彼女がするつもりのことといったら！　私たち、まちがいなく全員そこに入ってたのよ――ロナルド、デイヴィッド、アガサ、シーリア、みんなよ、わけてもフィルはね。彼女を殺そうという陰謀がずっと前からあって、フィルがその実行者として送り込まれたんだと、イーナは考えてるみたいだった。とにかく彼女は、警察に電話をかけてすぐにフィルを殺人未遂の罪で逮捕させ、ロナルドとアガサの結婚をやめさせ、デイヴィッドを生まれてこなければよかったと思うような目にあわせてやるつもりだったの（彼女と結婚してからデイヴィッドはずっとそうだったと、私なら思うけどね、かわいそうに）。ほかに彼女がどんなことを考えてたのかは、神のみぞ知るだわ。

ねえあなた、それはある意味とても滑稽な状況だったわ。もちろん、イーナはそうは思わなかったでしょうけど。つまり、彼女はそこに突っ立って当たり散らしていたわけだけど、首にはまだロープをまいたままなのよ。あんまり怒り狂ってたんで、すこし緩める以上のことはする余裕もなかったのね。もしかしたら、それが素晴らしく印象的な構図だとでも思ってたのかもしれない。仔羊と屠殺者、ってわけね」

「しかし、彼女がロープをつかむ前にどうして窒息してしまわなかったのか、ぼくにはよくわからないな」

「ああ、それはね、ロープが太くて堅かったからなの。そのことで、彼女はなんとかいってたわ――素敵な義兄様《おにいさま》は計算違いをしていた、もしロープがあれほど太くなかったら、輪はさっと締まって、自分はあっというまに死んでいただろうってね」

「なるほど、それからどうなったんだい？」

「ええ、しばらく我慢してそれを聞いてたんだけど、そのうちに私、その場所にやって来たことを猛烈に後悔しはじめたの。シャレードのあいだ、デイヴィッドが私に胸の内を切々と打ち明けてたの、あなたも知ってるでしょ。その前から私自身、あの女のことは大嫌いだったのよ。それにロナルドには親切にしてあげたいとずっと思っていたし。もし私が彼女に椅子をあたえて立たせてやったりせずに、そのまま下に降りていたら、彼にとっては大変な親切になっていたはずよ。彼女、自分でもあと三十秒も持たなかったっていってたもの」

「それで……」

「それで私、おしゃべりをさえぎって、あなたは莫迦なことをいってる、フィルがそんなことをするわけがないって、いってやったの。そうしたら彼女、ますます怒り狂って、フィルがやったのは絶対間違いないっていったわ。フィルと話してたら、椅子の上に立ってロープの輪に首を突っこむように彼がいい出して、彼女がその通りにしたら、いきなり足元から椅子を引き抜いたっていうの。そして、これから下に降りて警察に電話して、殺人未遂の罪で彼を逮捕させてやるとかなんとかって。それで……」

「それで?」

マーゴットはためらった。「私、フィルのことが好きよ。あなたはどう?」

「ああ、彼はいい奴だ」

「そう。じゃあ……ダーリン、あなた、私がどんなことをしたかを知っても、好きでいてくれる?」

「ああ」

「ほんとにそう?」

「絶対さ。何をしたんだい?」

マーゴットはちょっと謝るように咳をした。

「あのね、ダーリン」彼女はあっさりいった。「私、椅子をもう一度引き抜いたの」

バークリーと犯罪実話

若島　正

ドロシー・L・セイヤーズの『毒を食らわば』(一九三〇)は、ウィムジイがハリエット・ヴェインに恋をしてしまう物語だとして探偵小説愛好家には記憶されているかもしれないが、そうしたロマンスの部分とは別に、見落とすことのできない側面がもうひとつある。それは、文学作品への数多い言及のみならず、犯罪実話への言及も相当数あるという点だ。

実際、砒素による殺人の容疑で起訴されたハリエット・ヴェインは、砒素中毒を扱った本を書いているところで、彼女の本棚にはマドレイン・スミス事件、セドン事件、アームストロング事件といった有名な毒殺事件の裁判報告が並んでいる。そして彼女を救い出そうとするウィムジイも、『英国有名裁判全集』というシリーズで、そうした事件の他にも、パーマー、プリッチャード、メイブリックといった、砒素を用いて殺人を犯した有名犯罪者たちの裁判記録を熟読する。

私の興味を惹くのは、セイヤーズに限らずいわゆる黄金期の探偵小説家たちがみな、砒素による殺人と犯罪実話に対して並々ならぬ関心を寄せていたという事実である(言うまでもなく、薬局に勤めたという体験を持つクリスティの作品においても、砒素はなくてはならない殺しの手段であった）。あるいはこう言い換えることもできるだろう。風俗小説としての側面を濃厚に持つセイヤーズの作品では、砒素や犯罪実話への関心も、いわばひとつの時代風俗なのである。

こうした犯罪がいかに当時の一般大衆の関心を惹きつけていたか、その傍証となる資料をもうひとつ提供しておこう。それは二十世紀文学の金字塔として名高い、ジェイムズ・ジョイスの『ユリシーズ』である。ダブリンでの一九〇四年六月一六日の出来事を描いたこの小説で、最終挿話におけるモリー・ブルームの内的独白の中に、次のような箇所がある。

たとえばあのメイブリック夫人なんか亭主に毒を盛っていったいなんのせいだったか他の男に惚れていたっけそうよそれがあとでばれたんだあんなことをしでかすなんてほんとに悪い女ねもちろん男のなかにはひどく腹のたつやつもいてあたまにきちゃうしいつもとてつもなくひどいことをいってどうして結婚してくれなんてたのむのかしらそんなに女が悪いんならつまりはそうよ男は女なしではすごせないんだわ白砒だったかなあの女が蠅取り紙から取ってお茶にいれたのはいったいどうしてそう呼ぶのかしらもし彼にきいたらギリシャ語からだというにきまってるわこっちはそれでもさっぱりわからないままきっとあの女はその男にむちゃくちゃ惚れてたのね縛り首になる危険をおかすなんてもうそんなことはどうだってよかったのよそういう性分だからしかたがないのそれに女を縛り首にするほどけだものじゃないわね絶対そうよ男は

ここで言及されているメイブリック事件は、一八八九年にリヴァプールで起こった。フローレンス・メイブリックが姦通を犯し、夫のジェイムズに砒素を飲ませて殺害したというかどで逮捕された事件である。女召使いの証言によれば、砒素を含んでいるといわれる蠅取り紙が夫人の部屋にある洗面台の中で水に浸されているのを見たという。そして検屍の結果、ジェイムズ・メイブリックの体内から砒素が発見されたのである。メイブリック夫人は死刑の判決を受けたが、処刑執行直前に終身刑に減刑され、さらに『ユリシーズ』が描いているのとちょうど同じ一九〇四年には釈放されている。つまり、モリー・ブルームはさほどの教養はないものの、社会的な話題になったメイブリック事件のことは蠅取り紙という細部に至るまで記憶しているのである。『ユリシーズ』には、文学的な素養がないと理解困難な引用もたしかに多いが、少なくとも同時代の読者には常識として共有されていたこの種の話題もたくさんちりばめられているのだ。

それと同じことが、バークリーの作品群についても言えるのではないか。たとえば『ウィッチフォード毒殺事件』（一九二六）は、まさしくこのメイブリック事件を下敷きにしながら、そこにバークリーなりの解釈を施した作品である。『毒入りチョコレート事件』（一九二九）にしても、一九二一年に起こったアームストロング事件で使われた、毒入りのチョコレートを匿名で送りつけるという犯行の手口をそのまま取り入れている。さらに、フランシス・アイルズ名義で書かれた『殺意』（一九三一）では、主人公であるビクリー博士の人物造形においてそのアームストロングをモデルに使っている。そして『ジャンピング・ジェニイ』（一九三三）では、歴史上有名な犯罪者や被害者に仮装した人々が集まるパーティのさなかに殺人が起こるという、なんとも突飛でかつ意味深長な趣向が用いられる。そこに登場するのは、ロンドン塔に幽閉された王子たち（探偵小説の愛好家なら、もちろんここでジョゼフィン・テイの『時の娘』を想起するだろう）、切り裂きジャック、クリッペン、ル・ニーヴ嬢（クリッペンの愛人。警察に疑われてカナダに逃亡するとき男装したことで特に知られる)、メイブリック夫人、パーマー、メアリー・ブランディ(一七五一年、父親を砒素で殺害した。毒殺事件の裁判で医学的証拠が採用された初めての例。彼女はニューゲイト監獄で絞首刑になった)、マドレイン・スミス(一八五七年、フランス人の恋人を砒素で殺害したとされ、裁判では証拠不十分で無罪になった)など、いわばこの手の名士たちばかりである。バークリーは彼らがどういう犯罪に関わりがあったのか、まったく紹介していない。それからわたしたちがまず了解すべきなのは、彼らが当時の一般大衆にとって(あるいは少なくとも当時の英国の探偵小説読者にとって)、なんの紹介もなしに誰だかわかるくらいよく知られた名前であったという事実である。

また、おもしろい探偵小説を書く素材として犯罪実話を用いただけではなく、バークリー自身も犯罪学そのものに対して並々ならぬ関心を抱いていたらしい。エアサム・ジョーンズが編集した『アントニイ・バークリー・コックス事件簿』(一九九三)で、バークリーが遺した草稿のリストを眺めてみると、そこには「フローレンス・エリザベス・メイブリック」「ウィリアム・パーマー」「フランツ・ミューラー」「ジョージ・ヘンリー・ラムソン」と題された四篇の犯罪実話研究が見つかる。これらは主に毒殺事件を扱ったものである。

さてそれでは、バークリーのこのような関心は、はたして当時の一般大衆の関心に還元しつくされてしまうものだろうか。単なる時代風俗の表れだと完全に片づけてしまえるものだろうか。答えは明らかに否である。黄金期の探偵小説家たちのなかでも、犯罪実話への言及がきわめて多く、しかもその言及のありようがセイヤーズをはじめとする他の作家たちと根本的に異なる点において、バークリーは突出して映るのだ。

バークリーにとって、犯罪実話は単に探偵小説の素材を提供してくれるだけのものではなかった。それは彼が探偵小説を書くときに、つねに参照し比較しなければならない準拠枠であった。その意味において、彼は探偵小説を書くことにきわめて自意識的な作家だった。純粋パズルとしての探偵小説の自立性以外に準拠枠を持たないいわゆるパズラーとは、探偵小説に対する同じ自意識といってもそのありようがまったく違うのである。バークリーを探偵小説史の中で位置づけるときに、まず押さえておかねばならないのはこの点だ。

ここで思い出されるのは、バークリーを論じるときによく引用される、『第二の銃声』（一九三〇）の序文だろう。そこでバークリーは、現実の犯罪と探偵小説との関係について、次のように述べている。

実社会における最も凡庸な殺人ですらも、心理や情念や決意や劇的状況といったものの混淆物である。効果を狙うあまり、紋切り型の探偵小説がそれらの要素をことごとく失ってしまうのはいったいどうしたことだろう。

この一節でバークリーが批判しているのは、殺人事件が解くべき謎またはパズルとしてしか機能していないような探偵小説である、ととりあえず要約できる。探偵小説が取り戻すべきなのは、血の通った人間のドラマとしての殺人だ、とそういうことになるだろう。そこでは、殺人に至る経過そのものが問題になる。探偵小説の枠組みでは、これは「動機」だが、それをバークリーは「犯人」「動機」「犯行手段」という探偵小説を構成する主な三要素の一つとして、すなわちパズルの一片としてとらえることはしない。実はそこにこそ殺人という現象を考察するときに最も興味深い問題が現れてくるのであり、それはまた犯人の人間性と密接に関連している。これがおそらくバークリーの論点なのである。

こういう道筋で考えたとき、バークリーが到達した結論はどのようなものだっただろうか。それは、探偵よりも犯人が強調されるような小説である。なるほど、バークリーはたしかにロジャー・シェリンガムという名探偵をシリーズ・キャラクターとして持っていた。さらには、モーズビー警部という副次キャラクターを配置した。『地下室の殺人』（国書刊行会）に付けられた解説で、探偵小説研究家の真田啓介氏はシェリンガムが独特の魅力を持った探偵であることを強調している。その議論はきわめて優れたものであり、傾聴すべき点が多々あることを充分に認めたうえで、わたしはやはり、シェリンガムという探偵を創造したことじたい、職業的探偵小説家としてのバークリーがこのジャンルに対して行った最大限の譲歩だったような気がする。ときにはシェリンガムとモーズビーの役割が逆転してしまったように見えることがあるのも、この二人の存在がバークリーにとってどれほど可変的なものだったかを示す形跡であるように思えるのだ。実際、探偵の存在を小説から排除してしまったのがアイルズ名義の三作であり、それはすでに文字どおりの意味で探偵小説ではない。わたしにとってバークリーがおもしろいのは、彼が探偵小説と犯罪小説の双方向に引き裂かれた、矛盾をはらんだ作家だったからだと言っていい。

さて、謎の解決ではなく、殺人そのものに目を向け、犯人の人間像そのものに焦点を当てれば、どのようなものが見えてくるか。それは、言うならば、「罪」という観念の曖昧さである。あるいは言い換えれば、犯人を裁けるだろうかという疑問である。真犯人を見つけだして裁くのが古典的探偵小説の大前提だとすれば、こうした疑問はジャンルの束縛に抵触してしまう危険性がある。バークリーはそのきわどいところで綱渡りをした作家だった。

典型的なバークリー的犯人は、無意味に殺人を犯したりはしない。犯行に至る犯人の心理をつぶさに追えば、それはほぼ因果の鎖でつながっている。その因果の初期条件としては、犯人の生まれつきの性格がある。そこを起点にして、犯罪はほとんど必然的ななりゆきとして発生するのである。従って、犯人を見つめる作者の目は、他の探偵小説家たちに比べて驚くほど寛容である。典型的なバークリー小説では、犯人は必ずしも断罪されるべき人間ではない。むしろ殺害された人間の方が、「殺されても仕方がなかった人物」として提示されることが往々にしてある。たとえば、犯罪小説の『殺意』は、常日頃から妻に虐げられていた主人公が、いわば己の男性性を回復しようとして妻の殺害を決意する物語である。また『ジャンピング・ジェニイ』も、被害者は殺されても同情を買うことのない女性である。

このような傾向は、アイルズ名義で書いたエッセイ「クリッペンは人殺しか?」(一九三八)にも見られる。バークリーは、クリッペンがもともと温和な人間であり、冷酷な人殺しには似合わないと主張する。彼の説では、妻のコーラに植物性の毒薬ヒヨスチンを盛ったのは、愛人ル・ニーヴとの逢い引きの時間を確保するためであり、故意に殺害するつもりはなかったのだという。この場合も、毒殺という結果を招いたそもそもの原因は妻のコーラにあるというのがバークリーの考え方で、彼はそれと同じ意見を『ウィッチフォード毒殺事件』の中でシェリンガムに言わせている。強い女に弱い男という組み合わせが、バークリーが何度も描いた男女関係の図式であり、そこには作者自身の深層心理が投影されているのではないだろうか。

ここでもう一度、探偵小説家としてのバークリーの自意識という問題に立ち返って考えてみたい。この自意識の直接的な現れの一つが、探偵小説家を作中に登場させるという趣向である。『毒入りチョコレート事件』と『第二の銃声』に登場するモートン・ハロゲイト・ブラッドリー、『第二の銃声』のジョン・ヒルヤード、『ジャンピング・ジェニイ』のロナルド・ストラットンなど、この手の脇役は数多い。そして言うまでもなく、犯罪学に興味を持つ大衆小説家（ただし探偵小説を書いていたわけではないらしい）というシェリンガムの人物設定は、いわばこのヴァリエーションと言える。

しかし、そうした作中の探偵小説家たちの中で、誰が最も記憶に残るかといえば、わたしはアイルズ名義の『犯行以前』（一九三二）に出てくる女性作家イゾベル・セドバスクを躊躇なく挙げるだろう。探偵小説というジャンルの枠内にとどまっているシェリンガム物に探偵小説家が登場するのはさほど違和感がないが、もはや探偵小説ではないアイルズ名義の犯罪小説の中に出てくると、それが妙に浮いて見えるからである。

バークリーが描く探偵小説家たちは、おおむね食うために探偵小説を書き出した人間たちである。たとえばパーシー・ロビンソンなる筆名で探偵小説を書いているブラッドリーは、「はじめ車のセールスマンをしていたが、製造業の方がもっと金になるということを発見した。それで今では探偵小説を製造している」（『毒入りチョコレート事件』）と書かれる。この「製造」（manufacture）という皮肉な言葉に注意していただきたい。バークリーはユーモア作家としてデビューした後に、一九二五年に『文筆寄せ鍋』（*Jugged Journalism*）という文筆業になるための指南書のようなものを出している。その第三講は「探偵小説」と題されていて、そこでもやはり「探偵小説の製造には考慮すべき大切な点が二つある」と書き出しているのである。バークリーにとって、探偵小説を書くことはまず第一に生活のためであり、製造業者として売れるものを書くのが絶対条件だったが、片方ではきわめて真剣な営みでもあった。「製造」という自己卑下の言葉の裏には、彼の探偵小説を書くことに対する真摯な表情をも読み取ることができるだろう。

『犯行以前』に登場するイゾベル・セドバスクも、こうしたバークリー的探偵小説家たちの範疇から外れるものではない。この女性探偵小説家は、セイヤーズのカリカチュアであるという定説があって、それはそれなりに納得するものの、どうもそれだけではない。セドバスクに仮託して、バークリーは自らの探偵小説観および犯罪観を語っているように思えるのである。

夫のジョニーが殺人者ではないかという疑惑を抱いている主人公のリーナは、それを飲むと死ぬとわかっていながら人にウィスキーを勧めた場合、殺人になるかとセドバスクにたずねる。するとセドバスクは、その手は探偵小説でも使われたし、現実にもあったと答える。ウィリアム・パーマーが最初の被害者であるアビーを殺害したときそうしたというのだ。しかし、彼女の意見では、それは法的には殺人ではない。

「……法的に殺人を定義すると、『殺意を持って人を殺すこと』になるのよ。それでも、たしかに殺意は存在するわね。それにもし、その男がわかっていながら死に至るような行為をするよう他人にそのかしたとしたら……」

ここが注目すべき箇所であるのは、法律用語の「殺意」(malice aforethought) がアイルズ名義第一作のタイトルにもなっていたキーワードであるという理由による。殺意はまさしく容疑者の心理の中にのみ存在するのであり、それはいかなる物的証拠をもってしても突きとめることはできない。すなわち、殺人はその法律的定義からして、灰色の領域に属することになる。その領域こそ、バークリーが探究した場所なのである。

この箇所から少し進んだところで、リーナとセドバスクはふたたび殺人の方法をめぐって議論する。砒素を使うのが簡単ではないかとリーナが言うと、セドバスクはこう反論する。

「なぜかというとね、砒素は毒の中でもいちばん検出しやすいからなのよ。砒素は体内に残って――」

「でも、現実にはみんなそうしてるでしょ。どうしてあなたのご本をもっと現実に近づけようとなさらないの、イゾベル？」

「あれで現実に近いんですよ」と痛いところを突かれたセドバスクは鼻であしらった。「探偵小説の決まり事の中で可能なかぎり。でも、あなたはおわかりじゃないらしいわね。わたしがいつも探し求めてる殺人方法は……何百人もの人間が、実際に現実で使っている方法そのものだっていうことを。そういう人間たちのことは、わたしたちはけっして耳にしないの。なぜかというと、けっして捕まらないからよ」

これは『犯行以前』という作品に対する一種の自己言及だと読むことが可能である。なぜなら、『犯行以前』はまさしくセドバスクが追い求めているような、「けっして捕まらない」、現実で秘かに実践されている犯罪を扱っているからだ。『犯行以前』が下敷きにしている現実の犯罪は、この小説の中でかぎりなくクロに近い（しかし絶対的な証拠もなければ殺意も確認できない）、リーナの夫ジョニーも読んで参考にしているウィリアム・パーマー事件である。

パーマーは一八四五年ごろから始まって十年ほどのあいだに、十人以上もの人間を毒殺したとされる。最初の殺人は、セドバスクも言うとおり、毒の効きめを試そうとしてアビーという男にストリキニーネを混ぜたブランデーを勧めて毒殺したとされる事件である。その後、パーマーに関係した人物たち（パーマーが生ませた私生児たちや、結婚相手など）が次々と謎の死を遂げている。そこには保険金詐欺もあったというのだから、これはつい最近の日本での事件にもあったくらいで、きわめて現実的な犯罪なのである。しかし結局のところ物的証拠は一つも上がらずに、状況証拠だけでパーマーは死刑になった。つまり、最後のところで嫌疑をかけられなければ、パーマーはそのままかぎりなくクロに近い人物というだけで捕まることなく生き続けたかもしれない。そしてそれはまさしく『犯行以前』の世界なのだ。こういう形で、『犯行以前』という小説は犯罪実話を媒介にして二重に自己言及的であり、セドバスクが書きたかった探偵小説をバークリーが書いたという構造になっている。

そして最後に強調しておかねばならないのは、リーナが殺人者とおぼしき夫ジョニーを許すという結末である。リーナはジョニーが自分を愛していることを疑わない。視点人物であるリーナの目を通してジョニーという人間を眺めてきた読者は、やはりリーナの心理に誘導されてジョニーを受け入れ、そして許す。たとえリーナを毒殺することになろうとも、わたしたちの目にはジョニーが殺人者だとは映らない。そういう場合、「殺人」という言葉はいったいどのような意味を持つのだろうか。灰色の領域を探究しようとしたバークリーの到達点がそこにある。

訳者あとがき

本書『ジャンピング・ジェニイ』*Jumping Jenny* は一九三三年に刊行された、アントニイ・バークリー中期の作品です。この時期には、『毒入りチョコレート事件』(二九)、『第二の銃声』(三〇)、『最上階の殺人』(三一)、『地下室の殺人』(三二)と力作が集中し、フランシス・アイルズ名義でも、『殺意』(三一)、『犯行以前』(『レディに捧げる殺人物語』)(三二)という傑作が書かれています。

タイトルは冒頭で説明されているように、ロバート・ルイス・スティーヴンスンの歴史小説『カトリアナ』(一八九三)から採った、縛り首の死体をあらわす言葉ですが、米版では、より直截的な *Dead Mrs Stratton*(死せるミセス・ストラットン)というタイトルが付けられています。巻頭の「ロジャー・シェリンガムについて」という一文は、この米版に付されたもので、名探偵シェリンガムのプロフィールを作者自ら紹介した貴重な資料であるとともに、犯罪学が趣味で、「人間の性格」に強い興味をもち、そうしたほうが正しい裁きをなしうると思ったときには、たとえそれが法に背くことになっても、自身重要な決定を下すことを恐れたことはないというシェリンガムが、本書ではたす役どころを予告するものでもあります。

犯罪学が趣味などというと、なにやら不謹慎な、変わった趣味のように思われる方もおられるかもしれませんが、イギリスにおいては、現実の殺人事件を話題に知的な議論を楽しむという風潮が伝統的にあり、ディケンズやサッカレー、テニスン、ワイルド、ヘンリー・ジェイムズといった文学者たちも、しばしば殺人談義に興じ、作品の題材に取り入れています。ジョン・ディクスン・カーの『エドマンド・ゴドフリー卿殺害事件』（一九三六）を嚆矢とする歴史ミステリも、そういった伝統から生まれてきたものといえましょう。

もちろんそこには、ある種の病的な好奇心、安全な側に立って他人の悲劇を鑑賞するという暗い部分がないわけではありません。このテーマについては、十九世紀英国の有名殺人事件が社会に引き起こした熱狂と、その報道を通じて殺人が「大衆娯楽」化していく経緯を追跡したリチャード・D・オールティック『ヴィクトリア朝の緋色の研究』（国書刊行会）を、抜群に面白く、刺激的な一冊としてお勧めしておきます（事件の過熱する報道と、それに相乗する読者の覗き見的関心という構図は、現代日本の状況とまったく変わりありません）。

犯罪学は、作者バークリーにとっても主要な趣味であり、作中、しばしば実在の事件が言及されたりしますが、とくに第二作 *The Wychford Poisoning Case*（1926）は、一八八九年に夫を毒殺した容疑で裁判にかけられたフローレンス・メイブリックの事件を下敷きにしています（本書にもミセス・メイブリックの扮装が登場します）。また、フランシス・アイルズ名義の『殺意』『犯行以前』などの犯罪心理小説にも、作者の犯罪学への関心が色濃く投影されているように思います。バークリーのミステリと犯罪学の関わりについては、若島正氏のきわめて示唆に富むエッセイ「バークリーと犯罪実話」をご覧下さい。

ちなみに本書の献辞に掲げられたウィリアム・ラフヘッド（一八七〇―一九五二）は、エジンバラ生まれの著名な犯罪学者で、有名事件の裁判記録をまとめた〈英国著名裁判全集〉の編集にながく携わっていました。この出版物は犯罪事件に関する一級資料として、さまざまな探偵小説で言及されていますので、ご存知の方も多いことでしょう。過去に〈実録裁判シリーズ〉として数冊が翻訳紹介されたこともありますが、その一冊、ドイルが再審理請求に尽力した冤罪事件としても知られる『目撃者――オスカー・スレイター事件』（旺文社文庫・絶版）はラフヘッドの編集したものです。

さて、本書で探偵作家のロナルド・ストラットンが開いたパーティは、参加者がそれぞれ史上有名な殺人者か、その犠牲者に扮するという趣向のものでした。屋上には雰囲気を盛り上げるために、藁人形を吊した絞首台まで建てられています。招待客のロジャー・シェリンガムの第一の趣味も犯罪学ですから、作中でもロナルドや友人の編集者コリン・ニコルスンと、盛んに犯罪学をめぐる議論を戦わせています。

登場する〈殺人者と犠牲者〉については、本文中でも簡単な訳注を付しておきましたが、なかには日本の読者にはあまり馴染みのない名前も混じっているようですので、ここであらためてご紹介させていただきます（括弧内は扮装していた人物です）。

ロンドン塔の王子（ロナルドおよびデイヴィッド・ストラットン）

英国中が内乱に巻き込まれた薔薇戦争の末期、一四八三年に、十二歳という年齢で王位についたエドワード五世とその弟は、叔父である摂政リチャード（後のリチャード三世）によってロンドン塔に幽閉され、そこで死を迎えます。やがてリチャード三世は、幼い甥殺しの冷酷無惨な極悪人として描かれるようになり、シェイクスピアの歴史劇『リチャード三世』（一五九三）によって、その怪物的犯罪者のイメージは決定的なものとなります。その通説を、史料にもとづいた論理的推理によってあざやかに覆したのが、ジョゼフィン・テイの歴史ミステリの名作『時の娘』（ハヤカワ・ミステリ文庫）です。

ジョージ・ジョゼフ・スミス（ロジャー・シェリンガム）

四十代の小悪党だったジョージ・ジョゼフ・スミスは、一九一〇年、二千五百ポンドの預金をもつ女性と結婚（実際にはスミスは以前に結婚したことがあり、以後の「結婚」はすべて法律上は重婚でした）、全財産を夫に遺贈する遺言状を書かせた上で、浴槽で彼女を溺死させます。検視審問では入浴中の「事故死」とされ、スミスは妻の全財産を手に入れました。これに味をしめたスミスは一九一三年に再婚、夫人に多額の生命保険をかけてから、同様の手口で殺害、今回も事故死として処理されます。翌年、今度はある牧師の娘に目をつけ、結婚前に七百ポンドの生命保険をかけさせると、挙式の翌日に早くも新妻を浴槽で殺害します。検視審問の評決はまたしても「事故死」。

しかし、「浴槽の花嫁の悲劇」が新聞で報道されると、それを目にとめた二番目の「妻」の父親が娘の死とあまりにも似通った状況に疑惑をいだき、警察に通報、本格的な捜査が始まります。そして一九一五年二月、ついにスミスは重婚罪および謀殺罪で逮捕され、裁判にかけられました。法廷では、夫婦の浴室から怪しい物音が聞こえたという証言や、浴槽の構造上、誤って溺死することはありえないとの科学的証言などがあいつぎ、スミスは死刑判決を受け、絞首刑となりました。この裁判の記録は『謀殺——ジョージ・スミス事件』（旺文社文庫・絶版）にまとめられています。

結婚願望の女性をだまして次々に毒牙にかけたその利欲的で冷酷な犯行は、大衆に衝撃をあたえる一方で、どこの家庭にもある何の変哲もない家具が凶器になりうる、という恐ろしい認識をひろめることになりました。一九二八年にヨーロッパへ長期取材旅行に出かけた牧逸馬は、犯罪実話や法廷記録などの文献を大量に収集し、帰国後発表した〈世界怪奇実話〉シリーズの「浴槽の花嫁」（現代教養文庫『浴槽の花嫁』所収）でこの事件を紹介しています。


ミセス・メアリー・エリノア・ピアシー（イーナ・ストラットン）

一八九〇年、ロンドン北部である男性に囲われていたミセス・ピアシーは、引越し屋のフランク・ホッグと知り合い、強く惹きつけられました。しかし、残念ながらフランクには、すでに妻フィービと生まれたばかりの幼い娘がいたのです。

その年の十月、ロンドンのハムステッドで、ほとんど頭部が完全に切断された女性の死体が発見されました。翌日には、近くの荒れ地で窒息死した幼児が見つかり、まもなく二人はフィービ母子と判明します。警察はすぐに夫フランクとミセス・ピアシーが深い関係にあることを探り出し、彼女の家に踏み込みました。すると、家の中には激しく争った痕跡が歴然と残っており、壊れた家具や血痕が発見されます。ついには血糊の付いた斧や包丁まで出てきて、問い詰められた彼女は、それでも平然とピアノを弾きつづけながら、「ねずみを殺したの」と言いはなったといいます。

もちろん彼女はその場で逮捕され、中央刑事裁判所で裁判にかけられました。証拠として提出された手紙によって、フランクへの愛情から嫉妬に狂ったミセス・ピアシーが、妻フィービを自宅へ呼んで惨殺、乳母車に載せて運び出し、そのとき死体の重みで、乳母車の中にいた幼児が窒息死したことが明らかになりました。ミセス・ピアシーは一貫して無罪を主張しましたが、死刑宣告を受け、絞首刑となりました。奇しくも十年前の一八八〇年、彼女の父親もやはりニューゲイト監獄で絞首刑になっています。

ミセス・ピアシーの事件は、十七世紀のブランヴィリエ侯爵夫人、十八世紀のメアリー・ブランディや、十九世紀半ばのマドレイン・スミスらに比べると、ぐっと時代が下った十九世紀末に起きています。また、裕福な家に生まれた他の女性たちとはちがって、彼女はずっと低い階級の出身でした。本文中で、彼女に扮装したイーナ・ストラットンが、シェリンガムに向かって、「私は時代衣装の役にはまったく興味がない」と言っているのは、このあたりの事情を指しています。

メアリー・ブランディ（シーリア・ストラットン）

メアリー・ブランディはイングランド南部の有名弁護士の娘でした。二十六歳になった彼女は、父親が約束している多額の持参金にもかかわらず、自分は婚期を逃してしまったと感じ始めていました。そこへ現れたのが、スコットランド貴族の子息という触れ込みのウィリアム・クランストン大尉で、持参金のことを聞きつけた大尉は一家に接近、メアリーに取り入ると求婚者の名乗りを上げます。

しかし大尉にはひとつ大きな問題がありました。実は彼はすでにスコットランドで結婚しており、二人の子供の父親だったのです。大尉は妻に手紙を書いて、離婚してくれるよう頼みましたが、夫人はそれに対して法的な手段に訴えると抗議しました。そうした醜聞を耳にしたメアリーの父親フランシス・ブランディは、即刻大尉を叩き出します。クランストン大尉は恋人メアリーに別れを告げると、スコットランドの妻子のもとに帰りました。

ところが二人の関係はまだ途切れてはいませんでした。クランストンは「父親に言うことをきかせるために」メアリーにある粉薬を送ります。彼女が父親の食事とお茶にその粉末を混ぜると、たちまち彼は危篤状態に陥りました。もしこのまま彼が死ねば、彼女は殺人罪に問われることになると医師に言われたメアリーは、ひそかに残りの粉末とクランストンの手紙を焼き捨てますが、それを召使が目撃していました。そして一七五一年八月、父親フランシスは亡くなります。

翌年三月、メアリーは裁判にかけられ、死刑宣告を受けます。評決までに要した時間はわずか十一時間でした。オックスフォードで絞首台に上るとき、見物に集まった群集の中に、スカートの中を覗こうとした者がいるのをみて、彼女は絞刑吏にこう頼んだといわれています。「お願いですから、あまり高く吊さないでね。体面というものがありますから」

メアリーの逮捕を知ったクランストン大尉はフランスへ高飛びし、修道院に逃げ込みましたが、その年の十一月にそこで亡くなっています。

フローレンス・メイブリック（ルーシー・チャーマーズ）

ミセス・メイブリックの事件については、若島氏の「バークリーと犯罪実話」で詳しく紹介されていますから、そちらをご覧いただくとして、ここではフローレンスがアメリカ南部の銀行家の娘として生まれ、結婚によってイギリスに渡ったこと、裁判では死因の砒素をめぐって激しい議論があったこと、減刑となった背後には彼女に寄せられた世間の強い同情があったこと、を言い添えておきましょう。出所後フローレンスはアメリカに戻り、一九四一年に七十六歳で亡くなりました。裁判記録『疑惑――ミセス・メイブリック事件』（旺文社文庫・絶版）が翻訳されています。

先に触れたように、バークリーはこの事件を下敷きにして *The Wychford Poisoning Case* を執筆しています。ここでは地方都市ウィッチフォードの知人宅を訪ねたロジャー・シェリンガムが、町中の話題を独占していた殺人事件裁判の話を聞かされます。フランス出身のベントリー夫人が夫を毒殺した容疑で起訴されたというもので、状況証拠は圧倒的、有罪は間違いないとのことでしたが、ロジャーはその話に疑問を感じ、友人のアレック・グリアスン、跳ねかえり娘のシーラと共にアマチュア探偵団を結成して捜査に乗り出します。この第二作においてバークリーは、はやくも物的証拠よりも心理的なものに重きを置いた「心理的探偵小説」を目指すことを宣言しています。

切り裂きジャック（ドクター・ミッチェル）

これはほとんど説明の必要がないでしょう。一八八八年にロンドン中を恐怖のどん底に叩き込んだ、史上最も有名な猟奇連続殺人者です。イーストエンド周辺で五人（諸説あり）の娼婦を殺害、鋭利な刃物で死体を切り裂くという残虐な手口や、警察に送りつけられた不敵な犯行予告は一大センセーションを引き起こし、医者や外国人、果ては王族関係者まで、さまざまな人間が容疑をかけられましたが、結局、犯人はつかまらず、事件は迷宮入りとなりました。正体が判明しなかったこともあって、実在の殺人者でありながら、すでにフォークロアの登場人物と化した観があり、フィクション、ノンフィクションを問わず、切り裂きジャックを取り上げた本は膨大な数に上りますが、ここでは、シャーロック・ホームズが切り裂きジャック事件に挑むエラリイ・クイーンの『恐怖の研究』（ハヤカワ・ミステリ文庫）と、このテーマの古典的作品であり、ヒッチコックによって映画化もされたベロック・ローンズの『下宿人』（ハヤカワ・ミステリ）をあげておきましょう。研究書としては、仁賀克雄『ロンドンの恐怖』（ハヤカワ文庫ＮＦ）が、事件とその背景をコンパクトにまとめています。

マドレイン・スミス（ジーン・ミッチェル）

グラスゴーの裕福な建築家の娘として生まれたマドレイン・スミスは、一八五五年に種苗商の倉庫で働いていたフランス人ピエール・ランジェリエと知り合い、たちまち恋仲になります。マドレイン、このとき二十一歳。身分違いの恋は激しい情熱をかきたてましたが、やがてマドレインの熱はさめ、社会的地位のある求婚者が現れると、ランジェリエとの関係を清算しようとします。しかし、あきらめきれない男のほうは、彼女が書いたラヴレターをねたに、マドレインに関係の継続を迫りました。そうこうするうちにランジェリエは原因不明の胃の病気で倒れ、一八五七年三月、激しい苦痛にもだえながら急死します。検死の結果、内臓から砒素が検出され、一週間後、マドレインは毒殺容疑で逮捕されました。

邪魔になった愛人を毒殺した良家の子女、というセンセーショナルな事件は新聞や雑誌の恰好の話題となり、エジンバラで行なわれた裁判はイギリス中の注目を集めました。弁護側はイギリス人の「外国人嫌い」の偏見を利用し、ランジェリエを恐喝者と決めつけ、砒素は彼が常用していたものと主張。結局、陪審は「証拠不十分」の評決を出し、マドレインは釈放されました（裁判記録『密会――マドレイン・スミス事件』［旺文社文庫・絶版］があります）。

殺人事件の被告席に立った若い女性、情熱的な手紙、砒素をめぐる科学的議論、といった要素は人びとを魅了し、多くの文学者にとってもお気に入りの事件となりました。裁判から半世紀以上たって、作家ヘンリー・ジェイムズは友人ラフヘッドへの手紙の中で、「この事件はまさしく典型——完璧な事件だ。邪魔なものも、補足すべきものもない」と述べています。

マドレインはその後、ロンドンで画家と結婚、アメリカに渡ってひっそりと暮らし、一九二八年、九十三歳で亡くなっています。

ドクター・ハーヴェイ・クリッペン（オズバート・ウィリアムスン）

エセル・ル・ニーヴ（リリアン・ウィリアムスン）

アメリカ生まれの医師クリッペンは、踊り子コーラと結婚、イギリスへ渡って新生活を始めますが、派手な暮らしを望む妻は、気の弱い夫を完全に尻にしいて、家庭内の暴君としてふるまうようになりました。ところが、一九一〇年一月、突然、コーラの姿が見えなくなります。やがてクリッペンが愛人のエセル・ル・ニーヴと自宅で同棲を始めると、さすがに知人たちが怪しみだし、通報によってスコットランド・ヤードのウォルター・デュー警部が同家を訪問、家宅捜索を行ないます。このときは何も発見されませんでしたが、危険を察したクリッペンはエセルをつれてベルギーへ高飛びし、そこから客船モントローズ号に乗り込んで、カナダへ向かいました。二人の逃亡を知った警察はあらためてクリッペン家を捜索、ついに地下室の床から死体の一部を発見します。科学鑑定によってコーラ夫人のものと断定された死体からは、催眠剤スコポラミンが検出されました。

船中のクリッペンは愛人エセルを男装させ、正体を隠していましたが、逆にその姿に不審を感じた船長はロンドンへ無線で照会、二人が殺人事件の重要容疑者であることが明らかになります。情報を入手したデュー警部は快速船で一足先にカナダに到着し、入港直前のモントローズ号の船上で二人を逮捕しました。これは犯罪捜査に無線が決定的な役割を果たした最初の事件としても有名です。

裁判でクリッペンは有罪となり、同年十一月、絞首刑になりました。エセルも事後従犯で起訴されましたが、こちらは無罪となっています。

ピーター・ラヴゼイの『偽のデュー警部』(ハヤカワ・ミステリ文庫)は、一九二一年に時代が設定され、愛人と結婚するために妻殺しの計画を立てた男が、引退した名警部デューの名を借りて大西洋横断船に乗り込みますが、その偽名のおかげで、船内で発生した別の殺人事件を捜査するはめに陥るという皮肉な展開が待っています。横暴な妻、気弱な夫とその愛人、という実際のクリッペン事件の設定を下敷きにしながら、謎解きとサスペンスの興味を巧みに盛り込んだ作品です。なおラヴゼイには、クリッペン事件そのものを取り上げた「ドクター・クリッペンと真のデュー警部」(『ミステリマガジン』一九九六年九月号)という犯罪実話もあります。

ブランヴィリエ侯爵夫人(ミセス・ラフロイ)

マリー・マドレーヌ・ドーブレは、一六三〇年、フランスの司法官の娘としてパリに生まれました。やがてマリーは才気煥発、美しい少女に成長しますが、その一方で、異常なまでに奔放な性格を発揮し、二人の実の兄とさえ関係を結ぶに至ります。二十一歳でブランヴィリエ侯爵と結婚。しかし、この男はお人好しの遊び人で、すぐに結婚生活に飽きて、夫人を顧みずに遊び歩くようになりました。身体をもてあましたマリーは男あさりを始めますが、そこへ登場したのが、騎兵隊士官の伊達男ゴーダン・ド・サント・クロワです。

娘の不行跡に心を痛めた父親は、愛人サント・クロワを遠ざけるため、その地位を利用して彼をバスチーユ監獄に投獄してしまいました。しかし、サント・クロワはこのとき獄中でイタリア人の毒殺者エジキリと知りあい、毒薬の知識を伝授されます。出獄後、サント・クロワはそれをブランヴィリエ侯爵夫人にも教え、夫人はたちまち毒薬の魅力の虜になります。最初は召使や慈善病院の患者に毒入りの食べ物を与えることで満足していた夫人ですが、やがてなにかと口出ししてくる厳格な父親をその犠牲者に選び、まんまと殺害に成功します。つづいて遺産を独り占めするために二人の兄を毒殺。このころになると、毒殺それ自体の快楽に夫人はすっかり取り憑かれており、夫のブランヴィリエ侯爵、さらには毒殺術の師であり愛人でもあるサント・クロワをも殺してしまおうと計画します。

そうこうするうちにサント・クロワが自宅の実験室で急死し、遺品の小箱の中から夫人の手紙と毒薬の瓶が出てきて、ついに侯爵夫人の恐るべき犯罪が明らかにされました。夫人はいったんイギリスに逃れますが、やがて追放処分にあい、一六七六年、フランスに舞い戻ったところを逮捕されます。裁判で彼女は頑強に否認をつづけますが、ルイ王政下のフランスで、もっぱら魔女や異端信仰、毒殺などを審理する機関として設置された〈火刑法廷〉で数々の凄惨な拷問を受け、ついに犯行を自白、パリのグレーヴ広場で斬首刑に処せられました。

この時代、パリでは毒殺事件が流行し、エジキリのような職業的な毒殺者が暗躍していました。ブランヴィリエ侯爵夫人が処刑された翌一六七七年には、多くの貴族や聖職者、国王ルイ十六世の愛人までが関係した毒殺事件が明るみに出て、一大スキャンダルに発展しています。ブランヴィリエ侯爵夫人は、そうした毒殺黄金時代を象徴するような存在でした。

このブランヴィリエ侯爵夫人の生まれ変わりではないかと疑われる女性が登場し、怪奇な事件が続発するのが、ジョン・ディクスン・カーの傑作『火刑法廷』(ハヤカワ・ミステリ文庫)です。また、アーサー・コナン・ドイルの短篇「革の漏斗」(新潮文庫『ドイル傑作集III』所収)では、夫人が受けた水責めの拷問に使われた漏斗が、新たな恐怖を引き起こします。

ウィリアム・パーマー(コリン・ニコルスン)

イングランド中部の町で医院を開業していたパーマーは、生来のギャンブル好きのために窮状に陥ると、遺産目当てに義母を毒殺、その金で厩舎を建てると、ますます競馬にのめりこんでいきました。以後、彼の周囲では不可解な急死が続出します。まず幼い四人の子供、それから妻と弟が多額の保険金をかけられたあと死亡。やがて債権者や友人たちにまでその死の手は及びます。彼が殺害した人数は、一説には十四人とも十六人とも言われています。一八五五年、彼が看取った友人の遺体から毒物が検出され、ようやくパーマーの犯罪に終止符が打たれる日がやってきました。

パーマー裁判は国中の注目を集めた歴史的裁判となり、法廷で彼の非情な犯行が明らかにされるにつれて、世間では医師全般に対する不信感がひろまったといいます。翌年、公開処刑されたパーマーには、集まった群衆から「毒殺魔!」という罵声が浴びせられました。

パーマー事件は、十九世紀なかばのイギリスで、すでに保険金殺人が出現していたことを教えてくれます。賭博の金を手に入れるために、次々に周囲の人間を殺害していったこの事件は、きわめて現代的な犯罪といってもよいでしょう。ちなみにジョン・ディクスン・カー『緑のカプセルの謎』（創元推理文庫）の「毒殺者講義」で、フェル博士は、パーマーをはじめ有名な毒殺者を列挙した上で、「この連中の性格には、絵の裏面というか、もっとも肝要な部分が潜んでおるんだ。相手の苦痛に対する完全な無関心がそれだ」（宇野利泰訳）と指摘し、彼らは、自分の欲しい物のために他人が死ぬことを当たり前のことのように思っている、と分析しています。

＊

なお、本文中に、パーティの余興として建てられた絞首台から下がったロープの輪の中に、ある女性が戯れに首を突っ込む場面があります。彼女が一緒にいた人物に向かって、「結び目はどこか決まった場所があるんでしょう？」と訊くと、相手は「左耳の下だったと思うよ」と答えます。ふつう、首を輪に突っ込んで、ロープをしぼれば、結び目は首の後ろ側にきます。それをわざわざ左耳の下にまわすのには、何か意味があるのでしょうか。

マルタン・モネスティエの『図説死刑全書』（原書房）という便利な本によると、左耳の下（左顎の上）に結び目をもってくるのは、どうやらイギリス式のやり方のようです。こうすると、絞首台の落とし戸が作動し、受刑者が落下する瞬間、その頭部は急激に左上方にねじられます。これは、落下と同時にひねりを加えることで、確実に頸椎が折れるようにするための処置なのです。左耳の下に結び目をもってくるのには、このように、きわめて合理的かつ冷徹な理由があったわけです。

バークリー著作リスト

［シリーズ探偵］　＊ロジャー・シェリンガム　♯アンブローズ・チタウィック

アントニイ・バークリー名義

＊1 The Layton Court Mystery（1925）※初版は〝?〟名義

＊2 The Wychford Poisoning Case（1926）

＊3 Roger Sheringham and the Vane Mystery［米題 The Mystery at Lover's Cave／改題 Vane Mystery］（1927）

＊4 The Silk Stocking Murders（1928）『絹靴下殺人事件』土屋光司訳　日本公論社（戦前訳）※抄訳

＊♯5 The Poisoned Chocolate Case（1929）『毒入りチョコレート事件』高橋泰邦訳　創元推理文庫

♯6 The Piccadilly Murder（1929）『ピカデリーの殺人』真野明裕訳　創元推理文庫

＊7 The Second Shot（1930）『第二の銃声』西崎憲訳　国書刊行会　世界探偵小説全集2

＊8 Top Storey Murder［米題 Top Story Murder］（1931）

＊9 Murder in the Basement（1932）『地下室の殺人』佐藤弓生訳　国書刊行会　世界探偵小説全集12

＊10 Jumping Jenny［米題 Dead Mrs Stratton］（1933）『ジャンピング・ジェニイ』狩野一郎訳　国書刊行会　世界探偵小説全集31　※本書

＊11 Panic Party［米題 Mr. Pidgeon's Island］（1934）

♯12 Trial and Error（1937）『試行錯誤』鮎川信夫訳　創元推理文庫

13 Not to Be Taken［米題 A Puzzle in Poison］（1938）

14 Death in the House（1939）

＊15　The Roger Sheringham Stories（1994）※短篇集
The Body Upstairs
Temporary Insanity　※The Layton Court Mystery の脚色
The Avenging Chance　※「偶然の審判」の中篇版
Direct Evidence
Double Bluff　※右記短篇の別ヴァージョン
Perfect Alibi「完璧なアリバイ」大村美根子訳（HMM93・4）
White Butterfly「白い蝶」酒匂真理子訳（EQ83・5）
The Wrong Jar「瓶ちがい」砧一郎訳（『名探偵登場3』ハヤカワ・ミステリ）
Razor Edge「のるかそるか」久坂恭訳（EQ94・1）
Red Anemones　※ラジオ台本
Mr. Bearstowe Says...「ブルームズベリで会った女」島田三蔵訳（HMM82・3）

フランシス・アイルズ名義

16　Malice Aforethought（1931）『殺意』大久保康雄訳　創元推理文庫
17　Before the Fact（1932）『犯行以前』村上啓夫訳　ハヤカワ・ミステリ
同改訂版（1958）『レディに捧げる殺人物語』鮎川信夫訳　創元推理文庫
18　As for the Woman（1939）

A・B・コックス名義

19 Brenda Entertains（1925）※ユーモア・スケッチ集
20 Jugged Journalism（1925）※実践篇としての短篇を含むジャンル別創作入門。左記の翻訳がある。
Lesson XIX : Literary Style（短篇 Homes and the Dasher「ホームズと翔んでる女」中川裕朗訳。『シャーロック・ホームズの災難／上』ハヤカワ・ミステリ文庫、所収）
21 The Family Witch（1926）※ユーモア・ファンタジー
22 The Professor on Paws（1926）※ユーモアSF
23 Mr. Priestley's Problem［米題 The Amateur Crime］（1927）
24 O England!（1934）※イギリスの社会・法律・政治についてのエッセイ
25 A Pocketbook of 100 New Limericks（1959）※戯詩集
26 A Pocketbook of 100 More Limericks（1960）※戯詩集

A・モンマス・プラッツ名義

27 Cicely Disappears（1927）

［合作長篇］

28 The Floating Admiral（1931）『漂う提督』中村保男訳　ハヤカワ・ミステリ文庫　※第12章
29 Ask a Policeman（1933）『警察官に聞け』宇野利泰訳　ハヤカワ・ミステリ文庫　※第2部第3章
30 Behind the Screen（1983／初出1930）『屏風のかげに』飛田茂雄訳（『ザ・スクープ』中央公論社、所収）※第4章
31 The Scoop（1983／初出1931）『ザ・スクープ』金塚貞文訳　中央公論社　※第5章・第9章

［その他の邦訳］

（アントニイ・バークリー名義）

＊The Avenging Chance「偶然の審判」中村能三訳（『世界短編傑作集3』創元推理文庫、他）

Mr. Simpson Goes to the Dogs「帽子の女」青田勝訳（EQMM57・9）

The Policeman Only Taps Once「警官は一度だけ肩を叩く」田口俊樹訳（HMM83・6）

Right to Kill「殺しの権利」深町眞理子訳（EQ97・9）

The Sweets of Triumph「成功の菓子」久坂恭訳（EQ97・9）

Detective Dialogue「探偵問答」久坂恭訳（〈創元推理15〉所載）※セイヤーズとのラジオ対談

Electrical Bath Plot「電気ぶろ事件のプロット」久坂恭訳（〈創元推理15〉所載）※セイヤーズとの合作のシノプシス

（フランシス・アイルズ名義）

Outside the Law「無法地帯」井上一夫訳（別冊EQMM59秋）

The Coward「臆病者」羽田詩津子訳（HMM86・3）

Dark Journey「暗い旅立ち」笹瀬麻百合訳（『13人の鬼あそび』ソノラマ文庫海外シリーズ、所収）

（A・B・コックス名義）

My Detective Story「発端」宮園義郎訳（〈新青年〉38夏増刊・抄訳）※ユーモア・スケッチ

The Author's Crowning Hour「作家その栄光の時」訳者不詳（HMM82・3）※ユーモア・スケッチ

A Story Against Reviewers「書評家連中」訳者不詳（HMM82・3）※ユーモア・スケッチ

世界探偵小説全集31

ジャンピング・ジェニイ

二〇〇一年七月二〇日初版第一刷発行
二〇〇一年十二月三日初版第二刷発行

著者――アントニイ・バークリー
訳者――狩野一郎
発行者――佐藤今朝夫
発行所――株式会社国書刊行会
東京都板橋区志村一―一三―一五　電話〇三―五九七〇―七四二一
http://www.kokusho.co.jp
印刷所――株式会社キャップス＋株式会社エーヴィスシステムズ
製本所――大口製本印刷株式会社
装丁――坂川栄治＋藤田知子（坂川事務所）
装画――影山徹
編集――藤原編集室
ISBN――4-336-04161-X
●――落丁・乱丁本はおとりかえします。

訳者紹介
狩野一郎（かりのいちろう）
一九六一年、神奈川県生まれ。
神奈川県立多摩高等学校卒業。
藤原編集室翻訳課所属。

世界探偵小説全集

1. 薔薇荘にて　A・E・W・メイスン
2. 第二の銃声　アントニイ・バークリー
3. Xに対する逮捕状　フィリップ・マクドナルド
4. 一角獣殺人事件　カーター・ディクスン
5. 愛は血を流して横たわる　エドマンド・クリスピン
6. 英国風の殺人　シリル・ヘアー
7. 見えない凶器　ジョン・ロード
8. ロープとリングの事件　レオ・ブルース
9. 天井の足跡　クレイトン・ロースン
10. 眠りをむさぼりすぎた男　クレイグ・ライス
11. 死が二人をわかつまで　ジョン・ディクスン・カー
12. 地下室の殺人　アントニイ・バークリー
13. 推定相続人　ヘンリー・ウエイド
14. 編集室の床に落ちた顔　キャメロン・マケイブ
15. カリブ諸島の手がかり　T・S・ストリブリング